JOGO DE CENA EM BOLZANO

SÁNDOR MÁRAI

Jogo de cena em Bolzano

Tradução do húngaro
Edith Elek

1ª *reimpressão*

COMPANHIA DAS LETRAS

Copyright © by Espólio de Sándor Márai. Csaba Gaal, Toronto

Grafia atualizada segundo o Acordo Ortográfico da Língua Portuguesa de 1990, que entrou em vigor no Brasil em 2009.

Título original
Vendégjáték Bolzanóban

Capa
Raul Loureiro

Foto de capa
The Swing, óleo sobre tela de Jean-Honore Fragonard (1732-1806). Museu Lambinet, Versalhes, França/ Bridgeman Images/ Fotoarena

Preparação
Ciça Caropreso

Revisão
Ana Maria Barbosa
Jane Pessoa

Dados Internacionais de Catalogação na Publicação (CIP)
(Câmara Brasileira do Livro, SP, Brasil)

Márai, Sándor, 1900-1989.
    Jogo de cena em Bolzano / Sándor Márai ; tradução do húngaro Edith Elek — 1ª ed. — São Paulo: Companhia das Letras, 2017.

    Título original: Vendégjáték Bolzanóban
    ISBN 978-85-359-2847-1

    1. Romance húngaro I. Título.

16-08888   CDD-894.511

Índice para catálogo sistemático:
1. Romances: Literatura húngara   894.511

[2021]
Todos os direitos desta edição reservados à
EDITORA SCHWARCZ S.A.
Rua Bandeira Paulista, 702, cj. 32
04532-002 — São Paulo — SP
Telefone: (11) 3707-3500
www.companhiadasletras.com.br
www.blogdacompanhia.com.br
facebook.com/companhiadasletras
instagram.com/companhiadasletras
twitter.com/cialetras

Sumário

Nota do autor, 7

Um cavalheiro de Veneza, 9
A notícia, 15
"Um homem", 21
O despertar, 30
Escala e ensaio, 38
O beijo, 48
Um escritor, 56
"Como ousa amaldiçoar Veneza?", 65
Francesca, 72
Acessórios, 88
A consulta, 103
O contrato, 127
A fantasia, 188
A apresentação teatral, 203
A resposta, 238

Nota do autor

No rosto de meu herói e em suas características pessoais o leitor certamente reconhecerá Giacomo Casanova, o mal-afamado aventureiro do século XVIII, de perfil tão peculiar.

Contra esse reconhecimento, que aos olhos de alguns é bastante censurável, não tenho como me defender. Meu herói se parece terrivelmente com aquele sujeito apátrida, capaz de enfrentar qualquer coisa e, apesar de tudo, talvez infeliz andarilho, que à meia-noite do dia 31 de outubro de 1756 desceu por uma corda da prisão de Veneza para a laguna e, na companhia de um monge expulso de sua congregação, chamado Balbi, fugiu da região da República em direção a Munique. Minha única desculpa é que da biografia de meu herói não me interessavam suas histórias românticas, e sim seu caráter novelesco.

Por isso, além do dia e das circunstâncias de sua fuga, nada mais tomei emprestado de seu livro *Memórias*, de má fama. Tudo mais que o leitor encontrar neste romance é lenda e invenção.

S.M.

Um cavalheiro de Veneza

Despediu-se dos gondoleiros em Mestre; o desprezível amigo, Balbi, esteve perto de conduzi-lo às mãos da polícia também aqui, pois no momento da partida da diligência procurou-o em vão, indo encontrá-lo enfim em um café onde — sorvendo despreocupadamente uma xícara de chocolate — namoricava a criada. Em Treviso, o dinheiro deles acabou; nos portões de São Tomás, passaram sorrateiros em direção ao campo, contornando bordas de jardins e limites de bosques, e ao entardecer chegaram ao casario de Valdepiadene. Aqui, sacou de sua adaga, ameaçou o desagradável companheiro de viagem, combinaram encontrar-se em Bolzano e separaram-se. O padre Balbi arrastou-se de má vontade entre os troncos secos de oliveiras; magro, desgrenhado e cabisbaixo, olhando para trás de quando em quando, foi se afastando com olhar sonso e soturno, como um cão sarnento abandonado.

Quando o padre finalmente se distanciou, ele adentrou no povoado e, com um instinto de sobrevivência cego e confiante, pediu hospedagem na casa do capitão da guarnição. Uma senhora afável o recebeu, a esposa do capitão, ofereceu-lhe um jantar, suas feridas foram lavadas — no joelho e no calcanhar havia sangue seco de quando saltou dos telhados durante a fuga e esfolou cotovelos e joelhos — e antes de adormecer soube que o capitão estava fora, procurando exatamente por ele, o fugitivo. De madrugada, saiu às escondidas e seguiu adiante. Pernoitou em Pergine e no terceiro dia chegou a Bolzano — dessa vez de carruagem, pois no meio do caminho extorquira seis moedas de ouro de um conhecido.

Balbi já o esperava. Na Hospedaria do Cervo, pediu quartos. Não tinha bagagem, chegou em frangalhos, vestindo restos de seu belo fraque colorido de seda — dele sobravam apenas as franjas — e sem a casaca. Nas ruas estreitas de Bolzano, o vento de novembro já estalava. O hospedeiro avaliava, desconfiado, os hóspedes maltrapilhos.

— Os melhores quartos? — indagou, inquieto.

— Os melhores quartos — respondeu, tranquilo e com ar severo. — E cuidado com a cozinha. Aqui cozinha-se com todo tipo de gordura rançosa em lugar de óleo, e desde que deixei o território da República não comi nenhum bocado decente! Asse um capão e uma galinha para a noite, não uma, mas três, com castanhas. E arrume vinho do Chipre. Você está julgando o meu traje? Procura por minha bagagem? Espanta-se por chegarmos de mãos vazias? Não recebem os jornais aqui? Vocês não leem *A Gazeta de Leiden*? Seu parvo! — gritou com voz rouca, pois havia se resfriado durante a caminhada e uma tosse torturante lancinava sua garganta. — Não ouviu dizer de um nobre veneziano, acompanhado de secretário e criados, que foi roubado na fronteira? A polícia ainda não esteve por aqui?

— Não, senhor — respondeu assustado o hospedeiro.

Balbi gargalhava no íntimo. Por fim, acabaram recebendo os melhores e mais belos quartos! Com antessala, duas amplas janelas de abas dando para a praça principal, móveis com pés dourados e um espelho veneziano acima da lareira, camas francesas com dossel. Balbi foi alojado no fim do corredor, perto da escada estreita e íngreme que levava ao sótão dos criados. A acomodação o satisfez plenamente.

— Meu secretário. — Assim Balbi foi apresentado ao hospedeiro.

— A polícia — murmurou, encabulado, o hospedeiro —, nossa polícia também é severa. Logo estará aqui. Querem ter controle sobre os forasteiros.

— Diga a eles — respondeu com indiferença — que está recebendo um nobre como hóspede. Um nobre...

— Mesmo assim, senhor — insistiu o hospedeiro, curvando-se com sua boina de pompons nas mãos, com reverência e curiosidade.

— Um cavalheiro de Veneza! — completou.

Disse isso como se anunciasse um título ou patente extraordinários. O tom de sua voz chamou a atenção até mesmo de Balbi. Em seguida, escreveu seu nome no livro da recepção com letras bem delineadas e precisas. O hospedeiro corou de nervosismo: esfregava as têmporas com seus dedos gordos e não sabia se corria para chamar a polícia ou se caía de joelhos e beijava-lhe a mão. Por isso manteve-se apenas em pé, muito desorientado, e silenciou.

Acendeu, então, um lampião e acompanhou seus hóspedes até o andar superior. Os criados já faziam arrumações nos quartos: trouxeram velas em grandes castiçais dourados, água quente em jarra de prata, toalhas de linho de Limburgo. Lentamente começou a se despir, como um rei, na presença do companheiro de viagem: estendia cada peça imunda de roupa, manchada de sangue seco, ao hospedeiro e aos criados; foi preciso cortar com tesoura a calça de seda grudada em sua carne nos dois lados das pernas; deixou os pés de molho longamente na bacia de prata, recostado em uma poltrona, semidesmaiado de exaustão, molhado e de cara fechada. Às vezes adormecia por um momento, resmungava, gritava algo. Balbi, o hospedeiro e as empregadas iam e vinham em torno dele, boquiabertos: arrumaram a cama dentro do nicho, cerraram as cortinas, apagaram quase todas as velas. Na hora do jantar, tiveram que bater em sua porta por longo tempo. Depois da refeição, adormeceu imediatamente; no dia seguinte, dormiu até o meio-dia, com rosto sereno e despreocupado, indiferente, como alguém que estivesse morto fazia um dia.

Um nobre, disseram as moças, e continuaram suas tarefas, cantarolando, rindo e cochichando na cozinha e no porão, lavando as carruagens, enxugando pratos, cortando lenha, servindo na taverna, conversando baixinho, cobrindo a boca com os dedos, rindo de novo, depois ficavam sérias e levavam a notícia adiante, dando-se ares de importância e gargalhando: é um nobre, sim, um nobre de Veneza. À noite, apareceram dois agentes da polícia; o nome atraente do suspeito, interessante e perigoso, um nome cuja grande aventura, a de sua fuga recente, o abrilhantava, seduzia a polícia de todas as cidades. Queriam saber tudo sobre ele. Está dormindo?... Não trouxe bagagem?

— Uma adaga — disse o hospedeiro. — Chegou com uma adaga. É tudo que possui.

— Uma adaga — repetiram com ares profissionais e completamente perdidos os policiais. — Que tipo de adaga?

— Uma adaga veneziana — respondeu com reverência o hospedeiro.

— Nada mais? — perguntaram.

— Não — disse o hospedeiro. — Nada mais. Uma adaga, isso é tudo.

A notícia espantou os policiais. Não teriam ficado surpresos se ele tivesse chegado com um copioso butim de pedras preciosas, sacolas repletas de colares e anéis arrancados dos dedos de mulheres indefesas ao longo da viagem. Sua fama o precedia, como a um mensageiro da corte, anunciando seu nome. De manhã, o prelado já havia solicitado ao chefe de polícia que afugentasse dali o visitante mal-afamado. No Tirol e na Lombardia, depois da missa da manhã, e na taverna, à noite, já se narrava a história de sua fuga.

— Cuidado — diziam os homens da lei —, cuidado com ele. Queremos saber cada palavra que emite. É preciso muito cuidado. Recebe cartas, e de quem? Envia cartas, e para quem? Atenção a cada gesto dele. Parece — sussurraram com as mãos em funil no ouvido do hospedeiro — que tem um protetor. Nem mesmo o senhor prelado consegue atingi-lo.

— Por enquanto — disse o sábio hospedeiro.

— Por enquanto — ecoaram os policiais com expressão amuada.

Saíram pé ante pé, com feições sombrias e mergulhados em preocupações. Na taverna, o hospedeiro sentou-se, suspiroso. Não gostava de hóspedes famosos que despertavam a curiosidade do prelado e da polícia. Lembrou-se dos olhos do homem, daquele fogo escuro e em brasas que flutuava modorrento nos olhos dele, e sentiu medo. Lembrou-se da adaga, a de Veneza, única posse de seu hóspede, e sentiu mais medo ainda. Pensou na fama que acompanhava as pegadas do homem e começou a praguejar baixinho.

— Teresa! — chamou com raiva.

Uma jovem, já de roupão, entrou no recinto. Tinha dezesseis anos, em uma das mãos trazia uma vela acesa, com a outra fechava a camisola sobre os seios.

— Preste atenção! — ele sussurrou, sentando a moça em

seu colo. — Confio apenas em você. Temos um hóspede perigoso, Teresa. Esse senhor...

— O de Veneza? — ela perguntou com sua voz cantada de menina.

— Sim, o de Veneza, o de Veneza — ele respondeu, nervoso. — Direto da prisão. Do meio das ratazanas. Sob a forca. Preste atenção, Teresa, em cada palavra que ele diz. Seus olhos e ouvidos devem estar sempre no buraco da fechadura. Gosto de você como se fosse minha própria filha. Você é minha filha de criação, mas se ele a convidar para o quarto, não recuse. Você irá levar-lhe o café da manhã. Cuide de sua castidade e fique atenta.

— Sim — disse a moça.

Em seguida, com a vela acesa nas mãos, ela dirigiu-se à porta, esbelta como uma sombra. De lá, com voz queixosa e arrastada, como uma criança, disse:

— Estou com medo.

— Eu também — disse o hospedeiro. — Agora vá dormir. Antes, porém, traga-me vinho tinto.

Nessa primeira noite todos dormiram mal.

A notícia

Dormiram assustados, roncando, arfando e suspirando, e enquanto dormiam tinham a impressão de que algo lhes sucedia. A sensação era de que alguém rondava a casa. Como se lhes indagassem algo e fosse necessário responder, como nunca haviam respondido antes. A pergunta com a qual o desconhecido os abordava era atrevida, insolente, agressiva e, acima de tudo, assustadora e triste. Mas de manhã, quando despertaram, já não se lembravam da pergunta.

Enquanto dormiam, espalhara-se a notícia de que ele havia chegado, que havia escapado da prisão de segurança máxima, que fugira de barco de sua cidade natal em plena luz do dia, que dera uma banana às autoridades, aos temidos senhores da Inquisição, que tapeara Lourenço, o carcereiro, que ajudara na fuga do amigo expulso da congregação, que saíra como que passeando da fortaleza dos doges, que fora visto em Mestre, regateando com o condutor da diligência, que fora visto em Treviso bebendo vermute em um café e que um camponês jurara tê-lo visto no campo, lançando um encantamento sobre suas vacas. A notícia voou pelos palácios de Veneza, pelas tavernas da periferia, e os cardeais e os excelentíssimos senadores, os carrascos e os investigadores, os espiões e os jogadores, os amantes e os maridos, as moças na missa e as senhoras em suas camas aquecidas riam e exclamavam "Ora, ora!". Ou gritavam, a plenos pulmões, satisfeitas, "Oba, oba". Ou davam risadinhas nos travesseiros ou nos lenços, "Hi, hi". Todos estavam felizes por ele haver escapado. Na noite seguinte, informaram ao papa, que se recordava dele, recordava-se também de certa vez tê-lo condecorado pessoalmente com uma medalha de uma ordem papal menor, e agora se divertiu com a notícia. A notícia voava em Veneza, os gondoleiros, apoiados nos longos cabos dos remos, discutiam como grandes especialistas todos os detalhes da fuga e regozijavam-se com ela, regozijavam-se por ter sido um veneziano a conseguir enganar os poderosos, regozijavam-se porque alguém provara ser mais forte do que a tirania, do que as pedras, as correntes e os telhados de chumbo das prisões. Conversavam baixinho, cuspiam na água, esfregavam as mãos, satisfeitos. A notícia voava e as pessoas sentiam o coração aquecido. "Afinal de contas, qual foi o crime dele?", perguntavam. "Jogava cartas, meu Deus, talvez até trapaceasse, pagava a banca em adegas, era um sócio por baixo do pano em bancas de jogadores profissionais. Mas quem não fez essas coisas em Veneza?... Ah, sim, certa noite surrou alguém que o traiu, e também seduzia mulheres, levando-as para fora da cidade, para seu apartamento alugado, em Murano, mas quem viveu de outro modo, quando jovem, em Veneza? Era atrevido, tinha lábia e falava demais? Mas quem era de poucas palavras em Veneza?"

Assim resmungavam e, de quando em quando, gargalhavam. Porque havia algo de bom na notícia, uma espécie de desagravo que lhes aquecia o coração. Porque todos sabiam-se com um pé nas garras da Inquisição, e todos viviam com um pé na prisão, e agora alguém havia mostrado que um homem é mais forte que a arbitrariedade, que um homem é mais forte que os tetos de chumbo dos calabouços e os policiais, mais forte que o Messer Grande, o eminente carrasco, o arauto do mau agouro. A notícia voava, e nos distritos de polícia documentos legais eram atirados de lá para cá ruidosamente, capitães vociferavam, juízes ouviam depoimentos de acusados com as orelhas ardendo e distribuíam condenações de prisão, de exílio, de galeras e de corda. Nas igrejas falava-se dele, depois da missa pregavam-se sermões contra ele, uma vez que os sete pecados capitais achavam-se presentes em seu corpo maldito, o qual, segundo o orador, iria ferver no inferno em um caldeirão à parte, especialmente para ele, até o fim dos tempos. E inclusive no confessionário mencionava-se seu nome. Por trás de seus breviários, senhoras ajoelhadas e cabisbaixas murmuravam aquele nome, batiam com as mãos no peito e aceitavam suas penitências. E por toda parte, em qualquer lugar, nas cidades e aldeias da República, todos estavam satisfeitos, como se algo de bom houvesse acontecido em Veneza.

Dormiam e sorriam em seus sonhos. Por onde quer que ele passasse, portas e janelas eram cerradas com mais cuidado, e por trás das venezianas fechadas os homens negociavam longamente com suas esposas. Toda sensação que no dia anterior era apenas cinza e brasa parecia fumegar e chamejar outra vez. Ele não enfeitiçara as vacas, mas os pastores juravam que nesse ano havia mais e melhores bezerros. As donas de casa acordavam, traziam água do poço nas cuias de madeira para as abluções matinais, acendiam o fogo na cozinha, esquentavam o leite e colocavam frutas nas travessas, davam de mamar ao pequeno, alimentavam os maridos, varriam os quartos, arrumavam as camas, e faziam tudo sorrindo. O sorriso não desapareceu do rosto delas por longo tempo em Veneza, no Tirol, na Lombardia. Esse sorriso se propagou como uma epidemia amena e agradável, espalhando-

-se através das fronteiras. Também em Munique já tinham ouvido falar desse sorriso, e o esperavam sorrindo; a notícia chegou a Paris, contaram a história da fuga ao rei no Parque dos Cervos, e também ele sorriu. Sabiam sobre ele em Parma e em Turim, em Viena e em Moscou. E por toda parte sorriam. Guardas e juízes, policiais e espiões, e todos aqueles cujo ofício consistia em manter as pessoas nas mãos da autoridade e do medo, naqueles dias trabalhavam agastados e cheios de suspeitas. Pois nada é mais perigoso do que um ser humano incapaz de se acomodar à tirania.

Sabiam que ele nada possuía além de uma adaga; ainda assim reforçaram a vigilância nas fronteiras ao longo de várias semanas. Sabiam que ele não contava com aliados nem se ocupava de política; ainda assim o primeiro-secretário da Inquisição elaborou todo um plano de guerra para recapturá-lo, atraí-lo para a gaiola, vivo ou morto, à custa de ouro ou de armas, o que fosse. Informaram ao doge sobre a fuga, e o atarracado cavalheiro de olhos dardejantes bateu na mesa suas mãos repletas de anéis e jurou atirar os carcereiros nas galeras. Os senadores, com suas mãos pálidas e delicadas agarradas às dobras de seus casacos de seda, as mantinham presas sobre o peito, sentados e emudecidos nas poltronas do grande salão do Conselho, fungando o ar com narizes amarelados e diabéticos, seus olhares inexpressivos e contraídos analisando o entorno do teto e as vigas mestras do salão, votando novas e severas medidas, ombros encolhidos, taciturnos.

Mas o sorriso se alastrava como gripe, a mulher do padeiro a contraiu, assim como a irmã mais nova do ourives e a filha do doge. Em seus quartos cuidadosamente trancados, as pessoas davam tapinhas de alegria na barriga e gargalhavam com gosto. Havia algo de sinistramente reconfortante na notícia de que das paredes de um metro de espessura, durante a vigilância cerrada dos lanceiros, contido por correntes da largura do braço de uma criança, alguém tivesse conseguido fugir. Depois as pessoas iam às lojas, permaneciam na praça da feira, sorviam os vinhos de Verona nas tavernas, os agiotas pesavam o ouro em pó em balanças ajustadas com toda a delicadeza, os boticários mesclavam os laxantes e as poções mágicas, os venenos de ação rápida que, transformados em pó, podiam ser escondidos sob as pedras dos anéis, as feirantes barrigudas se aboletavam com peixes, frutas, carnes e ervas de cheiro empilhados sobre mesinhas baixas, os vendedores de artigos de moda arrumavam as recém-chegadas meias de Lyon em caixas de couro macio perfumadas com essências florais e os porta-seios de crochê de Bruges, e em meio ao trabalho e à tagarelice, no comércio e no escritório, todos viravam de lado por um instante, cobriam a boca com as mãos e davam uma risadinha.

As mulheres sentiam que a fuga e tudo o mais que havia acontecido, em parte, também as beneficiava. Não sabiam explicar exatamente o porquê dessa sensação; por isso mesmo eram mulheres e venezianas, para não discutirem com a emoção e aceitar o indizível argumento sussurrado ao ouvido pelo coração, pelo sangue e pela paixão. As mulheres alegravam-se por ele haver escapado. Como se uma força até então mantida sob correntes houvesse se libertado no mundo, saída das histórias e das lendas, dos livros e das memórias, dos sonhos e das paixões, da vida dos homens e das mulheres, uma outra vida, secreta, jamais escrita, indecorosa e, mesmo assim, de conteúdo tão assustadoramente verdadeiro, e alguém tivesse dado um passo à frente, sem máscara, sem peruca e pó de arroz, nu, como apenas a vítima de uma sombria câmara de tortura pode surgir — e as mulheres o seguiam com o olhar, mãos e leques à frente das bocas e dos olhos, inclinando um pouco a cabeça, nada dizendo, mas os olhos, velados e nebulosos, miravam pasmos o fugitivo, dizendo: sim, sim, sim. Por isso sorriam. Em alguns dias, foi como se o pequeno mundo em que viviam se enchesse de ternura. À noite, punham-se de pé às janelas e nos balcões acima das lagunas, prendiam com um pente em formato de harpa um véu de renda sobre a cabeleira, punham um lenço de seda nos ombros e olhavam para baixo, para a água suja e oleosa que tangia os barcos de modo suave e indiferente, e retribuíam uma olhadela que um dia antes não teriam retribuído, deixavam cair um lenço, o qual era resgatado no fundo, sobre os reflexos da água, por uma ágil mão morena; elas então levavam ao rosto uma flor e sorriam. Em seguida, fechavam a janela, e a luz se esvaía nos quartos. Nesses dias, algo brilhava no coração, nos gestos e nos olhos das mulheres e nas olhadelas dos homens. Como se alguém houvesse emitido uma mensagem secreta dizendo a eles que a vida não se constitui apenas de regras, proibições e cárceres, mas que ela também pode ser mais livre do que acreditavam, sem sentido e sem objetivo. E por um momento eles entenderam a mensagem e trocaram sorrisos.

Essa cumplicidade não durou muito: as leis e as regras, escritas e não escritas, contribuíram para que a lembrança do fugitivo caísse no esquecimento em seus corações. Em poucas semanas, ele foi esquecido em Veneza. Apenas o sr. Bragadin, seu clemente e bondoso protetor, lembrava-se dele, além de algumas mulheres, às quais prometera fidelidade eterna, e também alguns agiotas e parceiros de carteado, para os quais devia dinheiro.

"Um homem"

Foi assim que ele fugiu, foi assim que as notícias o precederam e que ele seria lembrado em Veneza durante algum tempo. Depois a cidade passou a ter outras preocupações e esqueceu seu filho rebelde. Em pleno Carnaval todos só comentavam sobre um certo conde B, o qual, mascarado e com uma fantasia de Dominó, foi encontrado enforcado, uma madrugada, em frente à casa do embaixador francês. Porque Veneza também é uma cidade ingrata.

Por ora, no entanto, ele dormia em Bolzano em um quarto da Hospedaria do Cervo, por trás de venezianas cerradas; e porque esta era a primeira vez, após dezesseis meses, que dormia em uma cama de verdade, em segurança, limpo e confortável, entregara-se à alegria do submundo dos sonhos. Dormia atravessado na cama e com a cabeça molhada de suor, braços e pernas esparramados; dormia com afinco, relaxado, com um sorriso desdenhoso e cansado nos lábios, como se pressentisse que o espiavam pelo buraco da fechadura.

De fato o observavam, e aconteceu assim: primeiro foi Teresa, a mocinha que o hospedeiro chamava de filha e que fazia as vezes de parente distante e de criada da casa. Era uma menina bem desenvolvida e, na opinião dos familiares, bem-proporcionada, de corpo atraente, mas de mente um pouco simplória. Não comentavam muito sobre isso. Teresa, a parente e criada, também não era de falar muito. É simplória, diziam, sem justificar tal opinião, porque não era necessário, nem apropriado, incomodar-se com Teresa; na hospedaria, a mocinha contava menos do que o burrico branco que todas as manhã era atrelado à carroça que ia à feira, pois ela era esse tipo de parente invisível na casa e que pertence um pouco a todos, por isso ninguém se preocupava com ela nem lhe pagava salário. É simplória, diziam, e no corredor escuro os soldados ali aquartelados e os comerciantes de passagem aplicavam beliscos em suas bochechas e braços. Em seu rosto, porém, havia um tipo de meiguice; em torno da boca palpitavam traços rudes; em suas mãos, vermelhas em virtude dos serviços domésticos, havia alguma nobreza, e em seus olhos vibrava uma pergunta, silenciosa e devota, à qual não se conseguia responder e tampouco evitar. Apesar de tudo isso, de seu rosto delgado em forma de coração e de seus olhos inquisidores, ela não contava em nada. Não valia a pena desperdiçar tempo com ela.

Mas lá está ela agora, ajoelhada diante do buraco da fechadura, observando o adormecido; apenas por isso falamos nela. Tinha ajustado as mãos em círculo ao redor dos olhos, para enxergar melhor, e até suas costas macias e singelas e suas ancas vigorosas permaneciam alertas, como se todo o seu corpo espreitasse pela fechadura. O que ela via não era particularmente interessante. Teresa já tinha visto muitas coisas através de buracos de fechaduras; estava a serviço na hospedaria havia quatro anos, desde seus doze anos, seus ouvidos escutavam, levava aos quartos o desjejum, arrumava as camas de manhã e à noite, nas quais dormiam homens e mulheres desconhecidos, juntos e separados. Vira muitas coisas e nada a surpreendia. Entendia que as pessoas eram assim: as mulheres sentavam-se por longo tempo diante do espelho, e os homens, até mesmo os soldados, empoavam suas perucas ou cortavam as unhas e as poliam, depois gemiam, ou soltavam uma risada, ou começavam a chorar, ou batiam com a cabeça na parede, ou procuravam uma peça de roupa ou carta e molhavam com suas lágrimas o insensato objeto. Eram assim as pessoas pelo buraco da fechadura, sozinhas no quarto. Mas esse homem era diferente. Ele dormia na cama grande com os braços abertos, como se o tivessem assassinado. O rosto era sério e grosseiro. De fato, um rosto masculino, sem beleza, nada agradável, de nariz grande e carnudo, lábios estreitos e severos, queixo pontudo, do tipo que impõe sua vontade à força, e ele todo de compleição pequena e um pouco barrigudo, pois engordara nos dezesseis meses que passara na prisão, em um ambiente sem ar puro e sem exercícios. "É realmente incompreensível", pensou Teresa. Raciocinava devagar, com dificuldade, um assunto por vez. De todo incompreensível, refletia, as orelhas vermelhas de excitação: por que as mulheres gostam desse homem? Pois à noite, na taverna, e de manhã, na feira, e em toda a cidade, nas lojas e nas adegas, só se falava dele, de que havia chegado em trapos e ensanguentado, com uma adaga, sem dinheiro, com seu secretário, outro fugitivo da prisão; melhor nem mencionar seu nome. Apesar de tudo, o mencionavam. E o mencionavam tanto que chamava a atenção; as senhoras e os senhores queriam saber tudo, quantos anos tinha, se era loiro ou moreno, como seria a sua voz. Comentavam a seu respeito como se um cantor famoso tivesse chegado à cidade, ou um acrobata, ou um castrato de grande fama que interpretava papéis femininos nas peças de teatro e também cantava. "Que talento tem este aqui?", pensava a mocinha, apertando o nariz na porta e os olhos no buraco da fechadura.

O homem que dormia esparramado na cama não era bonito. Teresa pensou em Giuseppe, o cabeleireiro, este, sim, bonito com seu rosto rosado, boca macia e olhos azuis como os de uma moça. Vinha com frequência à hospedaria e sempre baixava os olhos e corava se Teresa lhe dirigia a palavra. E era bonito o capitão vienense que se hospedara aqui no verão, com seu cabelo encaracolado e penteado com fixador, assim como o bigode de pontas torcidas, que trazia uma grande espada na bainha, calçava bota e falava em uma língua incompreensível, completamente estranha, grosseira, que Teresa não entendia. Mais tarde alguém lhe disse que a língua grosseira na qual o capitão se expressava era húngaro ou talvez turco. Tereza não se lembrava. E o senhor prelado também era bonito, com cabelo branco e mãos amarelas, com seu cinto vermelho e chapéu lilás sobre o cabelo alvo. Teresa achava que de beleza masculina ela entendia alguma coisa. Esse homem, com certeza, não era bonito: era mais para feio, totalmente diferente dos homens que agradam às mulheres, e no rosto do desconhecido com a barba por fazer, enquanto dormia, sobressaíam aqueles traços duros e impenetráveis que na noite anterior haviam chamado a sua atenção: como se um espasmo e um tique de indignação tivessem enrijecido os músculos em torno de sua boca. Ele emitiu um gemido e Teresa deu um pulo para trás, afastando-se da porta, foi até a janela, abriu as venezianas e fez um sinal com seu pano de limpeza.

As mulheres queriam vê-lo, as mulheres das barracas de frutas em frente à Hospedaria do Cervo; Teresa prometera a Luciana e Gretl, que vendiam flores, à velha Helena, vendedora de frutas, e à triste viúva Nanette, que vendia meias de crochê, que, se possível, as deixaria subir até o quarto e lhes mostraria o adormecido pelo buraco da fechadura. Desejavam vê-lo a qualquer custo. A feira de frutas estava particularmente animada nessa manhã; defronte à Hospedaria do Cervo, na porta da farmácia, o farmacêutico discutia longamente com Balbi, o secretário, fazendo-lhe beber uma aguardente forte e perguntando todos os detalhes sobre a fuga. O prefeito, o médico, o fiscal e o chefe da polícia, todos haviam entrado na farmácia de manhã, ouviam os relatos de Balbi, observavam de soslaio as janelas fechadas do primeiro andar da hospedaria e comportavam-se de modo um tanto alvoroçado e perplexo, sem se decidir se deviam homenagear o estranho com um desfile de luzes e serenatas ou se simplesmente o expulsavam da cidade pelo caminho mais curto, como fazia o homem da carroça de cães, que apanhava os cachorros suspeitos de raiva e sarna e os levava embora dali. Não conseguiram responder a essa pergunta nem nessa manhã nem nos dias que se seguiram. Por isso limitavam-se a tagarelar na farmácia, ouviam Balbi, verdadeiramente estufado de tanto orgulho e emoção, e que a cada meia hora fornecia outra versão da famosa fuga aventureira, agora já com detalhes de um romance heroico. Enquanto isso, todos lançavam olhares de canto de olho para as janelas fechadas da hospedaria, andavam para cima e para baixo entre as barracas da feira de frutas e das lojas finas do bairro, e, de maneira geral, exibindo um comportamento inquieto; ansiosos e desorientados, como cidadãos respeitáveis que eram, aqueles que cuidam da ordem das casas, das ruas e das almas humanas, responsáveis pelos portões da cidade, pelo fogo, pela água e que defendem o lugar de invasões inimigas. Agora, contudo, eles não fazem a menor ideia se lhes cabe gargalhar ou gritar pelos guardas. Portanto, andaram e tagarelaram a manhã inteira, completamente desorientados, até que as mulheres começaram a fechar as barracas da feira e os cidadãos foram almoçar.

    O forasteiro acordou justamente nessa hora. Teresa deixou as mulheres entrar no salão a meia-luz!

— Mostre-nos, como ele é?... — sussurraram as mulheres, apertando as barras dos aventais, levando os punhos cerrados à boca, paradas em semicírculo diante da porta que levava ao dormitório. Sentiam um medo agradável e gostariam de poder soltar gritinhos, como se estivessem sendo beliscadas nas ancas. Teresa levou o indicador aos lábios; primeiro pegou Luciana pela mão, a bela rechonchuda de olhos castanhos da feira, e conduziu as curiosas até a frente da porta. Luciana agachou-se — a saia armada em forma de sino sobre o assoalho —, espremeu o olho esquerdo no buraco da fechadura, depois, enrubescida e com um grito débil, levantou-se e fez o sinal da cruz.

— O que você viu? — perguntaram as outras aos sussurros, juntando-se em uma algazarra de murmúrios como os de gralhas se acomodando em um galho de árvore.

A moça de olhos castanhos refletiu.

— Um homem — disse baixinho e inquieta.

A resposta deixou-as pensativas por algum tempo. Havia algo de tolo e ao mesmo tempo de extraordinário e assustador na informação. "Um homem, meu bom Deus!", as mulheres pensaram, girando os olhos para o alto, sem saber se deviam rir ou sair correndo.

— Um homem, vejam só! — exclamou Gretl.

Como em um gesto religioso, a velha Helena juntou as palmas das mãos e, com a boca desdentada, com reconhecimento e reverência, murmurou, grata:

— Um homem!

Nanette, a viúva, fixou os olhos no chão e, como se estivesse reavivando lembranças, disse com ar sério:

— Um homem.

E assim elas começaram a devanear, depois a dar risadinhas e, em fila, uma por uma se ajoelhou diante do buraco da fechadura, espiou o quarto, e todas passaram a se sentir indescritívelmente bem. Gostariam de poder fazer café e instalar-se ali, com suas canecas no colo, em torno da mesa de pés dourados, e assim esperar, festivas e alegres, com atrevida excitação, pelo homem estrangeiro.

Sentiam-se orgulhosas e seus corações palpitavam, pois tinham visto o desconhecido e teriam o que contar na feira e na cidade, em casa e em torno do poço. Estavam orgulhosas e ao mesmo tempo inquietas, especialmente a viúva Nanette e a curiosa Luciana, e até mesmo a arrogante e estúpida Gretl, como se houvesse algo de extraordinário e fantástico no fato de um homem chegar à cidade. Percebiam que esse alvoroço indiscreto e estouvado era ingênuo e descabido. Ao mesmo tempo, percebiam que essa euforia era algo mais do que mera curiosidade indecorosa. Como se afinal tivessem visto um homem de verdade pelo buraco da fechadura, e como se maridos e amantes, e os homens que haviam conhecido até então, nesse momento, quando vislumbraram o forasteiro adormecido, tivessem sido submetidos a uma prova especial. Como se fosse uma visão rara e espetacular ver um homem que não era nem mesmo bonito, e até bastante feio, com traços grosseiros, porte nada atlético, a respeito de quem nada se sabia, apenas que era um embusteiro, frequentador de tavernas e bem-sucedido em salas de jogos de cartas, que não tinha bagagem, e mesmo seu nome era suspeito, como se nem ele fosse totalmente seu, e sobre quem se anunciava, como sobre tantos outros mulherengos, que era mal-educado, senhor de si e desenvolto com as mulheres: como se essa aparição fosse, de algum modo, extraordinária. Eram mulheres e sentiram algo. Como se os homens que haviam conhecido até então, diante desse estrangeiro que ainda não conheciam, tivessem se revelado.

— Um homem — sussurrou Luciana, inquieta e com fervor.

Elas sentiram a notícia voando na feira de Bolzano, nos salões de Trento, nos camarins dos teatros e nos confessionários; a notícia voava e fazia palpitar corações, a de que nesse momento um homem estava a caminho, se preparando; ele bocejava e se coçava, começava a despertar em um dos quartos da Hospedaria do Cervo de Bolzano. "Pode um homem constituir um fenômeno tão excepcional?", as senhoras de Bolzano se perguntaram no fundo de seus corações. Não se perguntaram com palavras, apenas com sensações. E um estrondo no coração, inequívoco, respondeu à pergunta: "Sim, o mais excepcional de todos".

Porque os homens — elas sentiam vagamente e com o coração aos saltos — eram pais, maridos e amantes, gostavam de se comportar de modo viril, tinham predileção por manejar a espada e exibir títulos, patentes, fortunas, e corriam atrás de qualquer saia; assim eram eles, de modo geral, em Bolzano e em outras regiões, a se acreditar nas histórias. A fama desse homem, porém, era diferente. Os homens gostavam de se comportar com superioridade e por vezes só faltavam cocoricar de arrogância e fanfarrice, totalmente ridículos, como galos. Mas a maioria dos homens é triste e infantil, ou monótona e cobiçosa, ou apática e sem ouvido nenhum para a música. Elas sentiam que Luciana dissera a verdade, que tinham visto um homem que total e obstinadamente era um homem, apenas isso e nada mais, assim como um carvalho nada mais é que um carvalho e uma rocha é simplesmente uma rocha, nada mais. Entenderam isso e se olhavam de olhos esbugalhados, boquiabertas, pasmas e inquietas. Entenderam porque Luciana havia declarado, porque tinham visto com os próprios olhos e porque o quarto, a casa e a cidade haviam se enchido da tensão e excitação provenientes da presença do estrangeiro; entenderam que um homem de verdade é um fenômeno tão raro quanto uma mulher de verdade. Um homem que não se afirma pelas palavras gritadas nem pelo manejo de espadas, que não cocorica e não pede mais carinho além daquele que é capaz de dar, que não procura a mãe e o amigo nas mulheres, que não se esconde nos braços da paixão ou atrás das saias das mulheres; um homem interessado apenas em dar e receber, sem pressa e sem cobiça, porque toda a sua vida, todos os seus nervos, cada centelha de sua consciência e cada músculo de seu corpo, ele entregou ao arrebatamento da vida — esse tipo de homem é um fenômeno dos mais raros. Havia homens maternais e suaves, gritalhões e metidos a galo, que falavam excessivamente alto e cocoricavam demais suas emoções sobre as mulheres, e havia os indiferentes e os palermas balbuciantes — todos esses não eram os verdadeiros. E havia os bonitos, que se ocupavam mais com a própria beleza e sucesso do que com as mulheres. Havia os cruéis, que se aproximavam das mulheres como dos inimigos, como assassinos, com sorrisos melífluos e uma adaga sob a pelerine. E às vezes, bem raramente, surgia um homem. Agora elas compreendiam as notícias, a fama que o precedia, entendiam a inquietação que inundara a cidade, piscavam, suspiravam, ofegavam, apertavam as mãos sobre o peito. De repente, Luciana deu um grito e as mulheres à porta recuaram. Pois a porta fora aberta e, entre suas grandes folhas brancas, lá estava ele, baixo e descabelado, a barba por fazer, piscando em razão da forte luminosidade, os olhos inchados, encurvado, como quem está muito cansado, e endireitando-se em seguida, como quem se prepara para dar um salto; lá estava o homem desconhecido.

O despertar

As mulheres deram um passo para trás, em direção à parede e à porta. O homem inclinou a cabeça despenteada e com penas de travesseiro grudadas na cabeleira, como se acabado de chegar de um baile de fantasias no qual bruxas o tivessem embebido em alcatrão e feito rolar em um monte de penas o diabólico dançarino. Ele piscava. Com olhar penetrante, fiscalizou o quarto, os móveis, virou a cabeça com movimentos lentos e suaves, como quem dispõe de todo o tempo do mundo e como alguém sabedor de que tudo tem igual importância, visto que a importância de tudo depende das emoções com as quais examinamos o mundo. Então, deu-se conta da presença das mulheres e abaixou as pálpebras escuras e brilhantes, cílios semicerrados, até quase fechar os olhos por completo. Ficou parado assim, de olhos fechados, por alguns minutos. Em seguida, com a cabeça inclinada e um olhar interrogativo, orgulhoso e decidido, como um cavalheiro contempla seus criados — um verdadeiro cavalheiro e verdadeiros criados, os quais não considera pessoas imperfeitas por ser ele o senhor e aqueles os criados, mas por os criados terem assumido de boa vontade o papel de servir —, dirigiu às mulheres essa espécie de olhar. Levantou a cabeça e foi como se tivesse crescido um pouco. Com seus braços curtos e mãos amarelas e ossudas, em um movimento brusco lançou a borda do robe sobre o ombro esquerdo. Um gesto pretensioso e teatral. As mulheres perceberam isso e se libertaram do encantamento dos primeiros instantes, pois com esse movimento o homem revelou que não está tão seguro de si próprio como pareceu a princípio, que é um canastrão e apenas imita ricos e poderosos. Assim, aliviadas, elas se puseram a dar tossidinhas e a sorrir. Mas nada disseram. Ficaram desse modo por algum tempo, em silêncio, sem se mover, olhando para ele.

O homem agora, sem preâmbulos, como se desse um súbito espirro, riu. Ria baixo, mais com os olhos, os quais se arregalaram e, de repente, começaram a reluzir, como uma janela se abrindo em um quarto escuro. Essa luz, que era bem-humorada, crua, deslumbrante, atrevida, curiosa e confiante, tocou as mulheres. Elas já não riam nem exclamavam "Ora, ora" nem diziam "Oh, oh", também não davam risadinhas nem exultavam "Ai, ai". Olhavam o forasteiro caladas. Luciana revirou um pouco os olhos, voltando-os para o céu, como se pedisse ajuda, e murmurou, ou melhor, gemeu: "*Mamma mia*". Nanette entrelaçou as mãos, com movimentos quase suplicantes. O homem permanecia calado, apenas rindo. Depois mostrou os dentes, amarelos, em forma de pá, uma ossatura imensa e forte, caninos incólumes e predadores, e seus olhos, boca, dentadura e rosto riram sem emitir som, com um bom humor pachorrento, tranquilo e consciente, como se nada fosse mais divertido do que aquela situação ali em Bolzano, em um dos quartos da Hospedaria do Cervo, perto do meio-dia, diante daquelas mulheres alarmadas que haviam se esgueirado até ali para surpreender seu despertar e depois mexericar sobre ele na cidade e ao redor dos poços. O riso sacudia seu tórax. Colocou as mãos nos quadris e reclinou o corpo para trás com leveza, como se para rir melhor. E como se uma sensação se rompesse depois de longo tempo congelada naquele corpo e, tal qual uma tórrida corrente elétrica, atravessasse o homem, uma sensação que não era nem profunda nem grandiloquente nem trágica, mas simplesmente calorosa e agradável como a vida, o riso começou aos poucos a borbulhar em sua garganta, ganhou voz, irrompeu aos trancos, um som rouco e estridente, de repente se espraiando como uma imperfeita canção popular na voz de um cantor. Depois de alguns segundos, com as mãos ainda nos quadris, inclinou-se mais para trás, rindo a plenos pulmões.

Essa risada altissonante, loquaz, lacrimejante, essa gargalhada de golpear o tórax, preencheu o quarto e era audível no corredor e até mesmo na praça. Ele ria como quem se dá conta de alguma coisa, como se houvesse entendido o que ocorria, como se o grau de baixeza da humanidade, de fato imensurável, o houvesse compelido a um riso irreprimível. Ria como quem enfim se recorda de onde está após despertar de um pesadelo, vê com clareza o mundo e não se farta dos aspectos assustadores e risíveis desse cenário. Ria como alguém se preparando para alguma enorme travessura, a qual deslumbraria o mundo; como um adolescente que expressa os gozos doces da alma com voz atrevida, como se prestes a espalhar pó de mico em todos os poderosos, ricos e notáveis do mundo, enquanto estivessem de camisola, e nos espartilhos das mulheres também, preparando-se para uma brincadeira momentosa de fazer tremer as paredes e, em sua euforia, estivesse pronto para explodir o mundo. Com as mãos nos quadris, a barriga trêmula, o peito estufado, a cabeça de lado, contorcia-se em uma risada rouca. Em seguida, o riso afogou-se na tosse, pois durante a viagem resfriara-se, e não suportava aquela altitude, a proximidade das montanhas, as temperaturas de novembro. Tossia com o rosto vermelho e contorcido.

Quando acabou de tossir, seu bom humor cessou e uma fúria infinita apossou-se dele.

— Oh, as senhoras — disse em voz baixa, por trás dos dentes cerrados, rouco e sibilante. Cruzou os braços em frente ao peito. — Que privilégio, minhas senhoras! — Curvou-se profundamente, parodiando com pés e mãos mesuras e gestos de deferência, como se diante de mulheres francesas da corte em uma agradável manhã, nos corredores de Versalhes, enquanto o rei, de barriga inflada e rosto pálido, ainda dorme e os ociosos e aproveitadores ensaiam juntos salamaleques. — Que privilégio — repetiu — para um andarilho como eu, para um fugitivo como eu, que acabou de escapar do inferno da prisão, da umidade e dos ratos, e que por meio ano não viu rostos queridos, traços delicados. Quanta honra e quanta sorte! — saudou, galhofeiro e um tanto sinistro. As mulheres sentiram a ênfase do conteúdo ameaçador e juntaram-se, encolhidas como galinhas chocas na tempestade, recuando devagar em direção à porta, Luciana tateando a parede e a saída com o traseiro. Com passos bem lentos e pausados, o homem se pôs a caminhar na direção delas. — A que devo esta sorte? — prosseguiu, ainda com voz rouca, mas um pouco mais alto. — A que devo a ventura de deparar-me com as belas de Bolzano em meu quarto assim que desperto? Que ventos trazem as senhoras de Bolzano ao fugitivo, ao proscrito, ao homem rejeitado pela sociedade, caçado por cães farejadores e alcateias pelas fronteiras do país, perseguido pelos mercenários da Inquisição, em busca de pegadas no fundo dos bosques e das matas, armados de lanças e espadas? Não temem as senhoras encontrar o pobre fugitivo gozando de não tão boa disposição, precisamente nesta manhã, a primeira em que volta a acordar em uma cama adequada a um ser humano, e não em palha e em trapos de cães? Não o temem agora, quando ele acorda e começa a se recordar? O que desejam as belas de Bolzano? — indagou, já a plenos pulmões, altissonante e enfurecido. Com um gesto violento, endireitou-se, e então foi como se por um instante se tornasse mais bonito. Seu rosto encheu-se de disposição, como uma paisagem descampada iluminada de súbito pelo lampejo de um raio. — Afinal, quem ou o que sou eu para que as senhoras de Bolzano, à minha chegada, se esgueirem para dentro de meu quarto reclamando direito de visita a este desabrigado de passagem? — Era visível o seu prazer diante do efeito de suas palavras, da inquietação das mulheres, da situação de superioridade e da segurança de sua atitude. Agora brincava com elas, como um esgrimista joga com um adversário mais fraco, aproximava-se passo a passo, cada palavra como o zunido de um florete. — Belas de Bolzano! Você, morena altiva! Você, de olhar virtuoso e rosário sobre o avental! Você, de belos seios aí no canto! E você, velhusca... por que esses olhares de tamanha curiosidade? Um engolidor de espadas ou de fogo talvez tenha chegado à cidade, com macacos e ursos, e vocês aqui, furtivas, espiando e arregalando os olhos como tolas para esta fera? Aqui não é a jaula de um circo, senhoras. Esta selvagem criatura despertou e tem fome!

Gargalhou mais uma vez, agora ácido e maldisposto.

— De onde saíram vocês? — perguntou com outra voz, mais baixo e com uma modulação desdenhosa. — Da feira? Da taverna? Já tagarelam na cidade que estou aqui, os espiões já espicham os ouvidos e farejam por aí, as mulheres já papagueiam nos salões e nos camarotes dos teatros, e vocês, lá embaixo na feira? Já dizem que cheguei, que estou aqui, vamos ter diversão! Quanta honra! — repetiu com indiferença, queixoso. — Pois bem, aqui estou! Eu sou assim! Este sou eu de verdade, não do modo como me apresento à noite, de peruca, fraque lilás, espada embainhada e anéis nos dedos! Assim sou eu, nem um pouco mais bonito nem um dia mais jovem! Agrado-lhes? Desejam-me?

Correspondo à minha fama? O que esperam de mim? Por que não fugimos juntos, nós seis, alugamos uma carruagem, partimos para o mundo? Pois não sou eu Giacomo, o amante andarilho, o criado e o servidor de todas, à mercê das senhoras quando e onde desejarem? Sumam daqui, suas galinhas chocas! — ele exclamou com uma voz terrível, e seus olhos negros e faiscantes começaram a emitir raios esverdeados; ou pelo menos foi isso que tempos depois Luciana contaria a seu marido, no leito matrimonial, certa noite, quando chorosa e gaguejante lhe confessaria tudo. — A mim prenderam por dezesseis meses em nome da moral e da virtude! Sabem o que é isso? Dezesseis meses, quatrocentos e oitenta e oito dias e noites sobre um saco de palha, no fedor da miséria humana, vítima de percevejos e pulgas, na companhia de ratos, dezesseis meses, quatrocentos e oitenta e oito dias no escuro, sem sol e sem a luz de uma lamparina, como as toupeiras, como os ratos, sozinho com a juventude, sozinho com as intenções e os desejos da idade adulta masculina, com as recordações, as recordações da vida, as lembranças da luminosidade dos despertares e da doçura da hora de dormir, só e excluído do mundo, em nome da moral e da virtude, das quais sou inimigo. Pelo menos foi o que disse o Messer Grande ao me prender! Quatrocentos e oitenta e oito dias roubados e apagados da vida, quatrocentos e oitenta e oito noites em que eu poderia ter visto a lua e o mar no porto, o rosto das pessoas à luz das luminárias, o rosto das mulheres, naquele momento em que a luz se apaga e os rostos se clareiam apenas com o olhar dos amantes! — Embriagara-se com o próprio discurso, falava muito alto, como quem há tempos tão somente ouvia. — Por que dão um passo para trás? — gritou e estendeu os braços. — Não estou aqui? Cheguei! Você, velhusca, por que se espreme junto à porta? E você, presunçosa tolinha de olhos castanhos, por que não se aproxima? Olhem para este braço, que já apertou tantas cinturas, para estas mãos, que vocês desejavam tanto ver! Não têm medo delas? Elas sabem manejar espadas e cartas, e sabem acariciar também! Você, loira gordota, conhece estes dedos? Eles sabem, no escuro, discernir um ás de espadas, mas estas pontas de dedos conhecem ainda a delicadeza e fariam você gritar ao seu toque, e mais tarde, já sem dentes e com a fala titubeante, você poderia contar a seus netos a lembrança desse momento, quando estes dedos fecharam-se em seu pescoço! Senhoras de Bolzano! Espalhem-se pela cidade e contem que cheguei. Estou aqui, o espetáculo vai começar! Chegou o mulherengo, o consolador das senhoras, o médico dos corações desiludidos, que conhece poções para corações partidos, e conhece a infusão secreta com a qual é necessário alimentar o debilitado amante para que à noite mostre-se ágil e divertido na cama! Contem a todos que conseguiram invadir meu quarto, que viram com os próprios olhos que estou aqui, que não definhei na prisão, que este braço, este coração, este ombro e todo o resto continuam juntos e no lugar! Propaguem a boa-nova, senhoras! E falem com seus homens, no momento de intimidade, quando desfizerem o cinto e deixarem cair a saia, contem que Giacomo chegou, o condenado à prisão, ao submundo e à escuridão em nome da moral e da virtude, agora já totalmente virtuoso e curado, suplicando por indulgência e gentil proteção! Peçam clemência à minha pessoa, lindas senhoras, aos poderosos e virtuosos, os quais, de tão perfeitos e acima dos pecadores, atrevem-se a condenar. Pois sou um pecador; vão e digam que Giacomo arrependeu-se de seus pecados. Peco por tudo saber sobre homens e mulheres e por ter a fama de prezar a vida acima de tudo. Vão e contem a eles que estou aqui.

Parou diante da janela e abriu-a com as mãos. A luz, a fria luz de novembro, inundou o quarto com abundância e impetuosidade, como as cachoeiras dos Alpes. De braços abertos, segurando as folhas da janela, em pé, a cabeça lançada para trás, banhava o rosto pálido na claridade, de olhos fechados suportava o contato da luz e sorria.

— Vão embora! — disse, sem sair do lugar, sem abrir os olhos, sorrindo, às mulheres encolhidas no canto do quarto. — Contem a eles que cheguei. É o fim da marginalidade. O sol está lá fora.

Respirou fundo. Baixinho, com voz prazenteira, como se comunicasse ao mundo uma rara boa notícia, anunciou:

— Acordei.

E assim ele permaneceu, de olhos fechados, sem voltar a cabeça em direção à porta, por cuja soleira se esgueiravam, na ponta dos pés e para o corredor, as curiosas mulheres da feira de Bolzano. As pernas femininas apressavam-se escada abaixo com passadas bruscas e ágeis. Ele ouviu essa barulheira sem se mover, não levantou as pálpebras, com a boca semiaberta degustava a luz fresca, como quem, também assim, era capaz de saber e ver tudo o que ocorria no quarto. Depois dirigiu-se a Teresa, a mocinha, que ficara por último no quarto e cuja mãozinha vermelha mas não disforme já mexia na maçaneta:

— Você fica.

Falou de modo displicente, ainda em tom áspero, como quem sabe que de uma ordem sua não se pode esquivar. Olhava a praça atentamente, para o conjunto de casas cujo desenho pronunciado destacava-se em virtude do banho de luz. Suspirou com suavidade, como quando a gente desperta e se espreguiça, solta uns gemidos e enfim se dá conta de que tem coisas a fazer e que não pode fugir dos compromissos do dia. Amigável e divertido, disse:

— Aproxime-se.

Escala e ensaio

Virou-se e com passos rápidos dirigiu-se à poltrona de pés dourados, forrada de seda florida, diante do grande espelho e da lareira. Sentou-se, cruzou a perna direita sobre a esquerda, cujas panturrilhas com tendões salientes estavam inchadas como todos que cavalgam e caminham muito, os braços apoiados na poltrona. Olhou para a menina atento e sério.

— Mais perto — disse em voz baixa e autoritária. — Bem junto de mim. — E quando a mocinha, com passos lentos e tranquilos, ficou em pé à sua frente, ele pegou a pequena mão vermelha, levantou-a com delicadeza, como um cavalheiro em meio à dança faz girar sua parceira, ou como o alfaiate examina sua nova criação, um vestido de baile que está sendo experimentado pela modelo, e com amabilidade e profissionalismo fez girar a moça em um semicírculo com gestos delicados.

— Qual é o seu nome? — perguntou.

E quando Teresa disse seu nome:

— Quantos anos você tem?

Depois de ouvir a resposta, ele assentiu com a cabeça, murmurando e balbuciando enquanto refletia.

— Por que permitiu que as mulheres entrassem em meu quarto? — E como se não esperasse resposta, prosseguiu depressa. — As pessoas pensam, Teresa, que sou um sujeito depravado, no entanto mal correspondo à minha fama. Já não me apetece viajar. Um homem torna-se famoso porque o mundo é pequeno, o traslado melhorou drasticamente nos últimos tempos, a comunicação é quase perfeita. As pessoas sabem de tudo graças aos mexericos dos jornais, aos sabichões dos corredores dos teatros, já não existem segredos, às vezes penso que não há mais vida privada. Na minha juventude tudo era diferente. Veneza, hoje, é como uma caixa de vidro, com todos expostos nas vitrines, todos roubam, trapaceiam, enchem a pança e fazem sexo abertamente. Já foi a Veneza? Vou levá-la algum dia, de sábado a segunda — acrescentou, distraído.

— Não, minha criança, não acredite nos venezianos. Olhe nos meus olhos. Vê como estou triste?... Os mexeriqueiros moldaram-me como uma figura ridícula, como uma celebridade vulgar. À simples notícia de minha chegada às cidades, os jovens privilegiados e os espiões começam a afiar os ouvidos, os donos de cassinos e as mulheres que vivem do fato de existirem moças mais jovens e desajeitadas do que elas; e nos passeios dos parques meu nome é cochichado por aproveitadores, olhos vigilantes seguem-me dos balcões e do fundo das carruagens, mulheres com olhar míope levam aos olhos seus binóculos de teatro de cabo dourado e, com a cabeça inclinada de lado, ciciam: "Ah, é ele?... Que vergonha! Por que o toleram na cidade? Que o apresentem a mim!". Assim falam as mulheres. Chegue mais perto, minha querida. Olhe em meus olhos. Tem medo de mim?...

— Não tenho medo — disse a mocinha.

O forasteiro refletiu:

— Isso não é bom — disse um pouco preocupado.

Mas Teresa, a moça que era empregada e parente na Hospedaria do Cervo, realmente não tinha medo dele. Nesse momento em que ela está em pé diante do estranho, acostumada a receber por vezes carícias, por vezes apertões, por vezes presentes, por vezes ameaças, é chegada a hora de falarmos sobre ela. Porque a moça era insignificante e donzela, mas de quando em quando um traço movia-se em torno de sua boca, revelando com eloquência algo especial aos homens. Tinha dezesseis anos, conforme já dissemos, conhecia os segredos rançosos dos quartos e das cabines sufocantes da Hospedaria do Cervo, arrumava e desfazia camas, despejava a água da higiene dos hóspedes, tinha uma saia de lã azul-marinho que um comerciante de Turim lhe havia dado como recordação, tinha um corpete verde-claro decotado, que fora esquecido no fundo de um armário por uma atriz madura que passara por ali, e tinha um livro de orações encadernado em couro branco, com retratos do santo querido de Pádua; nada mais possuía aqui na terra. Sim, também havia um pente de Veneza. Dormia no chão, no cômodo acima dos quartos de hóspedes, próximo da alcova de Balbi, e sua casa ficava no sul do Tirol, em um vilarejo na base da montanha que quase se debatia ofegante por ar, de tanto que a paisagem, a montanha e a miséria o oprimiam. Seu pai um dia foi ser soldado mercenário no exército do rei de Nápoles e não mais regressou. Teresa olhava o forasteiro e não tinha medo.

O medo, aquele da primeira noite, quando o hospedeiro, que às vezes batia nela e que às vezes tentava seduzir a jovem parente para o seu leito de viúvo, questionou-a; agora o mesmo medo que a tinha dominado logo depois do jantar, quando se pôs a observar o estranho semiadormecido resmungando e dormitando, quando o homem agarrou com força sua mão, passou. Tinha certa vergonha de suas mãos, que eram vermelhas de lavar roupa e carregar lenha, grossas e gretadas, ressecadas pelo vento, porque em Bolzano o vento zunia eternamente e fazia Teresa pensar que jamais se acostumaria ali. Por isso foi só de má vontade que entregou suas mãos àquelas mãos masculinas de pressão forte e, ainda assim, macias e afidalgadas, delicadas, e cuja pele fria provocava uma suave sensação tátil. Porém o contato a acalmou. Sim, as mãos do homem e a pressão delas eram como se ao mesmo tempo a despojassem e a presenteassem. E das palmas frias e lisas dele lentamente emanava em direção à pele da jovem, através das veias, um calor especial, diferente daquele produzido pelo fogão ou de quando alguém senta-se ao sol. Esse calor evolava e se expandia e, de vez em quando, quase se interrompia por um instante, como quando se assopra uma vela ou como quando uma rajada de vento, em uma coriscada, diminui a chama da luz — sim, como se houvesse uma tempestade e uma correnteza de vento em algum lugar próximo. Depois, as mãos do homem voltavam a se aquecer. Teresa não sentia mais medo. Não pensava em nada. Preferia conversar apenas com o cachorro no jardim, com o pequeno *szarvas* branco de orelhas pontudas, e com mais ninguém, e também gostava de ficar sentada durante horas, no verão ou no inverno, em uma das alas da igreja, na penumbra, sob a imagem da Virgem Maria abaixo do púlpito; nessas ocasiões cerrava os olhos sem pensar em nada. De vez em quando, pensava no amor, mas do mesmo jeito que o pescador pensa no mar. Conhecia o amor e não o temia.

Agora, no momento em que o homem finalmente a tocara — com delicadeza, o forasteiro segurava sua mão com dois dedos, como se a tirasse para dançar, e com a cabeça inclinada apoiava o rosto na palma da outra mão —, Teresa percebeu que era ela a mais forte. O sentimento a surpreendeu. O estranho, tudo indicava, era poderoso e nobre, embora tivesse chegado em frangalhos; além disso, era mais velho, muito mais velho que ela; e, acima de tudo, possuía fama, todas as mulheres desejavam vê-lo a qualquer custo. Teresa teria motivos de sobra para temê-lo. E prometera levá-la a Veneza, e ela receava promessas, porque pessoas que faziam promessas eram conhecidas mentirosas; apenas aqueles que nada diziam de antemão davam alguma coisa. E ela não sabia o que exatamente aquele homem queria dela... Porque outros a haviam beliscado ou lhe dado tapinhas no traseiro, ou querido beijá-la, ou dito palavras ardentes em seu ouvido, indecências grosseiras, ou súplicas desajeitadas, ou propostas obscenas, e a chamado para o quarto depois da meia-noite, quando todos estavam recolhidos. Sim, Teresa conhecia os homens. Este não a beliscava, não a chamava para lugar nenhum e não dizia indecências. Só a encarava com uma expressão um pouco preocupada, atento como quem pensa com força mas não consegue se lembrar de algo: um nome ou lembrança, alguma ideia importante e de significativa compreensão vital.

— Você não tem medo — murmurou o homem.

Com leveza, gentilmente e de modo nem um pouco suplicante, mas ainda assim com um gesto que não deixava dúvidas, sentou a moça em seu colo. Teresa obedeceu a esse comando. Permaneceu educadamente sentada no colo do forasteiro, como se de visita a algum lugar desconhecido, pronta para correr a qualquer momento se a campainha tocasse ou se alguém a chamasse. Ambos estavam sérios. Olhavam-se com grande atenção, o homem com os olhos um pouco espremidos para melhor observar a mulher; com dois dedos virou o rosto de Teresa em direção à claridade. A jovem tolerou esse gesto, como no médico obedece-se a bem-intencionadas instruções.

— Havia dezesseis meses — disse o estranho calmamente — que eu não olhava nos olhos de uma mulher. Têm uma cor bonita, os seus olhos, Teresa, têm a cor do céu de Veneza. Eu via o céu através da janela da prisão, quando me levavam a passear no corredor. Ele era azul, exatamente assim, azul-acinzentado, um azul um tanto frio, como se a cor do mar também estivesse nele refletida. Seus olhos têm a cor das coisas eternas — disse educadamente. — Mas isso você não compreende. Nem é importante que compreenda. Há certo mal-entendido entre nós, como sempre há entre um homem e uma mulher; com frequência me envergonho quando falo demais com uma mulher. Beije-me — disse de maneira natural e amistosa.

A jovem não se mexeu e, com seu olhar azul-acinzentado e vidrado, a cabeça rígida, o olhava embasbacada.

— Beije-me. Não entendeu? — disse um pouco surpreso, porém ainda amigável. Teresa lembrou-se mais tarde de que com esse tom de voz ele também poderia ter lhe pedido um copo de água ou simplesmente tê-la mandado chamar Balbi por estar entediado. De modo simples e indiferente, disse: "Beije-me". Mas Teresa nunca havia beijado um homem como aquele, por isso apenas olhava um pouco pasma, um olhar mais apalermado do que inteligente. O homem envolveu sua cintura com um braço, também com displicência, como quem apanha um livro ou um pente, e amistosamente, e com um tom de curiosidade na voz, perguntou-lhe:

— O que você sente?

— Nada — respondeu a jovem.

— Você não entende — declarou, um pouco aborrecido. — Não está entendendo minha pergunta. Não estou lhe perguntando o que sente de modo geral sobre a vida, sobre os homens ou sobre o amor. Preste atenção, criança. Pergunto o que sente quando a toco, o que sente quando meus dois dedos envolvem seu braço acima do cotovelo, o que sente quando coloco as mãos sobre o seu coração, assim... O que está sentindo agora, neste momento?

— Senhor — respondeu a moça educadamente e levantando-se. Curvou-se diante dele e, com as mãos, como via fazerem algumas vezes no restaurante, ergueu um pouco a barra da saia. — Não sinto nada.

Agora também o homem se pôs em pé, de pernas abertas, braços cruzados sobre o peito, cabeça abaixada, acabrunhado e confuso.

— Impossível — disse agitado e, em sua perturbação, deu uma tossidela. — Impossível que não sinta nada quando eu... Bem, espere um pouco! — Com movimentos rápidos, abraçou a jovem, inclinando-se sobre o rosto jovem e fresco dela, seus olhos escuros lançando faíscas aos meigos olhos azul-claros da menina, tranquilos e começando a entender. — Agora também não, se enlaço você com meus braços? Não sente como é quente meu hálito? A pressão de minhas mãos em suas costelas?... Não sente minha proximidade, não sente que neste momento já nos conhecemos e que trago um presente admirável, o presente da vida e do amor?... Não é verdade que agora está tremendo dos dedos dos pés à cabeça, que está sendo invadida por esse tremor especial que jamais sentiu, como se pela primeira vez percebesse o que é viver, que sempre viveu à espera disso e como se para isso tivesse vindo a este mundo? — E quando não houve resposta: — Então, e agora? — voltou a indagar, desnorteado. Por fim, soltou a moça, levou a mão à testa em um gesto distraído e olhou em torno confuso.

Porque aquela jovem, olhos nos olhos, à distância de um passo dele, aquela pequena menina desleixada, em trapos e descalça, gatinha de seus hospedeiros, das quais conhecia tantas — e, se quisesse ser honesto, admitiria ser o único tipo que conhecia de verdade! —, aquela jovem, ele nem precisava de provas, verdadeiramente nada sentia. O homem rosnou, nervoso. Aquele corpo jovem e fresco não havia se arrepiado ao seu toque de mestre, quando a envolvera pela cintura, os olhos brilhantes e límpidos dela não tinham se perturbado, como os olhos do mar quando a tempestade se abate sobre ele, aquele coração, cujo palpitar sentira através da blusa e da pele quente da moça, não se acelerara quando havia pressionado a palma fervente de sua mão sobre o seio dela. A moça respirava com suavidade, ali, em pé, ele só precisava estender as mãos para alcançá-la — a mão estendida, porém, deteve-se no ar, a caminho. A rejeição feminina, com a qual por vezes topara, sempre o incitava a um novo ataque. Ah, haveria jogo mais belo e combate mais emocionante do que a luta a dois com uma mulher que se protege, que grita, protesta e, assustada ou com superioridade, desvia-se de seu apaixonado contendor? Nessas ocasiões é que percebia sua verdadeira força, nessas ocasiões as palavras brotavam com facilidade de sua boca, nessas ocasiões sabia ser corajoso e submisso, exigente e admirador, inseguro e ousado. A resistência já é em si um vínculo, um jogo quase ganho, a resistência já é uma variedade da entrega, quem resiste sabe por que se protege e quem se protege já desejou aquilo de que está fugindo... Mas aquela garota, no quarto de uma hospedaria de uma cidade estranha, aquela criada magricela e desmazelada, a primeira mulher para quem ele estendera os braços após dezesseis meses de prisão, submundo, isolamento e miséria, aquela moça nem mesmo se protegia. Não estava resistindo. Lá estava ela, tão completamente tranquila, doce e maltrapilha, como se nem estivesse diante do homem que havia pouco, ainda, alugara um palácio em Murano para a freira mais linda de Veneza, e a quem uma marquesa ensinara a escrever poemas de amor, nem fazia tanto tempo assim, em Roma, no palácio do cardeal, seu protetor... Lá estava ela, em pé, e ele nada podia fazer, pois ela não resistia nem se renderia a uma ordem ou exigência; permanecia como a luz diante da sombra, e nem mesmo seu instinto feminino a aconselhava a fugir dali. Ele respirou fundo e enxugou a testa, tomada por um suor intenso e frio.

O que acontecera? O que jamais havia acontecido. Olhou ao redor do quarto, como quem procura algo, seus olhos esbarraram na adaga que deixara sobre o aparador da lareira na última noite. Com um movimento ligeiro, pegou a adaga com as mãos e, displicentemente, começou a brandir sua lâmina. Deixou de se preocupar com a moça e começou a caminhar pelo quarto, com a adaga na mão, falando baixinho.

— Pois então — resmungou. Depois bradou: — Impossível!

Sentia-se péssimo, como um grande artista que não se apresentava em um palco havia muito tempo e em sua reaparição depara com uma sala de espetáculo fria e fileiras de assentos mudas. Não o apuparam, ele não tropeçara, mas aquele silêncio gelado, aquela recepção indiferente eram mais assustadores do que um tropeção. Sentia-se como um cantor que, aterrorizado, percebe que algo aconteceu com sua voz, que não adianta gritar, que não adianta eliminar os versos mais altos, que sua voz não emite mais aquela ressonância quente, aquele trinado atraente e característico, ao som do qual a plateia se arrepiava, a ponto de os olhos das mulheres se toldarem por um véu de névoa e os homens olharem um ponto adiante deles com expressão severa e escutarem, como se para todos houvesse chegado o momento certo do arrependimento e da prestação de contas... Sentia-se como alguém que se esquecera de algo, de uma voz, de uma postura, daquela aptidão secreta que era apenas sua, do segredo de seu sucesso e de sua essência, como quem de súbito não entende por que hoje não aplaudem ao fim do espetáculo, quando ainda ontem pediam bis desvairadamente terminada a mesma apresentação, como quem está ciente de que algo se deteriorara, de que nada valem toda aptidão, treino e experiência se o efeito sobre a plateia já não é o mesmo! E como o ator que no palco percebe, em desespero, que não mais atrai e que uma fria indiferença emana da plateia, começou a emitir sons guturais e, desorientado, levou a mão à garganta, fazendo "A... a... a...! É... é... é...!", em busca da voz perdida. Manteve-se em pé com a adaga na mão, fitando a moça.

— Impossível! — repetiu, mais alto. — Não sente nada, absolutamente nada? Não tem medo, não treme, não quer fugir de mim?... — perguntou, quase implorando. Sentia suscitar compaixão com a adaga na mão e com aquele tom lamentoso de voz. — Por que não olha em meus olhos? — indagou mais baixo, com voz rouca e muito triste. A esse tom de voz, a jovem levantou os olhos, virou o rosto devagar em direção ao estrangeiro e, séria e atenta, cedeu ao olhar inquisidor do homem. — Ah... — disse ele com alívio, e se moveu como em posição de esgrima ou como preparado para um salto. — Agora minha voz atingiu você — regozijou-se, falando baixo e delicadamente. — Quero que sinta que me dirijo a você e apenas a você. Agora que a conheço, eu a reconheceria entre mil mulheres, mesmo em um baile de máscaras. Veja, você já reage, seus olhos reagem. Eu sabia. Nem poderia ser de outra forma. — Em sua alegria, assobiou baixinho e em seguida, novamente com aquela voz calorosa, triste e profunda com a qual, a olhos vistos, ele comandava como bem entendia, como um mágico com suas ilusões: — Pois é apenas esse o segredo, minha cara, isso é tudo, não requer habilidade nem artifícios, é sempre esse o segredo. Como se algo nos tocasse. Você me tocou tão logo entrou no quarto, e é esse o toque mais secreto; às vezes penso que é o motivo e a razão de ser da vida. Seu coração bate mais depressa? Você corou?...Você sabe muito bem que não pode ir agora. Venha mais para perto, como antes.

E enquanto a moça se aproximava lentamente, ele disse com calma e simplicidade:

— Não se lembra? Eu disse que me beijasse.

Devagar, com movimentos seguros e sem pressa, estendeu os braços, abraçou-a pelos ombros com meiguice e, com um olhar atento, curvou-se sobre a cabeça da jovem em seus braços.

O beijo

Então, três dias depois de sua fuga da prisão de segurança máxima, na qual passara dezesseis meses, ele beijou a criada em um quarto da Hospedaria do Cervo, em Bolzano. Aconteceu assim: primeiro beijou o lábio gretado da moça, que, macio e inerte, abriu-se em dois ao contato da boca do homem, sem retribuir o beijo. Permaneceram assim por muito tempo. Olhou os olhos da moça, daquele ser desconhecido e assustado de olhar límpido; depois, como que cegado por uma forte luminosidade, piscou. Ambos fecharam os olhos por um instante. Estavam familiarizados com a situação, como se fosse ela a única natural e sensata na vida, como se nem fosse possível entender por que até agora haviam se ocupado de outras pessoas e por que tinham vivido outras situações, como se estivessem se preparando para esse momento havia muito tempo, com toda a intenção e o desejo, acordados e em sonhos. A jovem acomodou-se melhor nos braços do homem desconhecido. Seu rosto estava sério e tranquilo, como quem, após longa pesquisa e análise, por fim solta um suspiro e diz: "Ah, entendo, então era disso que se tratava!". E imediatamente tudo torna-se mais simples. Acomodou-se nos braços do desconhecido, procurando seu lugar com cuidado, com pequenos movimentos, pudica, mas com movimentos seguros, como quem sente que cada deslocamento de seu corpo expressa alguma coisa, o grande diálogo sem palavras havia principiado, o diálogo iniciado havia tempos entre um homem e uma mulher e ao qual todo casal apaixonado dá continuidade nos segundos seguintes em que um homem envolve uma mulher nos braços. Ela procurava seu lugar. Na verdade, mal se mexia; apenas permitia que os dois corpos, entre a atração e as dificuldades impostas pelas leis da física, encontrassem equilíbrio naquele território. Deitou a cabeça sobre o braço dele, seu corpo jovem inclinando-se para trás com leveza, os braços firmes e descontraídos dele sustentando-a sem esforço, acolhendo o peso alheio como se por segundos transgredisse a força da atração exercida pela terra. Assim permanecia a jovem, desabada nos braços do desconhecido, na ponta dos pés, a cabeça jogada para trás, um pouco tombada de lado. Alguém que os espiasse pelo buraco da fechadura poderia supor que a moça estivesse desmaiada ou que tivesse sido retirada de algum rio invisível, achando-se estendida, inconsciente, nos braços de seu salvador, que em seguida a deitaria na cama ou no chão, de braços erguidos, para que seu coração fosse massageado e ela ressuscitada. Pois a postura da jovem sugeria alguém perdido, inconsciente e recentemente resgatado. Aliás, era desse modo que ela se sentia nesse momento: como uma suicida que submergira no rio e que fora salva e levada para a margem. Ela estava, sobretudo, acomodando-se à nova situação.

 Achar-se nos braços de um desconhecido era a um só tempo uma dolorosa, alegre e assustadoramente familiar situação. Ao que parece, a melhor coisa deste mundo é sermos sustentados pelos braços de outro alguém. Nesse instante, Teresa lembrou-se vagamente de que sua mãe, que era sardenta como um ovo de perua e baixinha e redonda como um barril de vinho, também a segurava assim nos braços. Sim, essa nova situação era-lhe tão familiar como a vida para um recém-nascido; não era necessário ser habilidoso nem assertivo, apenas paciente, até que a situação se apropriasse de nós. Depois permitir que os corpos encontrassem seu equilíbrio à medida que se uniam pelo aperto dos braços e por atrações ainda mais poderosas e forças mais obstinadas. Tudo estava bem e em seu devido lugar: um homem que Teresa ainda ontem não conhecia, que falava demais, manipulava uma adaga e que havia despertado com o cabelo desarranjado e repleto de penas, no quarto onde dormia de pernas esparramadas, com expressão zangada e rosto contorcido. E estava bem que agora esse homem estranho apertasse Teresa nos braços e que ela apenas necessitasse mover um pouco a cabeça para sentir-se mais confortável e deixasse sua boca macia e meiga aberta e fechasse os olhos; fora isso, nada mais a fazer para que tudo ficasse absolutamente bem e no devido lugar. Ela entendeu tudo isso. E agora que já sabia e entendia tudo, começou a sorrir de olhos fechados, respirando e emitindo pequenos suspiros.

Estavam em pé junto à janela sob a luminosidade fria e flagrante. O homem, de costas para a janela, contemplava o rosto iluminado da jovem, olhava a mulher que sustentava nos braços com aquele movimento especial, encorajador e ameaçador, salvador e agressivo, como o movimento de um abraço deveria ser. Para o forasteiro também era uma situação reconfortante e familiar. Agora já não temia que na umidade e na solidão, que nos meses vazios da introversão houvesse perdido sua voz. Já sabia que cada palavra e gesto seus faziam sucesso com seu público. Olhava a moça serenamente, sem pressa, dispunha de tempo. O rosto, aquele rosto em forma de coração, cujos traços e variações de cores estavam ampliados e enfatizados pela luz do sol, era um rosto de mulher, nada mais — no entanto, não mentira quando antes lhe dissera ser capaz de reconhecê-la entre mil mulheres, mesmo sob uma máscara. Era um rosto de mulher como o de centenas de outras mulheres sobre as quais se deitara em situações similares, com a mesma ternura e grave curiosidade, como se precisasse desvendar alguma linguagem secreta, uma palavra escrita com sinais de magia ou de cabala, uma palavra que desse sentido à vida. Observava aquele rosto com atenção e seriedade. Os sinais no rosto da mulher, seu ligeiramente arrebitado e delicadamente sardento nariz, sua boca crua como a carne de uma fruta machucada e fendida, a pelugem dourada acima dela e no queixo, naquele suave queixo infantil de paisagem arredondada, os olhos tranquilos no traçado esplendidamente desenhado, a sobrancelha farta com ondas loiras, e junto do nariz e da boca, de ambos os lados, dois traços duros esculpidos pela vida, pela desconfiança e pelo medo, e que agora se abrandavam derretidos pela luz do sol e ao contato dos braços do desconhecido — esse era o desenho, a escrita secreta cujo significado precisava decifrar. Os dois rostos, o sério e observador do homem, e o da jovem de olhos fechados, calmo, sutilmente sorridente e expectante, levitavam lado a lado como dois corpos celestes unidos por uma atração indissolúvel. "Por que ter pressa?", pensou o homem. E a jovem sentiu algo similar.

O que era isso? Amor?... Estava certo de que não. Agora que se debruçara sobre o rosto dela e sentira o hálito quente da jovem boca, uma atração lenta e irreprimível obrigara-o a voltar--se ainda mais para aqueles lábios, devagar, mas não com devoção, como fazem os torturados e os sedentos andarilhos atormentados, à maneira dos religiosos e adoradores, sobre o jato da fonte. E pensou: "Será esta?". Mas sabia que não, ou melhor, que esta não passava de mais uma entre tantas que também não eram aquela. Porque reconheceria o rosto da moça entre mil outros — sua capacidade de memorização atuava com segurança e força fantástica, como o animal selvagem percebe e fareja pegadas na floresta — e ao mesmo tempo sabia que aquele relacionamento também não seria definitivo, como nada até agora o fora, não importava quão forte manifestava-se em uma ou outra mulher essa voz oculta, secreta e firme, a mensagem da candidatura, a qual resumia-se sempre a: "Estou aqui, existe uma ligação entre nós que podemos explorar". A mesma mensagem sempre. E ele mantinha-se atento ao chamado, como um animal na floresta. Aguçava os ouvidos, seus olhos brilhavam, empertigava-se. E partia em direção à voz, ao chamado, farejando, ouvindo, espreitando com o instinto, o qual não se deixava burlar. Assim ele era chamado pelas jovens e belas, assim como pelas maduras e murchas, pelas maltrapilhas e de pouca importância, por princesas, freiras, artistas mambembes, balconistas e garçonetes, pelas mulheres que podiam ser pagas com uma moeda de ouro e pelas distintas que habitavam palácios, as quais, ao final, também precisavam ser pagas com muito ouro, pela viúva do padeiro, pela filha marota do negociante de cavalos judeu, por M.M., a preferida do embaixador francês, por C.C., a menina corrompida do convento, pela pequena suja e sarnenta que mais tarde o Rei Mais Católico, Luís de Bourbon, tomou nos braços e carregou para o harém de Versalhes, pela jovem esposa do capitão francês e pela prefeita de Colônia, que já passara dos quarenta e três anos e a quem faltavam dois dentes da frente, pela rainha de Urf, tão velha como a estrada e que espetava os dedos de quem a enlaçava pela cintura ossuda... Seguira em direção a todos os chamamentos e vozes e sempre sentira aquela curiosidade olfativa, aquele tremor e atenção maliciosa, sempre ouvindo a pergunta secreta: "Será esta?". Mas se era preciso perguntar, é porque já sabia que não era aquela, nenhuma delas. Então seguia adiante.

Por toda parte encontravam-se hospedarias, e nos teatros, à noite, sempre havia apresentações, a vida presenteava a todos de modo extraordinário a cada novo dia, se a pessoa não tivesse medo. "Não, nunca tive medo", pensou, satisfeito, e abraçou com mais força o corpo da jovem entregue. "Seria tão bom se fosse esta. Seria bom descansar. Seria bom saber que não há mais necessidade de planos mirabolantes e projetos de quebrar o pescoço, que em um belo dia a fórmula será bem simples, temos uma mulher a quem amamos, e isso é tudo. Seria muito bom", pensou com ironia e tristeza. Mas era como se em algum dia a fórmula houvesse sido embaralhada de maneira irreparável e agora era preciso decifrá-la, como se alguma vez, em algum lugar, a imagem frágil que procurava tivesse se quebrado e por toda parte restasse apenas cacos. E ele se abaixava em busca de cada caco. Esta tinha orelhas bonitas, cor-de-rosa e infantis, orelhinhas nobres, a dobra da concha, os ossos e a delicada ramagem de cartilagens, os lóbulos um pouco risíveis por sua simplicidade carnuda; sim, uma orelha muito meiga, deliciosa. O que sussurrar nessa orelha? Dizer a ela "Você é única"? Já o dissera tantas vezes. No entanto, como quem teme o declínio, mais pelo exercício e pelo prazer da recordação, debruçou-se sobre a orelha da jovem e com hálito quente cochichou: "Você é única".

A nobre e meiga orelha ruborizou-se ao ouvir essas palavras. O rosto da jovem também corou, como se pela primeira vez sentisse vergonha. Havia algo de insolente e coercitivo nessas palavras, quase indecoroso, como em toda mentira proferida pelas pessoas nos grandes momentos. Mas havia nelas algo de familiar e alentador também, que remetia a canções patrióticas, a estátuas dos grandes contemporâneos e a chavões sagrados repetidos à exaustão há séculos. Ele disse "Você é única!", e a moça corou como se tivesse ouvido uma meiga indecência. Corou por perceber a mentira, e o homem calou-se novamente, triunfante e um pouco surpreso, sabedor de que não poderia ser de outro modo e de que não havia nenhuma grande mentira a ser dita. E ambos sentiram que essa mentira, secretamente, era uma verdade. Por isso mantiveram-se calados, um pouco encabulados. Sentiam que aquele "Você é única" era verdadeiro de um modo misterioso, como quase sempre o são as coisas eternas, da mesma forma que alguém diz "Pátria!" ou "Destino" e automaticamente começa a chorar. Não importa quão gritante e despudorada seja a intenção, internamente o grande clichê e a pequena mentira são verdadeiros e, de fato, sente-se a pátria, o destino e até mesmo um "Você é única". E porque mais não soubessem o que dizer um ao outro, começaram a se beijar.

As duas bocas uniram-se, e eis o que ocorreu: algo começou a balançá-los. O balanço de repente transformou-se em ninar, como quando o adulto toma nos braços a criança que já brincou demais, se esbaldou e agora está triste porque se cansou e a noite se aproxima; toma-a nos braços e diz baixinho enquanto a embala: "Você já brincou demais, está cansada, descanse um pouco, minha pequena. Não faça nada, apenas feche os olhos e descanse. Como você está quente! Você se aqueceu demais! Como bate o seu coração!... Caso se acalme, à noite ganhará uma fatia de bolo napolitano!". Nesse instante, a moça, caprichosa e impulsivamente, afastou um pouco a boca, como a criança dizendo: "Não gosto de bolo napolitano!". Em seguida, voltaram a se beijar. O balançar, esse triste e extraordinário balançar, aos poucos levou-os ao fundamento do beijo, da mesma forma que o mar, cujo balanço pode remeter tanto a uma canção de ninar como a um perigo, ao destino ou à aventura. E como quem sente uma vertigem na borda da realidade e percebe, surpreso, que no novo elemento, no elemento de destino desconhecido, também é possível viver e se movimentar, e que talvez nem seja tão mau assim afastar-se da borda e, com esse lento balançar, perder todo contato com a realidade e prosseguir devagar, sem propósito e vontade, em direção ao aniquilamento. Por vezes, entre dois beijos, olhavam sonolentos em torno, como quem levanta a cabeça das ondas e depois recai no elemento perigoso e prazeroso, indiferente e oscilante, e pensa: "Talvez não seja tão mau assim aniquilar-se! Talvez isso seja o melhor que a vida tem para oferecer, este balanço e esquecimento, quando as recordações se perdem e tudo torna-se névoa, familiarmente enevoado". Agora, com os braços que haviam oferecido um ao outro em um gesto suplicante e convidativo, enlaçaram com força suas cabeças. Beijaram-se assim.

Nesse instante, Balbi entrou, parou na porta e, assustado, exclamou:

— Giacomo, não a machuque!

Separaram-se lentamente, desfizeram o abraço e, desorientados, olharam em volta com olhar indagador. O homem, agora que soltara a jovem, percebeu que, distraído, ainda tinha a adaga na mão esquerda, com a qual enlaçara a cintura da moça.

Um escritor

Quando a jovem saiu do quarto, de cabeça baixa e com passos silenciosos, como só sabem fazer aqueles que com frequência andam descalços, Balbi disse:

— Francamente, me assustei. Você estava aí, em pé, com a adaga na mão, como um assassino prestes a apunhalar sua vítima.

— Não sou assassino — ele respondeu, sério e um pouco ofegante, devolvendo a adaga ao aparador da lareira. — Sou apenas um escritor.

— Escritor? — exclamou Balbi, permanecendo boquiaberto por instantes. — O que você escreveu? — perguntou em seguida, desorientado e incrédulo.

— O que eu escrevi? O que eu escrevi? — resmungou o forasteiro. Seu tom de voz rabugento parecia desdenhar do interlocutor, não o julgando digno de uma resposta, de fato, por nem mesmo ser capaz de compreendê-la. — Em primeiro lugar, escrevi muitas coisas. E também versos — disse alegremente, como quem pudesse prová-lo.

— Por dinheiro? — perguntou Balbi.

— Também por dinheiro — respondeu ele. — O verdadeiro escritor sempre escreve por dinheiro, compreendeu, seu estúpido? Não, você é incapaz de entender. Sinto muito, Balbi, não haver enfiado essa adaga no meio de suas costelas lá no casario de Valdepiadene, quando sua insolência pôs em risco nossa fuga. Agora eu seria o assassino que, momentos antes, você julgou que eu fosse; haveria então um gatuno e um parvo a menos na face da Terra, e o mundo me agradeceria por isso. Lamentarei para sempre tê-lo tirado daquele covil, do meio dos ratos.

— Sem mim você não teria fugido — disse calmamente o amigo. As ofensas não o perturbaram. Sentou-se de pernas abertas na poltrona, cruzou as mãos sobre o ventre avantajado, enquanto girava os dedos e piscava.

— Isso é verdade — respondeu com objetividade. — Quando se está em apuros, agarra-se até à corda da forca.

Mediam-se.

— Sim, foi pena — disse mais uma vez e, com um gesto de ombros, pretendeu demonstrar que, quando se cometem algumas faltas na vida, às quais todos estavam sujeitos, era desnecessário alongar-se em lamentações. — Isso de eu ser um escritor, barrigudo, você não consegue entender. O que já escreveu na vida? Cartas de amor na feira, por cinco tostões, para empregadinhas medíocres, ou contratos falsificados para vendedores ambulantes trapaceiros e ladrões de cavalo, ou então cartas de misericórdia com as quais bombardeou seus superiores, tão descuidados e esquecidos, a ponto de não o mandarem a tempo para as galés.

— Mesmo assim — retrucou o padre, doce e amistosamente — foi a escrita que nos salvou, Giacomo. Procure lembrar-se. Escrevemos cartas um ao outro como apaixonados. Eram longas e ardentes, e o carcereiro Lörinc foi nosso mensageiro romântico; apresentamo-nos através das cartas, contamos tudo um ao outro, passado, presente. Se eu não soubesse escrever, jamais teria iniciado uma correspondência com você, jamais teria fugido. Você me despreza e desdenha. Eu sei, teria preferido matar-me. Você não está sendo justo. Também sei o quanto a escrita é importante, quase tanto quanto o poder.

— Quase tanto quanto o poder? — repetiu o companheiro de fuga, arrogante, a cabeça atirada para trás, medindo o amigo com desconfiança sob as pálpebras semicerradas. — Ela é muito mais importante do que o poder! Não é "tanto quanto", Balbi, anote isto; ela é o próprio poder, o único e verdadeiro poder. Você tem razão, foi a escrita que o libertou. Veja, eu não havia pensado nisso. E a escrita também tem razão quando diz que os estúpidos são partícipes do perdão. A escrita é a força maior, a palavra escrita é mais forte do que o papa, do que o rei, é mais forte do que o doge. Nosso exemplo também mostra isso. Combinamos nossa fuga por meio da escrita, as letras serraram as correntes, com as letras tecemos a corda e criamos o gancho, as letras arrancaram-nos do inferno e nos conduziram para a terra. Considera-se — acrescentou, pensativo — que as letras nos levarão também da terra para o céu, porém nisso não acredito.

— No que você acredita? — perguntou o amigo em tom informal, curioso.

— Acredito no destino — respondeu com naturalidade —, no destino que nós mesmos criamos e depois aceitamos. Acredito na vida, nas mudanças, as quais, no fim, acabam todas combinando de modo extraordinário; dos detalhes surge o todo, um ser humano e uma vida. Acredito no amor e na roda da fortuna. E acredito na escrita, pois ela tem poder sobre o destino e o tempo. O que você faz, o que você deseja, o que ama, o que fala, tudo passa. As mulheres passam, as paixões passam. As emoções passam, e as pegadas dos grandes feitos o tempo cobre com pó. Mas a escrita permanece. Eu digo: sou um escritor — repetiu em tom de regozijo, como quem enfim descobriu algo.

Correu os dez dedos, como um arado, pela cabeleira despenteada, com seu costumeiro movimento jogou a cabeça para trás, como um grande artista antes de levar o violino ao queixo e acometer as cordas com o arco. Esse movimento e essa postura de cabeça, ele adotara ainda jovem, quando tocara violino em uma banda veneziana de cordas. Correu através do quarto com seus característicos passos nervosos, como se o nervosismo o fizesse cambalear um tanto.

— A mim também às vezes surpreende — disse baixinho.

— O que o surpreende? — perguntou, curioso, Balbi, um interesse infantil.

— Surpreende-me que eu seja um escritor — respondeu com naturalidade. — Desgraçadamente, sou um escritor, Balbi, e peço-lhe: não conte a ninguém, pois não aprecio a ideia de lamentações que não passam de bazófias. Só conto a você porque não o respeito. Pode-se escrever de várias maneiras. Há quem escreva sentado em um quarto, e não faça mais nada. São os felizardos. Suas vidas talvez sejam infelizes, estão sempre a sós, olham para as mulheres como os cães para a lua, uivam sua tristeza para o mundo, expressam seu lamento, tudo lhes dói, o sol, as estrelas, o outono, a morte. Embora suas vidas sejam infelizes, eles são felizes como escritores, vivem para as letras, nada podem fazer de diferente. Consomem substantivos no desjejum, adormecem abraçados a adjetivos carnudos. Nos sonhos, sorriem com expressão ofendida. E ao acordar voltam-se para o céu com olhos vesgos, por viverem em estado de transe e, com um enlevo estrábico, acreditam que com substantivos e adjetivos, gaguejando ou fluentes, gemendo e guinchando, por fim conseguirão expressar algo com regularidade, o que mesmo a Deus sucedeu apenas uma vez. Esses escritores felizes passeiam entre nós com rostos infelizes, acompanhados de mulheres que os tratam com carinho e grande compaixão, um pouco como se eles fossem irmãos débeis mentais que elas, irmãs melhores e mais sábias, consolam e preparam para a morte. Não quero ser essa espécie de escritor — disse em tom um tanto desdenhoso. — Depois, há os que manejam a pena como a adaga e a espada, escrevem com sangue, espirram bílis no papel, e estes são encontrados em seus escritórios com touca de dormir na cabeça, ofendendo reis e vagabundos, agiotas e traidores; são mercenários e guerreiros de uma ideia, de alguma demanda da humanidade... Conheci alguns assim. Certa vez estive com Voltaire, o medonho. Não me interrompa, de todo modo você nunca deve ter ouvido o nome dele. Não tinha mais dentes, porém sabia morder, reis e rainhas ficavam à espreita de sua proteção. Esse homem desdentado e miserável, com um fiapo de pena entre os dedos inchados pela gota, conseguia manter o mundo sob controle. Entende isso?... Pois eu entendo. Para esses escritores, a escrita não passa de um instrumento, pois eles querem modificar o mundo, esses infelizes escritores; são poderosos porque possuidores de espírito e força, mas sem a capacidade interna do silêncio e da devoção, e por isso infelizes. Esses conseguem abater um rei ou uma ordem mundial com uma palavra, porém são incapazes de expressar o sentido mais secreto da vida, o deslumbramento de vivermos na terra, a felicidade de sabermos que não estamos sós, que as estrelas, as mulheres e os demônios olham por nós, além do fato assombroso de nossa morte certa. Não sabem expressar isso aqueles para quem a pena nada mais é que uma espada ou adaga, não importa quão poderosos sejam aqui na terra. Eles têm poder sobre destinos, tronos, fatalidades, sobre a ordem social, mas não detêm o verdadeiro poder sobre o tempo. E, depois ainda, há escritores como eu. Esse o tipo mais raro — concluiu, satisfeito.

— Sim — disse Balbi respeitosamente. — Por que esse é o tipo mais raro, meu amo e senhor?

Em sua voz cavernosa e áspera adquirida em virtude da prisão, do vinho e das doenças que contraíra em espeluncas de beira de estrada e nos leitos de empregadinhas, ocultavam-se uma respeitosa curiosidade e uma prudente suspeita. Sentado, de boca aberta, girava os dedos como se tivesse entrado no teatro equivocado, no qual o artista representa em um idioma que o espectador não entende de todo.

— Porque eu pago um tributo adicional — disse Giacomo, raivoso. — Entendeu, seu pançudo pé de pato? Entendeu, seu herói de espeluncas e bordéis? Entendeu, enfim? Eu sou o escritor, aquele que paga um tributo adicional. Você pergunta o quanto escrevi. Confesso que por ora não muito. Alguns poemas, sim... alguns artigos sobre magia... Mas nada disso é a verdadeira coisa. Já fui embaixador, padre, militar, violinista, doutor em teologia e humanidades, graças a Bettine, que com catorze anos me iniciou nos conhecimentos do mundo, e graças ao dr. Gozzi, que estava no quarto vizinho em Pádua, não sabia nada sobre os estudos de Bettine e me introduziu na beleza dos segredos da cultura. Mas não é disso que se trata, não importa o que escrevi. Apenas sou importante, o escritor, eu, a pessoa: porque vale mais e dá mais trabalho ser alguém do que fazer algo, entenda de vez. Gozzi nega isso. Gozzi diz que apenas o mau escritor quer viver, que o bom escritor contenta-se em escrever. Mas rejeito a afirmação de Gozzi, porque este é o resumo da batalha do mundo: afirmações e negações fortes e verdadeiras. Sou importante mesmo que, segundo Gozzi, eu seja um mau escritor, apenas sou eu mesmo, porque quero viver. Não consigo escrever enquanto não conhecer o mundo. Ainda estou só começando a conhecê-lo — acrescentou mais baixo, quase com devoção. — Tenho quarenta anos. Ainda vivi pouco. Nunca se vive demais. Ainda não vi o bastante da madrugada, ainda não conheço todos os sentimentos e impulsos humanos, ainda não ri o suficiente da presunção dos funcionários públicos, dos superiores e das autoridades, ainda não impedi o suficiente que padres gordos falem, que troquem a salvação por dinheiro, ainda não gargalhei o bastante por causa da estupidez humana, ainda não rolei o suficiente na sarjeta de tanto rir diante da vaidade humana, da ambição, dos desejos e da cobiça, ainda não acordei tantas vezes entre braços femininos a ponto de saber também alguma verdade sobre as mulheres, aquela outra, que é bem mais do que o banal e triste segredo que escondem sob as saias, o qual excita apenas a imaginação dos adolescentes e dos poetas... Ainda não vivi o suficiente, Balbi — disse obstinadamente, com verdadeira comoção na voz. — E não quero perder nada, entende? Abro mão da glória do mundo, abro mão da fortuna, do lar feliz, ainda me resta tempo para passear de chinelo sob as parreiras e ouvir o canto dos pássaros, o *Consolatio Philosophiae*, do pagão Boécio, embaixo do braço, e com o sábio do Horácio, que me ensinou que um homem verdadeiro é velado por duas irmãs divinas, a erudição e a compaixão... Ainda não quero me entregar à compaixão. Desejo viver para poder escrever um dia. Isso custa caro. Preciso ver tudo, me entenda, meu companheiro de adversidade e do banco das galeras, preciso ver os quartos em que os homens dormem, preciso ouvir seus queixumes quando começam a envelhecer e só conseguem comprar os favores femininos com ouro, preciso conhecer as mães, as irmãs, os amantes, os esposos, os quais dirão algo verdadeiro e confiável sobre a vida, se não de outro modo com um aperto de mão. Sou escritor, portanto preciso viver. Gozzi diz que apenas o mau escritor quer viver. Mas Gozzi não é um homem, é apenas um rato de biblioteca medroso e preguiçoso que jamais produziu algo que venha a perdurar.

— E quando — perguntou Balbi —, quando você pretende escrever, Giacomo? Quero dizer, se você for olhar, ouvir e cheirar tudo que pretende... quando terá tempo para escrever? Você está certo, não entendo disso. Só entendo de lançar letras sobre o papel e, de acordo com a minha experiência, até mesmo para escrever uma carta é preciso bastante tempo. Eu acreditava que para a escrita, para o trabalho dos escritores, seria necessário ainda mais tempo. Talvez uma vida inteira.

— No fim — respondeu ele, olhando para o teto, a boca movendo-se sem som, como se fizesse cálculos mentalmente. — Quero escrever no final da vida.

Diante da janela, no pátio da hospedaria, alguém riu. Alguém com uma risada jovem, quente e rouca gracejava, e o forasteiro apressou-se até a janela e debruçou-se sobre o parapeito. Começou a acenar e a fazer reverências com um largo sorriso irônico e levou dois dedos à boca jogando beijos.

— Belíssima! — gritou. — Única! Esta noite!...

Voltou-se. Carrancudo, disse:

— Preciso experimentar de tudo agora, para que um dia possa escrever. A vida e tudo que a vida dá. É uma diversão cara, escrever... Tenho que olhar tudo, para ser capaz de descrever os costumes das pessoas e os lugares onde fui feliz ou infeliz, ou aos quais fui simplesmente indiferente. Por enquanto não tenho tempo para escrever. E eles — gritou de repente com ódio, irado, tanto que o branco de seus olhos revirou por alguns segundos —, eles ousaram trancar-me na prisão! Veneza abjurou-me, a mim, que mesmo no banco de uma galera sou tão mais veneziano quanto o mais aristocrático dos homens em um quadro de Ticiano! Ousaram privar-me do direito de ser escritor, um verdadeiro escritor, que vive e coleciona material para o seu trabalho todos os dias! Ousaram julgar-me, a um escritor, um escritor veneziano, os cavalheiros de Veneza ousaram excluir-me da vida, da visão do sol e da lua, levaram-me um belo pedaço do meu tempo e da minha vida, a qual não é dedicada senão a servir ao povo... Sim, à minha maneira!... Servir ao povo! Ousaram roubar-me dezesseis meses de vida! Maldição! — exclamou de maneira suave porém assertiva. — Maldição e peste para Veneza! Que venham os mouros, que venha o turco pagão com seus coques, que façam os senadores em pedaços, com exceção do sr. Bragadin, que foi meu pai no lugar de meu pai e me deu dinheiro; estou feliz de haver me lembrado, escreverei logo a ele. A ruína e a vergonha para Veneza, que a mim, a mim, seu filho mais verdadeiro, jogou entre os ratos! O objetivo de minha vida será pagar a Veneza na mesma moeda!

— Sim! — exclamou Balbi, entusiasmado, e seu rosto gordo, que era amarelo e verruguento como uma abóbora, começou a reluzir. — Você está certo, Giacomo, eu entendo. Também sinto assim. Afinal, embora não seja veneziano, também sou um letrado. Maldição para Veneza, você o disse bem. Eu também, acredite, eu também...

Mas não terminou a frase. O forasteiro de repente agarrou-o pela gola e começou a esganá-lo.

"Como ousa amaldiçoar Veneza?"

— Como ousa amaldiçoar Veneza? — ele disse, arfando. — Cabe a mim fazer isso! Ora bolas! Entendeu?... Eu farei mal a Veneza! — exclamou com uma voz medonha e bateu no peito com a mão esquerda. Seu rosto estava terrivelmente desfigurado, de fato não parecia um rosto humano, e sim uma máscara de terror como as usadas pelos venezianos nos dias irreverentes de Carnaval. Com a mão direita apertava a camisa e a gola do casaco do amigo, a mão esquerda flutuava no ar, como uma ave de rapina, procurando às apalpadelas a adaga, a qual não fazia muito tempo lançara sobre o aparador da lareira. Recuou desse modo em direção à lareira, puxando consigo o amigo, cujo rosto amarelo-abóbora lentamente foi se tornando roxo devido ao aperto forte da mão do outro. Agora sua mão exploradora encontrou a adaga sobre o aparador de mármore, ele tomou-a e segurou-a no alto. — Como ousa amaldiçoar Veneza? — disse mais uma vez, bem baixinho, com a adaga levantada e prensando o amigo contra a parede. — Ninguém deve fazer mal a Veneza! Ninguém tem o direito, entendeu? Ninguém! — Cuspia as palavras, e não apenas no sentido figurado, mas de forma literal, de sua boca inchada, de seus caninos amarelados, em meio à fala, espirrava saliva branca, fervente e crepitante no rosto de Balbi; como se dentro daquela agitada caldeira humana de repente algo tivesse entrado em ebulição e o conteúdo de uma vida começado a borbulhar e a transbordar. Estava pálido, amarelo-acinzentado de raiva e paixão. — Eu o farei! — repetiu, sussurrando, como uma promessa arrebatadora e lasciva; e agora no ouvido do amigo assustado, mudo e com as faces de um azul gelado, voltou a murmurar: — Apenas eu! Apenas os venezianos podem! O que sabe você, como poderia saber!... Como podem saber, vocês, preguiçosos, andarilhos, vagabundos, trambiqueiros, como podem saber em que direção fica Veneza? Sentam-se nas tabernas, nas vielas da Merceria, sorvem vinho azedo, e pensam que isso é Veneza! Enchem a pança com peixe e carne, com patês e macarrão, com doces e queijos de cheiro forte, e pensam que isso é Veneza! Embolam-se com uma prostituta cipriota em bordéis de cinco moedas e porque dali ouvem badalar o sino da igreja de São Marcos, pensam que isso é Veneza! Param diante da varanda do doge, resfolegando e festejando, à espera de gorjetas e esmolas, e pensam que isso é Veneza! Não amaldiçoe Veneza, ouviu bem? Nunca! O que você pode saber sobre ela, o que já viu ou ouviu sobre ela? Cale-se sobre Veneza como se já estivesse em seu túmulo e vermes comessem suas banhas, resultado do que você colheu banqueteando-se nas panelas dos produtores de patês, cale-se como os circuncidados judeus calam-se a respeito de Deus, cale-se se tem amor à vida e pretende rever Veneza! Como poderia saber?... Você só viu pedras e panelas, panturrilhas de mulheres, as coxas das criadinhas de Veneza, viu o mar indiferente que o levou a Veneza, assim como o resto deles, os franceses com seus versos, doenças e bons modos; os alemães, que caminham com ar tão preocupado por nossas praças, observando nossas esculturas, como se a vida não fosse o bem mais importante, mas alguma lição que a qualquer momento terão de recitar; os ingleses, que preferem água quente a vinho tinto e que conseguem permanecer horas observando um quadro em um altar, com olhos vidrados, sem perceber que quem posou para ele foi a filha do dono do albergue vizinho, que está lá ajoelhada ao lado deles, nas escadas do altar, devaneando sobre seus pecados, os quais toda Veneza comenta e que Veneza há muito tempo perdoou. Porque Veneza não é o doge nem o Messer Grande, Veneza não são os cônegos de barriga inflada e os senadores que o mundo compra com um ou outro saco de ouro, como bem entende. Veneza não é apenas o tanger do sino da praça de São Marcos, os pombos sobre as pedras brancas nem os poços construídos por artesãos venezianos e esculpidos por meus antepassados e pelos antepassados deles, Veneza não é apenas a chuva brilhante em ruelas estreitas, luz de luar em pequenas pontes, não é apenas rufiões, vaqueiros, jogadores profissionais, mulheres decaídas e registradas nos escritórios bolorentos da procuradoria, Veneza não é apenas o que se vê. Quem conhece Veneza?... Para conhecê-la é preciso nascer lá. É preciso sorvê-la com o leite materno, com o mofo acre, com seu cheiro rançoso, esse cheiro podre e fidalgo que é como o hálito de um moribundo, e como a lembrança de um momento feliz, quando não temíamos nem a vida nem a morte, e cada fibra de nosso corpo, cada aspecto de nosso entendimento era preenchido pela magia do momento, pela vertigem da verdade, pelo arroubo da consciência de que vivemos aqui na terra, em Veneza. Abençoo a fortuna e curvo-me até o chão diante do destino, da felicidade e do orgulho de haver nascido veneziano. Agradeço ao céu que o primeiro ar que inspirei nesta terra estivesse saturado do sábio cheiro podre das lagunas. Nasci veneziano, portanto tudo é meu, tudo pelo qual vale a pena viver me foi dado de presente: o sentimento de liberdade, o mar, as artes e os belos modos, e sei que viver é como combater, e combater é ser verdadeira e categoricamente veneziano! Veneza é a própria felicidade! — bradou, soltando o pescoço já roxo do amigo; em seguida, estendeu os braços e, pálido, olhou em torno com olhos vidrados, como o padre quando anuncia que um milagre, que o espírito divino encontra-se na terra entre os homens. — Sinto felicidade e orgulho por Veneza existir, que acima da realidade plana e tediosa paire alguma coisa não sustentada apenas por estacas; entre a água e o céu, a alma de meus ancestrais também sustenta as pedras! Felicidade que as praças e ruas em que povos do mundo todo largam suas alpercatas e passeiam descalços, arrepiados de emoção, foram as praças de minha infância, onde brinquei de guarda e ladrão, de mouros e turcos com filhos de poderosos e de varredores de rua! É uma cidade formidável, onde todos são aristocratas, inclusive as crianças de rua que rolam nas fezes dos pombos em torno da torre do sino. Todo veneziano é aristocrata, tome nota, Balbi, e dirija-se a mim com mais respeito! O leite materno sugado no seio da mãe com o primeiro movimento esfomeado da boca tem gosto de mar e de laguna, tem o gosto e o cheiro de Veneza: é um pouco salgado, morno e assustadoramente familiar. Por onde quer que eu caminhe, sempre me lembro de Veneza quando inalo o aroma do mar, de Veneza e de minha mãe. Tudo lá era melhor, em Veneza. Eu tinha três anos quando aprendi a andar sobre a água, como o Salvador. Éramos sujos e maltrapilhos e tudo nos pertencia, os palácios de mármore e os portões com arabescos, o porto, onde da manhã à noite e da noite até a manhã havia carregamentos, traziam o ouro, as presas de elefante, as pratas, os âmbares, as pérolas, o óleo de rosas, a lã, a seda, o veludo e o linho, tudo dos bazares de Constantinopla, das oficinas de Creta, dos salões de moda franceses, armas fabricadas pelos ingleses; tudo desembocava aqui, no porto de Veneza, tudo era nosso, meu também, por ser eu veneziano. Mesmo quando ainda uma criança que brincava, eu sabia que era veneziano. Quando cresci, ficava no Rialto vendo os povos do mundo desembarcarem aos pés de Veneza, trazendo incenso, ouro e mirra para homenageá-la. Sua Excelência, o senhor secretário, o sabujo da Inquisição, acusou-me de usar meu sobrenome aristocrático ilegalmente! Mas quem neste mundo sente-se aristocrático com mais direito do que eu, nascido em Veneza? Qual papa, imperador, rei ou principezinho tem mais direito de distribuir títulos aristocráticos do que a rainha do mundo, minha cidade de nascença, Veneza? Minha mãe e meu pai eram venezianos, eu e meus irmãos, todos nascemos lá; existe *grandezza* e aristocracia mais verdadeira que a nossa? Entende agora o que quero dizer? Não ouse amaldiçoar Veneza!

Permanecia em pé, pálido, com olheiras, como em uma espécie de transe. Balbi apalpava o pescoço e, aterrorizado, respirava com dificuldade. Por trás dos dentes falhos e cerrados, resmungou:

— Entendo, agora entendo, Giacomo. Satanás está com você. Já entendi que você é veneziano. Mas se puser as mãos outra vez no meu pescoço, arranco seu nariz a dentadas.

— Não vou machucá-lo — disse Giacomo com desprezo.
— Pode fugir neste instante, se quiser. Deveremos ficar alguns dias em Bolzano, tenho negócios na cidade, preciso escrever uma carta ao sr. Bragadin e esperar pela resposta; enquanto isso, precisamos nos vestir melhor, porque sem roupa até um nobre veneziano assemelha-se a um mendigo. Sim, tenho um pequeno assunto a tratar aqui. Mas no final da semana estaremos na estrada de novo. Levo-o para Munique, para a irmandade da qual, infelizmente, você ainda é membro. A mim, o destino e a vocação de escritor conduzem-me mais longe. A vingança pode esperar. Ela não adormece jamais em meu coração. A vingança

deve ser treinada como um leão cativo, todos os dias o alimentamos com carne sangrenta, com pedaços sangrentos da lembrança, para que não perca seu instinto sanguinário. Porque regressarei a Veneza! Nesse ínterim, porém, ninguém além de mim poderá amaldiçoar Veneza. A chama da vingança permanece acesa, e essa vingança é assunto que concerne a mim e à Inquisição, a mim e ao secretário-geral, a mim e aos venezianos. Não amaldiçoe Veneza se sua vida ainda lhe é cara, mas não tema, confie em mim, pois me encarregarei dela! Saiba também que Veneza não é os venezianos. Ninguém os conhece melhor do que eu, que nasci entre eles, que sou sangue de seu sangue, a quem eles, os venezianos, injuriaram e expulsaram de seu convívio! Ninguém os conhece melhor do que eu, que apresentei um rapaz devasso ao cardeal, o qual roubou dinheiro dos órfãos para fazer um empréstimo estatal ao senador dos assuntos artísticos, que apresentou o castrato a seu honorável chefe da comissão de controle, que os viu, sublimes, excelsos e devotos, escondidos por suas lapelas levantadas, entrar sorrateiros depois que o sol se pôs no famoso portão da rua Ricci, que sabe que em Veneza a vida de um homem vale cinco moedas de ouro, que conhece os endereços exatos dos assassinos de aluguel, os quais passam o dia nas tabernas das ruelas do mercado de peixes e tão abertamente oferecem seus serviços com veneno ou adaga aos sublimes, excelsos e devotos como os camelôs de artigos religiosos oferecem velas e imagens santas. Quem sabe como e por que desapareceu a bela Lucia, a enteada e amante secreta do ilustre embaixador papal? Quem sabe onde e de quem compraram a agulha, a linha e o saco no qual, na noite de São Miguel, ali prenderam e costuraram o nobre Paolo, filho ilegítimo de Sua Excelência? Quem sabe o que apodrece nos porões de certas casas de Veneza, a que cabeças pertencem os troncos que a água do grande canal carrega depois do Carnaval? Quem conhece Veneza? Eles... — disse, e, com as mãos, agarrou a mesa, cujo tampo grosso de carvalho rangeu ao toque bruto — eles ousam me condenar! Parricidas, infanticidas, agiotas, arrecadadores de comissões das lágrimas de órfãos e do sangue de viúvas, gulosos, libidinosos, eles ousam me julgar! Assassinos! Ladrões! Pançudos! Lembre-se de minhas palavras, Balbi! Ainda voltarei a Veneza!

— Sim — disse o frade e persignou-se. — Não gostaria de ser seu parceiro de viagem nessa ocasião, Giacomo!

Olhavam-se imobilizados. Em seguida, ainda com o olhar fixo um no outro, começaram a rir e a gargalhar, balançando suas panças.

— Mande-me o barbeiro — disse Giacomo. — E um bule de chocolate. E tinta, uma pena macia e papel de carta. Quero escrever ao sr. Bragadin, que foi meu pai em lugar do meu pai; quem sabe arranco dele cem moedas de ouro. Mexa-se, Balbi, e não esqueça: você é meu secretário e mordomo. É possível que precisemos passar alguns poucos dias aqui, em Bolzano. Observe a seu redor, mantenha os olhos abertos, não fique farejando demais as saias das criadinhas, pois as prisões do mundo todo são gaiolas sempre abertas para tipos de pássaro gordo como você. E não vou arrancá-lo de trás das grades outra vez. Mexa-se, rápido. Vive aqui na cidade um banqueiro, um agiota nobre, um tal de Mensch. Informe-se sobre o endereço dele.

Com um gesto de mão que havia aprendido com o papa — estendendo a mão para que o anel fosse beijado —, dispensou o companheiro de viagem. Parou em frente ao espelho e, com movimentos cuidadosos e detalhados, começou a se pentear.

Francesca

Teresa trouxe o chocolate e informou que Giuseppe, o belo e rosado loiro de olhos azuis, havia chegado e esperava por instruções. Giacomo deu dinheiro à moça e mandou trazer meias brancas da loja vizinha; em seguida, também encomendou — a crédito — dois pares de luvas de renda e sapatos com fivelas. Enquanto o barbeiro o ensaboava, os criados da hospedaria, caminhando ao redor dele na ponta dos pés, arrumaram a cama, colocaram água quente na bacia, passaram as roupas brancas, porque ele tinha feito Teresa prometer que mandaria engomar cuidadosamente os babados de seu peitilho. As mãos macias do barbeiro remexiam seu rosto, espalhando a espuma, e com movimentos de um maestro ondulavam e ajeitavam as madeixas do ilustre visitante.

— Conte-me — disse o forasteiro, de olhos fechados, espreguiçando-se na poltrona diante do espelho —, quais são as novidades na cidade?

— As novidades? — ciciou o belo barbeiro com voz melodiosa e feminina. — O senhor é a novidade, meu senhor. Desde o pôr do sol não há outra nova em Bolzano. Apenas o senhor. Com licença. — E com a ponta da tesoura começou a cortar os pelos de suas amplas narinas.

— O que dizem? — perguntou com satisfação prazenteira.
— Pode contar-me também as notícias desagradáveis.

— Dizem apenas o melhor — respondeu o barbeiro, e começou a estalar a tesoura; em seguida pegou o ferro de moldar cachos, assoprou-o e, habilidosamente, girou a ferramenta no ar.
— Hoje de manhã, como de costume, estive com Sua Excelência bem cedinho. Vou vê-lo todas as manhãs. Como o senhor sabe, Sua Excelência honra nossa empresa com sua confiança. Faço sua barba e preparo-lhe a peruca, pois ele, e isto fica apenas entre nós, já está completamente calvo. Meu patrão, o famoso Barbaruccia (dizem que nem mesmo em Florença há um barbeiro que saiba fazer sangrar uma veia tão bem e devolver a força masculina perdida com a infusão de ervas), é o médico e cabeleireiro de Sua Excelência. Como disse, eu faço a barba. A esposa do sr. Barbaruccia o massageia duas vezes por semana, e mais vezes ainda, se necessário.

— Não me diga... — disse Giacomo com frieza. — Sua Excelência necessita de massagem e infusões?...

— Apenas depois que se casou, meu senhor — respondeu o barbeiro, e começou a enrolar com o ferro quente os cachos empapados.

Ouvia as notícias um tanto absorto, escarrapachado, na agradável pasmaceira oferecida por esses momentos em que entregamos a cabeça aos dedos macios de um barbeiro. Giuseppe trabalhava com agilidade e tagarelava ainda mais. Falava baixo e com jovialidade, produzindo sons que lembravam o gorgolejo de uma nascente, com aquele ciciar e falsidade sutis, como apenas os barbeiros sabem falar das coisas humanas, o barbeiro que a um só tempo é amigo, mestre, conselheiro, homem de confiança, que conhece os segredos da cidade e dos corpos que envelhecem, das veias que esfriam, das cabeças que perdem seu adorno capilar, dos tendões que cedem, dos velhos ossos rangentes, das gengivas desdentadas, dos maus hálitos, das têmporas enrugadas, dos lábios empalidecidos, dos mistérios disso tudo. "Continue falando!", pensou Giacomo com sabedoria cúmplice; então espreguiçou-se e tolerou que o rapaz de voz feminina esfregasse suas têmporas com álcool queimado e cheiroso e que lhe empoasse o penteado. Gostava dessa meia hora naquela cidade desconhecida, dos minutos quando, logo após despertar, chegava o barbeiro, o traidor da cidade, e, estalando sua tesoura no ouvido do visitante, sussurrava os segredos dos vivos e dos mortos. Com uma ou outra palavra e com uma olhadela de tempos em tempos, Giacomo encorajava o desembaraçado rapaz. — Como? Totalmente calvo? — disse, surpreso, como se isso fosse algo muito importante e como se duvidasse que Sua Excelência necessitasse ser massageado e alimentado depois de haver se casado. — Mas no pescoço há de ter ainda alguns magros cachinhos, não?... — perguntou, dando-lhe uma piscadela confidencial.

— Sim — respondeu Giuseppe com grande satisfação e com aquela voz abnegadamente expansiva, como quem está disposto a cochichar ao mundo os mais tristes e escusos segredos. — Mas são ralos esses cachos, extremamente ralos. Sua Excelência é o nosso grande protetor. Meu mestre, o sr. Barbaruccia, e eu mesmo somos seus protegidos. No mundo de hoje não é mau ter alguém assim. Somos nós que encomendamos o caviar para ele, de Grado, o qual estimula seu desejo amoroso, e a esposa do sr. Barbaruccia prepara-lhe uma infusão de beterraba, raiz-forte e cebolas jovens, que o protege de derrames quando lhe assaltam ideias traquinas. Sua Excelência também falou do senhor.

— O que ele disse? — perguntou Giacomo, arregalando os olhos.

— Apenas que desejava vê-lo — respondeu o barbeiro em seu melhor tom servil. — O senhor de Parma quer vê-lo. Foi tudo que disse.

— Oh! — Giacomo reagiu com desdém. — Que grande honra. Eu me apresentarei ao grande senhor, se meu tempo permitir.

Assim continuaram tagarelando. O barbeiro terminou seu trabalho e foi embora.

— O senhor de Parma! — resmungou Giacomo; depois lavou-se, vestiu a meia branca que Teresa havia deixado na beirada da cama, bebeu o chocolate, lambeu dois dedos, com eles alisou as grossas sobrancelhas diante do espelho, com a adaga afiada cortou as unhas, vestiu a camisa, com a ponta dos dedos ajeitou os babados engomados e com o indicador e o anular de vez em quando tocava o pescoço levemente, como para certificar-se de que a cabeça encontrava-se no lugar certo. — O senhor de Parma! — rezingou. — Com que então ele quer me ver... — Essa possibilidade não lhe ocorrera quando, em meio à fuga, alugara uma carruagem e dirigira-se, aos solavancos, a Bolzano. Assobiando baixinho, acendeu as velas diante do espelho, pois o final da tarde já contrabandeava para o quarto suas sombras marrom-azuladas. Sentou-se diante da mesa de pernas estreitas, acomodou ali o papel de carta, a tinta, o mata-borrão, e com a pena erguida e o torso inclinado para trás, sob as sobrancelhas arqueadas piscando desconfiado, fitou o espelho, atento e curioso. Há tempos não se via assim, em posição de destaque, digna dele, um escritor. Há tempos não se sentava em um quarto mobiliado em estilo tão nobre, diante de uma lareira acesa, com uma camisa recém-engomada, meia longa com brilho perolado, uma pena na mão, como convém, pronto para a produção literária, em um momento de solidão e aprofundamento para o trabalho, no qual ele investiria tudo de si, embora naquele instante sua obra não fosse mais do que uma carta ao sr. Bragadin pedindo um empréstimo de dinheiro. "E que carta ela será!", pensou, satisfeito, como o poeta reflete sobre um soneto, cujas primeiras rimas sonoras já começam a rumorejar na alma excitada. "O senhor de Parma!", pensou mais uma vez, obedecendo à fantasia da qual não conseguia livrar-se. "Então ele ainda vive..." E com os lábios franzidos começou a fazer contas em voz alta.

— Quatro — contou, olhando para o teto, preocupado; depois somou e subtraiu. — Não, cinco! — disse em seguida, como um comerciante. Com a boca formando um bico, fitou a luz da vela. "Agora sou como os poetas antes de escrever", pensou com a pena na mão, recostado na poltrona diante da escrivaninha e da lareira, penteado, banhado e de roupa bem passada. A situação agradava-lhe. "Cinco", pensou angustiado, e ergueu a mão espalmada como se mostrasse a alguém os cinco dedos, como se confirmasse algo, como a criança que grita: "Não fui eu!".
— Cinco — resmungou e, com seus caninos fortes, mordeu o lábio inferior, pendeu a cabeça, rezingou. Olhou para a luz de cenho franzido, olhou para as sombras profundas do quarto, depois estendeu o olhar para mais longe, para a vida, para o passado. E de repente, como quem encontra o que buscava, deu um pequeno assobio. E pronunciou o nome: — Francesca.

Ergueu a mão com a pena e, com um movimento surpreendente, escreveu o nome no ar, como quem diz: "Ao diabo! Não tenho culpa de nada!". Espreguiçou-se em frente à luz vermelha da lareira, em seu calor perfumado, atirou a pena longe e olhou o fogo. "Isso mesmo, Francesca!", pensou. E mais uma vez: "O senhor de Parma! Bolzano! Que acaso!". Mas sabia que coincidências não existiam, que aquilo não era um acaso. De repente, via tudo com acuidade, como se cem velas tivessem se acendido no quarto. Ouviu uma voz, sentiu um perfume conhecido de verbena e o cheiro alegre e animado de roupa branca feminina recém-passada. "Cinco anos haviam se passado", pensou, um pouco horrorizado. Aqueles cinco anos, com sua inundação sórdida e escaldante, varreram tudo, até mesmo Francesca, e ele não estendera a mão àquela que desaparecia. Cinco anos, sim. Será que as pessoas lembravam-se da história de Pistoia, no castelo, de onde a velha condessa saía de carruagem com baldaquinos pretos até Florença, ao meio-dia, quando os senhorzinhos e a juventude dourada agrupavam-se para um desfile de macaquices na via Tornabuoni diante das finas vitrines? Será que em Pistoia ainda se lembravam do duelo da meia-noite, quando o velho careca e clemente namorado o havia esperado à sombra dos ciprestes com um fio nu de espada nas mãos, e lá se enfrentaram, o velho conde de mãos crispadas, diante dos olhos da emudecida Francesca, no pátio do castelo, em silêncio, com as espadas faiscando à luz da lua? Lutaram por muito tempo e com um ódio no qual dissolvera-se a razão de ser da contenda; ninguém mais buscava vingança nem desagravo, apenas queriam lutar, pois neste mundo terreno dois homens atrás de Francesca era demais. — O velho esgrimia bem! — reconheceu à meia-voz. — Naquele tempo, a esposa de Barbaruccia ainda não lhe preparava as poções para que ele caísse nas graças de Francesca com sucesso. — Cobriu os olhos com a palma das mãos e viu a cena com mais clareza, e não conseguia, nem queria, afastar-se das imagens diante dele, que, em tamanho natural, tornavam-se claras por trás de suas pálpebras fechadas.

Lá estava Francesca na brisa da manhã, no jardim do conde, junto ao muro de pedras em ruína, de camisola, delgada, com seus quinze anos; o cabelo negro caía-lhe na testa, com uma mão mantinha preso sobre o peito o lenço de seda branco e com olhos arregalados olhava para o céu. Fora havia cinco anos?... Não, apenas as adagas tinham zunido havia cinco anos; o momento em que vira Francesca pela primeira vez achava-se escondido profunda e secretamente no tempo. Ela está lá, em pé, junto ao muro do jardim, à sombra dos ciprestes, e sobre eles o céu é de um azul manso e transparente, como se todas as emoções humanas tivessem se derretido e se apaziguado nesse tom diáfano e singelo. O vento abraça Francesca, o tecido macio da camisola adere ao corpo da jovem como um traje de banho: agora é como se Francesca surgisse, molhada e orvalhada, do banho noturno de algum sonho, com um brilho úmido e faiscante no canto dos olhos, de um tipo que não se sabe ao certo: gota de lágrima ou gota de orvalho, que, infiel, em lugar de no miolo da flor, foi alojar-se nos cílios da jovem? Ele está diante dela, olhos nos olhos, calado. Apenas o desejo é capaz de calar assim, conclui agora. Em geral sempre falo muito, demais. Mas nesse dia em Pistoia calei-me diante do castelo em ruínas, no jardim, onde as oliveiras tornaram-se selvagens e os ciprestes, sombrios, como os arqueiros de um rei desterrado. Francesca fugira da cama para o jardim, da cama, do castelo, da noite, da infância, de seu recôndito, na manhã daquele dia, quando ficou noiva do senhor de Parma. Agora ele via, sentia, farejava aquela manhã com ciúme e comoção, como só consegue relembrar momentos do passado quem já não é jovem. Pois Francesca era a juventude, e aqueles jardins silenciosos talvez constituíssem também um último momento de juventude: os jardins do palácio do decadente conde D, em Pistoia, decomposto, deteriorado, as próprias lembranças e o peso da maturidade sombria ruíam em frangalhos entre os cenários cheios de pompa, essa era a juventude, quando em uma manhã de junho, cinco anos atrás, muitos anos atrás, o céu estendia-se azul sobre um jardim na Toscana, e Francesca estava ali em pé junto ao muro, com o cabelo e a camisola flutuando ao vento, de olhos fechados, e ambos em silêncio, embriagados e perplexos, uma sensação cuja lembrança ainda agora o agarra e atormenta. "Que jovem maravilhosa ela era!", pensou e comprimiu com mais força a palma das mãos sobre os olhos. Ela parecia tão saturada de luz que emanava o raio de doce inquietude que tocava quem estava diante dela. Sim, ela achava-se iluminada. Isso era o mais raro, reconheceu ele, como um perito. Havia luz nela, e quando me lançava um olhar era como se as luzes do mundo se acendessem, tudo ao redor tornava-se mais alegre, verdadeiro e real. Francesca permanecia como em transe e ele manteve-se calado; então o velho noivo surgiu no portão do castelo, curvou-se profundamente diante de sua noiva, estendeu-lhe o braço e guiou-a de volta à casa. Foi tudo. E um ano depois, naquele mesmo lugar, a um canto do pátio do castelo, e talvez à mesma hora, os dois homens enfrentaram-se.

O velho esgrimia bem, reconheceu mais uma vez, com os lábios franzidos e um sorriso azedo. Isso era tudo? Talvez a juventude fosse o tema dessa aventura, o último ano de sua verdadeira juventude, aquele misterioso e emocionante ínterim em que o inquieto viajante também afrouxa as rédeas, descansa do galope, olha em volta, enxuga a testa e vê que a estrada que o aguarda é íngreme e que ao longe, acima da floresta e das montanhas, já anoitece. Quando encontrou Francesca, ainda era meio-dia, o sol brilhava. Estavam no vale, na base dos morros da Toscana. Vinha de Roma com os bolsos inchados de ouro do cardeal e das cartas de recomendação. "Naquele tempo eu viajava de outro jeito", lembrou, insatisfeito e um tanto saudoso. "Poucos sabiam viajar daquele modo", pensou com imodéstia, orgulhoso, com a presunção do artista que diz: "Ah, a minha voz de tenor! Ha-ha. Quem é capaz de cantar assim? Candidatem-se". Sim, poucos sabiam viajar daquele modo e ainda menos pessoas sabiam chegar tão triunfalmente aos lugares como ele, nos bons tempos, cinco anos atrás! Pois no palco humano tudo tem seus meios e astúcia, e ele conhecia as artimanhas; era preciso saber escolher as parelhas, os arreios, as medidas da carruagem, sim, era preciso entender também do traje do cocheiro com que chegar a um palácio ao qual se é convidado ou a uma hospedaria de boa fama, como irromper pelos portões de uma cidade desconhecida reclinado na carruagem, com uma capa de viagem cinza e bordas lilases, as mãos enluvadas portando uma *lorgnette* de cabo dourado, pernas cruzadas, com expressão pouco interessada, como o deus Febo teria viajado de madrugada em uma carruagem de fogo puxada por quatro corcéis sobre o magnífico porém um pouco desprezado mundo... Esse era o modo, essa era a astúcia, assim era preciso viajar e chegar! Poucos entendiam do assunto, poucos sabiam chegar de tal maneira que, na meia hora seguinte, na hospedaria ou no castelo que o recebia, todos, dos mais novos aos mais velhos, passassem a girar em torno dele! Foi dessa forma que certo dia ele chegou a Pistoia, à casa do velho e empobrecido conde, parente do cardeal, que enviava suas bênçãos à família, à obesa senhora condessa e a Francesca, sua afilhada. Acabou permanecendo por um mês, sustentou a família, presenteou o conde com duzentos ducados e algumas caixinhas de ouro; no ano seguinte voltou por duas vezes e, passado um ano, enfim, em uma madrugada, à luz da lua, duelou com o velho noivo, o senhor de Parma. Abriu a camisa na altura do peito e examinou a ferida.

Com a ponta dos dedos apalpou as cicatrizes, classificando-as, lembrando-se de cada uma. Três cicatrizes alinhavam-se à esquerda, todas próximas ao coração, como se seus inimigos, inconscientemente, mas ainda assim de algum modo com intenção, tivessem querido feri-lo no coração. A cicatriz do meio, profunda e grosseira, devia-se ao conde de Parma e Francesca. Com a ponta do indicador tocou a ferida, que não doía mais. Lutaram com florete, e a ponta da arma do conde havia penetrado profundamente acima do coração; o cirurgião passou semanas espremendo o pus e o sangue da insidiosa ferida, que sangrava também internamente, e no final do sacrifício, com calafrios de febre, em delírio, despediu-se dessa aventura gemendo, berrando e inconsciente. Em Florença, permaneceu de repouso no hospital das freiras, para o qual ordenou que o levassem na própria noite em que se feriu, na carruagem do conde. Nunca mais viu Francesca, e apenas três anos depois ouviu falar do casamento, em Veneza, em um baile de máscaras, quando o cônsul francês mencionou como lamentava que o primo de seu poderoso senhor, o Rei Mais Católico, seu parente de Parma, na leviandade de seu estado senil, tomara como esposa uma franguinha da aldeia, uma pequena condessa qualquer do interior, esquecendo-se de sua posição social e respeitável parentesco... Na ocasião, Giacomo limitou-se a sorrir e silenciou. A ferida já não doía, apenas em dias chuvosos sentia uma fisgada. E a vida passara sem ninguém nunca mais mencionar o nome de Francesca.

"Por que será", pensou agora, "que a imagem dela me acompanhou ao longo dos anos? Também mais tarde, quando adquiri a segunda ferida, essa longa e fibrosa abaixo daquela que o conde de Parma entalhou perto do meu coração, essa ferida da estocada de uma espada do assassino de aluguel contratado pelo falso jogador Orly, que a inscreveu em meu peito certa madrugada em que abandonei uma sala de jogos em Murano levando no bolso da capa o ouro tão dificilmente conquistado do gatuno e fraudulento banqueiro, usando de inteligência e destreza manual; por que será que nos dias seguintes a esse atentado, quando me achava entre a vida e a morte, via sempre esse quadro, Francesca junto ao muro do jardim sob o céu azul da Toscana?" A terceira cicatriz, o arranhão esquisito, era o da unha da mulher grega, e doera mais que todos os cortes e aguilhoadas que sofrera dos homens, esse ferimento secreto através do qual os venenos da morte infiltraram-se em seu corpo — mais fraco que uma picada de agulha e, ainda assim, tão perigoso que o sr. Bragadin e os melhores médicos do Conselho passaram semanas ao lado de seu leito tecendo conjecturas, impondo-lhe lavagens intestinais e aplicações de ventosas, atormentando o sofredor, até que um belo dia ele se cansou daquele estado moribundo, pediu suco de laranja e sopa de legumes e simplesmente pôs-se de pé! Por que, ao defrontar-se com a inconsciência das febres provocadas por aquela assustadora arma feminina, sempre vira e chamara por Francesca? "Será possível que eu a ame?", perguntou-se com uma profunda, sincera e nada infantil curiosidade, e com olhar pasmado, vendo-se refletido no espelho acima da lareira. "Só Deus sabe, talvez eu a ame!...", concluiu, fitando-se com cândido espanto.

Mas a vida era mais forte, mais forte ainda que a recordação de Francesca; todos os dias acordamos para fatos maravilhosos, quando se é saudável, e nos preparamos para horas sem medo. Quem e o que fora Francesca para ele ao longo daqueles anos em que o ouro escorria tilintando de seus dedos, nas mesas de jogo, na palma das mãos das mulheres, nos bolsos dos comerciantes de artigos de moda, na mão dos camaradas vadios, em todos os lugares e para todos aqueles que vendiam panaceias, a terrível enfermidade contra o secreto e assustador tédio? "Sou um escritor", pensou, "mas não gosto de estar sozinho." Refletiu sobre essa característica. Talvez por isso a vida o tivesse punido com aquela impiedosa reviravolta, com a penitência da solidão, talvez os sábios e finos especialistas torturadores da Inquisição soubessem desse seu horror secreto, talvez suspeitassem que a solidão e o tédio representavam para ele o mesmo que para outro representava a bota espanhola, a tenaz em brasas ou a roda. Excluído da feira do mundo, de que vale a vida? O sonho e a fantasia, o pensamento e a recordação, as sensações que desmoronavam sobre si mesmas como uma chama, transformando-se em cinza, tudo isso não era compensação nem pela parcela mais modesta da mais simplória das vidas de verdade! "Tudo menos a solidão!", pensou e se arrepiou. É preferível ser miserável e pobre, ser escarnecido e desprezado, mas poder estar junto dos outros, de cócoras, em uma roda de pessoas, onde haja claridade, com lamparinas acesas e o som de música, gente se acotovelando, poder misturar-se àquela convivência gordurosa e malcheirosa e, ainda assim, tão alegre e docemente safada que é a vida humana. Para ele, apenas isto era vida: estar sempre com outras pessoas, sempre decidido a arriscar a pele, porque a feira valia tudo, o barulho, a proximidade humana, a aventura crua, e a outra também, a aventura ideal, metódica e astuta, a brincadeira com as pessoas, a competição e o torneio com a sorte! Apenas isso era vida para ele, para o escritor. Coçou o ouvido e se arrepiou de novo.

Por esse motivo fora castigado por seus ardilosos e arrogantes torturadores com a solidão: "pior do que a morte", pensou com repugnância. Quatrocentos e oitenta e oito dias! E as lembranças, essas almas penadas! E de vez em quando o quadro, o instante luminoso e azul-claro no jardim toscano, Francesca! Como se aquele único rosto sobre o qual jamais se debruçara com aquela curiosidade ousada, arrogante e triste, como em geral fazia com as mulheres, como se aquele rosto mais obstinado do que a realidade vivesse para ele com verdadeira força também no submundo, em seu túmulo de vivente. O encontro, o instante em que seu caminho de vida cruzara com os passos de Francesca, fora dos mais triviais. O parente do cardeal o recebera entre espelhos venezianos enevoados e móveis de Florença de pés quebrados, trajando um casaco com furos nos cotovelos e com janelas desbeiçadas que deixavam passar a ventania dos Apeninos. O mordomo, como em todas as casas em que o reboco e a dignidade começam a desmoronar, era seguro de si, inoportuno, fofoqueiro e gordo. A condessa não queria saber de mais nada, só de seu passeio na gasta carruagem que de vez em quando a levava até Florença; lá ia à missa e ao corso, aonde desaparecia e pensava ver sombras das figuras de sua juventude vitoriosa. O conde criava pombos e, velho, triste e assustado, esperava pelo estafeta de Roma, que todo dia 3 de cada mês trazia em uma carteira de seda lilás o modesto apoio do cardeal, os ouros papais. No castelo, viviam os sonhos, as aranhas e os morcegos. As primeiras palavras que Francesca dirigiu-lhe foram: "O senhor conhece Roma?"... Com olhos arregalados e expressão assustada, fitava o desconhecido. Depois nada dissera por longo tempo.

O romance amadurecera devagar, como as melhores frutas: necessitara de tempo, das mudanças de estações, da luz do sol e da chuva perfumada, de madrugadas, passeios nos jardins orvalhados entre arbustos floridos, conversas, quando uma ou outra palavra de repente iluminava os cenários daquela alma frágil e fechada e a pessoa sentia como se olhando para o passado e vendo escombros, um festejo antigo com caleches que, com rodas douradas, rolam sobre o caminho podado e domado de um jardim, vestidos coloridos e os perfis ressoantes de pessoas fortes, duras e perversas. Havia em Francesca um quê de passado. Tinha quinze anos na ocasião e era como se tivesse acabado de sair de outro século, como se o Rei Sol lhe houvesse dirigido a palavra certa manhã a caminho de Marly, como se na infância houvesse jogado aros de papel colorido nos gramados de Versalhes. Seus olhos irradiavam um brilho silencioso, como o olhar das mulheres de antigamente, que sabiam viver e morrer por uma paixão. Mas a morte ferira apenas a ele, o namorado e cavaleiro desastrado, quando o velho e assustadoramente rico e preocupantemente nobre noivo arranhou com a adaga seu peito nu bem acima do coração. Francesca observara o duelo de uma janela do andar superior. Em pé e tranquila, com o cabelo solto descendo em caracóis negros sobre seus ombros frágeis e infantis, vestindo uma camisola que o conde de Parma encomendara em Lyon havia poucos dias — ele cuidava pessoalmente do enxoval de sua noiva e desfazia com dedos ossudos e cheios de anéis as caixas recheadas de rendas, sedas e linhos —, Francesca permanecia calmamente à luz do luar, em uma janela do primeiro andar, de braços cruzados, observando os homens, o velho e o jovem, prepararem-se para derramar o próprio sangue por ela. Por quê? — talvez tenha se perguntado naquele instante. Nenhum deles recebera nada dela, nenhum deles tirara nada do outro, e lá estavam os dois saltitando à luz prateada, o peito nu, na ponta de suas espadas fulgurando raios de luar, as lâminas ressoando como cristal, como quando se brindava com taças, e a peruca do conde escorregando um pouco de lado no meio da briga. Francesca temia sinceramente que o senhor de Parma perdesse sua cabeleira artificial naquele nobre duelo. Mais tarde viu que um deles, o mais novo, caíra. Atenta, perguntou-se o perdedor se levantaria. Apertou com força o lenço de seda nos seios. Esperou mais um pouco. Em seguida, casou-se com o conde de Parma.

— Ele deseja me ver! — resmungou Giacomo. — O que quererá de mim? — Lembrava-se vagamente dos rumores ouvidos em Veneza de que o conde herdara uma propriedade na região de Bolzano e uma casa nas montanhas. Não conseguia pensar no conde com raiva. Esgrimia bem, e embora a maneira como arrancou Francesca daquele castelo de sonhos, aranhas e morcegos tivesse sido senhorial e cruel, não conseguia negar uma admiração pela nobre crueldade dele, nem mesmo agora, quando apenas se recordava vagamente da cor dos olhos de Francesca. "A sedução foi um malogro", refletiu, olhando o fogo da lareira. "Um malogro que talvez tenha sido minha única vitória sobre mim mesmo: Francesca não se tornou minha amante, compadeci-me dela, fui sentimental e tolo. Ela foi a primeira e a última de quem me apiedei. Eu sei, cometi um grande erro, talvez impossível de perdoar; sim, talvez impossível até de superar. Havia algo de nobre e raro em Francesca, eu teria gostado de viver com ela, de tomar chocolate quente todas as manhãs na cama, de viajar a Paris e mostrar-lhe o mercado de Saint Germain, o circo de pulgas, o Rei; de esquentar-lhe um travesseiro quando sua barriga doesse, de comprar-lhe saias, meias, joias e chapéus elegantes, de envelhecer ao seu lado, de desfrutar com ela do anoitecer que envolve as cidades, as paisagens, os aventureiros e a própria vida. Foi assim que senti quando a vi diante de mim, no jardim, sob o céu azul. Por isso fugi dela", concluiu, tão sereno como quem se defronta com a única realidade sensata de sua vida. "Uma história dessas não é para mim." Largou a pena, levantou-se, e seu coração começou a palpitar intranquilo.

E isso ocorreu talvez porque agora, quando Francesca e o conde de Parma vieram-lhe à mente, teve certeza de que eles moravam nas proximidades, conforme as notícias que correram por Veneza e Bolonha. Talvez morassem nas casas vizinhas, em um dos palácios da praça principal, pois era provável que no inverno deixassem as montanhas e o inclemente castelo rural e se mudassem para a cidade. Agora que o assaltava a lembrança daquela vergonhosa desfeita, de seu malogro e da triste vitória do passado, deu-se conta também de que, naquela manhã em que tombara no gramado do jardim do castelo toscano sob o olhar de Francesca, nada havia se encerrado nem se resolvido. Porque nem sangue nem malogro podiam resolver coisa alguma. Depois de feri-lo, o conde mostrou-se cortês, magnânimo, elegante: carregou-o ele próprio para a carruagem, e Giacomo, mesmo semi-inconsciente, admirou-se da força demonstrada pelo ancião ao levantá-lo no colo! O próprio conde conduziu os cavalos e, com todo o cuidado, levou o ferido a Florença, com passadas lentas, detendo-se em cada cruzamento, empapando seu lenço de seda com o sangue que vertia da ferida. Tudo isso sem nada dizer, com o silêncio de quem sabe que as questões mais importantes entre seres humanos nunca são resolvidas com palavras, e sim com atitudes. Foi uma longa viagem noturna de Pistoia a Florença. A ferida sangrava bastante, e lá longe, no alto, as estrelas brilhavam com uma luz especial. Meio sentado, meio deitado no assento de trás, olhos embaçados pela febre e pela névoa da noite, ele não via nada além das estrelas, do carpete escuro do céu e da silhueta ereta e delgada do conde mantendo as rédeas curtas.

— Aqui estamos! — anunciou o conde quando pararam diante do portão de Florença, de madrugada. — Agora vou levá-lo ao melhor cirurgião. Você receberá tudo de que necessitar. Quando sarar, deixe esta região e não volte nunca mais. — Depois, elevando um pouco mais a voz, sem se mover e ainda com as rédeas nas mãos, disse de modo amigável e com naturalidade: — Se você voltar, eu o matarei ou mandarei matá-lo, é preciso que eu o avise disso. Em seguida, sem esperar por uma resposta, o conde atravessou o portão da cidade.

Acessórios

Por fim escreveu a carta ao sr. Bragadin. Uma carta bonita, digna de um escritor, que começou com "Meu pai" e terminou com: "Beijo-lhe os pés" e que ao longo de seis páginas falou dos detalhes da fuga, do itinerário, de Bolzano, do conde de Parma, de seus planos, e Giacomo também mencionou Mensch, o agente de câmbio e penhora para cujo endereço o dinheiro poderia ser enviado. Pediu uma quantia maior, se possível, para generalidades, de preferência em cartas de crédito para Munique e Paris, visto que seu caminho o conduzia para longe, para a grande aventura em direção a paisagens mais remotas, e que talvez com aquela carta estivesse se despedindo para sempre de seu amigo paternal, pois não tinha certeza se algum dia o coração dos poderosos de Veneza amoleceria com relação ao fugitivo, ao filho infiel da cidade. Pura retórica, por isso de imediato empenhou-se em infundir um sentido mais prático às frases seguintes. O que poderia dar ele, um fugitivo e desterrado, à poderosa, orgulhosa e cruel Veneza?, indagou e imediatamente respondeu: "Posso dar minha pena e minha espada, meu sangue e minha vida". Em seguida, compreendendo que era bem pouco, ofereceu ainda seus conhecimentos humanos e circunstanciais sobre os mistérios de Veneza, a solícita inteiração dos segredos sobre tudo e todos que a Santa Inquisição desejasse conhecer. Como veneziano de nascimento, sabia que a República não necessitava de sua pena e espada, mas de ouvidos afiados e línguas de fala mansa, olhos vigilantes, necessitava de cães de caça habilidosos e de categoria que tudo observassem para assim delatar os segredos dos venezianos.

Por enquanto não desejava voltar a Veneza. A ferida que ardia em seu coração lançava uma fumaça densa e anuviava em todas as lembranças queridas e encantadoras, sufocava toda a ternura e recordações harmoniosas de Veneza. Por enquanto desejava odiar e viajar. O sr. Bragadin, aquele sábio, bondoso e ingênuo nobre, certamente entenderia isso. O senador ainda estava convencido de que o violinista veneziano que ele içara semidesmaiado do meio da laguna para o seu barco certa madrugada, mais tarde, com o uso de palavras e magia, mas talvez com recursos triviais mais secretos do que feitiços de beira de estrada, salvara sua vetusta vida, arrancando seu velho corpo enregelado e agonizante das garras dos médicos e da morte — o nobre veneziano e conselheiro sr. Bragadin, talvez seu único amigo na terra, e certamente o único em Veneza. Uma amizade que, assim como os sentimentos humanos, era difícil explicar. Na verdade, desde o primeiro instante Giacomo traíra, enganara e debochara desse nobre senhor. O sr. Bragadin fora bom com ele, de modo abnegado, como ninguém nunca antes; desconfiava ter sido o outro tão bom como ninguém jamais viria a ser com ele ao longo daquela sua vida errante e insegura — uma bondade que não se esgotava, silenciosa, paciente. Por muito tempo observara com desconfiança esse fenômeno humano que não entendia; de certo modo não sabia percebê-lo, assim como o daltônico é incapaz de enxergar certas cores. Com olhos semicerrados, observava e examinava aquela generosidade, à espera do momento em que se esgotaria, em que revelaria suas verdadeiras intenções, em que exigiria recompensa e pagamento por aquelas fraquezas paternais com as quais o cumulava, em que o ancião tiraria sua máscara de bondade e mostraria seu verdadeiro rosto com um assustador riso de escárnio. Imaginava que essa transformação não tardaria. Mas meses e anos passaram-se sem que a paciência do sr. Bragadin se esgotasse. Às vezes o advertia sobre o ouro desperdiçado, censurava algum de seus feitos brutais e insolentes, chamava-lhe a atenção para o valor do dinheiro, para os prazeres do trabalho, para o significado da honradez das pessoas, porém o velho senhor veneziano agia desse modo sem nenhuma intenção, com a experiência e a paciência de sua alma nobre, sem esperar por gratidão, por saber que a gratidão é a mãe da vingança e do ódio. Por muito tempo ele não entendera o sr. Bragadin, aquele velho senhor de jaqueta de seda, nariz adunco, cabelo ralo e esbranquiçado sobre a testa lisa cor de marfim, calmo, bondoso, de olhos azuis, cuja imagem poderia fazer parte de algum altar veneziano como majestosa figura secundária, como mártir e testemunha ocular coberto por uma toga. "Alguma coisa ele há de querer!", pensava, impaciente. Por vezes odiava aquela bondade sem razão e tolerância quase desumana. "Quem pode me amar sem desejo e paixão?", perguntava-se, intrigado.

Tal tipo de pessoa constituía fenômeno raro, mais raro que um amigo tomado de sentimentos impetuosos ou que um ser amado; vivia em outro mundo, ao qual Giacomo sentia jamais vir a ter acesso. Parado na soleira, dali espiava aquele mundo, o mundo nobre, calmo e tolerante do sr. Bragadin. "O que ele sabe a meu respeito?", de vez em quando refletia, de madrugada, quando voltava ao palácio sorrateiramente, ao longo das lagunas, entre as casas que dormiam, na gôndola oscilante sobre o elemento pesado como chumbo da água sonolenta, naquelas madrugadas silenciosas de partir o coração, perturbado apenas pelo chapinhar dos remos, como apenas em Veneza a madrugada saúda o passageiro: como em uma viagem pelo rio do submundo em direção a uma província desconhecida. A casa do sr. Bragadin ainda dormia, apenas por trás da janela da varanda do ancião via-se a luminosidade de uma lamparina. Subia os degraus de mármore na ponta dos pés em direção a seu quarto, como um filho adotado e esbanjador daquela residência nobre, escancarava a janela para o céu veneziano, jogava-se na cama e envergonhava-se. À noite havia jogado cartas novamente e, dando sua palavra de honra a crédito de seu protetor, perdera tudo; em seguida, em companhia de amigos bêbados e de fadas risonhas, sedosas e alegres da noite veneziana, vadiara pelas espeluncas do cais, até regressar, de madrugada, à casa silenciosa, onde uma alma solitária mantinha-se desperta, sem recriminações, e esperava por sua volta... "Por quê?", perguntou-se uma vez mais com impaciência. "Por que ele me tolera, por que perdoa meus delitos, por que não me entrega às autoridades, ele que tudo sabe de mim, também dos fatos assustadores, cujas informações seriam suficientes para que os hipócritas juízes de Veneza mandassem-me para as galeras?..." O sr. Bragadin era outra espécie de pessoa, sobre a qual os livros contavam histórias, o homem que sabe se sacrificar e que não espera gratidão nem retribuição e que, com uma paciência quase desumana, se debruça sobre toda paixão e fraqueza humana. Um dos homens mais poderosos de Veneza, usava seu poder com cautela, como quem sabe que a verdadeira força que rege a vida das pessoas e do Estado não é o comando, e sim a compreensão.

Enquanto escrevia a carta ao sr. Bragadin, Giacomo sorria. "Talvez por isso mesmo", pensou, fitando a chama oscilante da vela, ele tenha me perdoado e me tomado sob sua proteção, por faltar-me tudo que as tábuas das leis divinas e humanas exigem, tudo, exceto as leis da paixão." Leu com atenção o que escrevera, corrigiu um acento gráfico com cuidado, com a ponta da pena, em silêncio, com a respiração leve. A sabedoria do sr. Bragadin era tão madura e nobre, como se ele já houvesse se tornado um pouco cúmplice de toda paixão e equívoco humanos. "O papa é assim", pensou, satisfeito, "Voltaire também, e do mesmo modo o cardeal. Homens dessa categoria já podem ser encontrados na Itália e no império do Rei Mais Católico. Eles existem, porém ainda são raros... O que eu sei com as minhas percepções, minha índole e meu destino, esses homens sabem com a razão e o coração; sabem que a lei, sob cujo signo nasci e a qual depois, ao preço de feridas e cicatrizes vim a conhecer, não é a lei da moral. Há outra lei também, odiada pelos guardiões das virtudes, perdoada pelo Todo-Poderoso, há um tipo de virtude que não é senão a fidelidade incondicional à nossa índole, ao nosso destino, à nossa vocação. Tal conclusão o percorreu do alto da cabeça à ponta dos dedos do pé; arrepiou-se de leve, como quem sente os calafrios da febre. "Talvez por essa razão o sr. Bragadin proteja-me", pensou. "Sentado no Conselho ouvia com seus companheiros as denúncias anônimas, distribuía castigos e recompensas, mas no fundo de sua escuta sabia que, por trás da lei escrita, existe outra, impossível de ser posta no papel, e que essa também deveria ser atendida pela Justiça." Com agradável comoção, olhos brilhantes, piscando, observava a luz da vela. "O dinheiro, desejo receber ainda aqui, em Bolzano, no endereço do sr. Mensch", escreveu, emocionado, com sua caligrafia firme.

"Talvez eu não devesse ter vendido o anel de esmeralda", ocorreu-lhe. O anel que seu amigo paternal escolhera para ele, para adornar o protegido em uma noite de Carnaval, quando compareceu ao belo evento vestido de rei oriental, no perigoso e arrebatador Carnaval veneziano. O anel de esmeralda era uma lembrança da esposa falecida do gentil amigo, a joia preferida dela. "Cometi um erro ainda naquela noite, na banca de jogo empenhei o anel, mais tarde não consegui resgatá-lo e passei adiante também o comprovante de depósito... Bem, cometemos erros", concluiu, indulgente. E a nota promissória, que mais tarde, quando já estava na masmorra, apresentaram ao nobre senhor, a promissória cuja rubrica talvez causasse estranhamento ao amigo paternal, a promissória da qual jamais ouviu falar novamente?... "Ele pagou", concluiu, dando de ombros. Pagou e não guardou rancor, ele fora o único, o sr. Bragadin, que no Natal e no Ano-Novo mandara-lhe pacotes de presentes para o submundo, com seu velho coração de natureza generosa, porque evidentemente é preciso amar alguém, de outro modo não se pode viver, mesmo na velhice, mesmo se o objeto de nosso amor é indigno dessa natureza nobre, tenha vendido um anel de esmeralda de cara lembrança e, com considerável talento manual, desenhado rubricas desconhecidas nos impostos de transações comerciais. Nada disso importa muito quando se ama alguém. De vez em quando chegava a invejar o sr. Bragadin, por sua natureza altruísta, cujo verdadeiro significado Giacomo conseguia conceber apenas com a mente, jamais com o coração. Durante algum tempo suspeitou que o amor do nobre senhor por ele fosse do tipo doentio, que nem a si próprio o outro ousasse admitir. No entanto a vida do ancião era um livro aberto, desde que nascera jamais deixara sua cidade natal, vivera e fora educado no pantanal veneziano como uma planta nobre e imaculada em meio aos vapores do brejo. Não conseguia acreditar que uma pessoa pudesse amar sem nenhuma intenção, sem o impulso da paixão; essa fórmula não combinava com seu conceito de mundo, algo ali estava fora de ordem, imaginou por longo tempo. As emoções humanas são muito confusas, pensava, desconfiado. Além do amor entre um homem e uma mulher, ocorrem inúmeros tipos de ligações; era preciso conhecê-las lá no cais de Veneza, onde os desejos do Leste e do Sul mesclavam-se em um piscar de olhos. Odiava os tipos doentios de paixão. Voltava-se para as sensações e paixões humanas mais profundas sem medo, mas, para ele, as emoções sempre diziam respeito ao relacionamento entre os dois gêneros, entre um homem e uma mulher, eterna e imutavelmente. Veneza oferecia um mundo em que castrados e orientais, na feira dos escravos da paixão, podiam ser adquiridos como carne humana, como no açougue, e era justamente em Veneza que ele não hesitava em vadiar por esse mercado de paixões fazendo caretas de nojo, observando com um riso de escárnio os doentes e os infelizes que, sob as graças de Eros, encontravam prazer para além do mundo das mulheres... "Ah, as mulheres...", pensou com um sereno e obscuro arrebatamento, como se dissesse "Ah, a vida...".

E foi justamente por viver em Veneza que suspeitou do sr. Bragadin durante algum tempo. O mercado era abundante ao extremo, barulhento, chamativo. A boa fama do senador, porém, não era questionada nem mesmo pelos alcoviteiros de más-línguas. Ninguém poderia se gabar, na praça San Marco, de que o conselheiro veneziano, por ambição de dinheiro ou poder, houvesse comprado seus favores. Era também um filho de Veneza, o nobre senhor, no entanto sua origem não eram as vielas imundas dos teatros, como seu protegido, mas um berço nobre e distinto, tendo sempre residido em Veneza, onde se casara e, mesmo tendo atingido idade avançada, continuava a prantear sua jovem e querida esposa. Homem solitário, sem parentes, via alguns poucos amigos de diálogos sábios e gosto refinado, e vivia em companhia de empregados antigos. Sua casa, uma das mais reservadas e mais estimadas no território da República, abria-se apenas para poucos escolhidos, em jantares que por vezes ele organizava para seu círculo de amigos, os quais consideravam uma honraria o convite, visto que bem poucos podiam gabar-se de tal graça. E fora esse homem tão severo em suas escolhas, tão discreto, tão probo e nobre, que o resgatara de sua vida lúgubre, que o recolhera da lama da laguna, a ele, justo ele, em um momento em que a luz de todas as estrelas já havia esmaecido sobre sua cabeça — e por quê? Sem nenhum desejo secreto nem impulso passional, a não ser por compaixão e por sua bondade infinita.

Verdade que da masmorra nem mesmo o sr. Bragadin pôde salvá-lo; da masmorra e do desterro nem mesmo o conselheiro veneziano poderia protegê-lo diante da Inquisição. A acusação que os poderosos voltaram contra ele fora risível. Sabia que ela não dizia respeito à magia, a orgias turbulentas nem à apaixonada dedicação com a qual virara a cabeça das mulheres venezianas. "Nem foi preciso virar muito", refletiu. "Quanto equívoco! Nunca fui eu a dar o primeiro passo." Não poderia conversar sobre isso com o secretário-geral. As pessoas também mentiram sobre essa acusação, como mentiam sobre tudo que se refere ao verdadeiro teor da vida. Aludiam a ele como o arquétipo do "sedutor", o amante "traiçoeiro" oficial, o rabo de saia; segundo os poderosos, ele era a perdição em pessoa... Ah, se soubessem! Não lhes poderia contar que jamais era ele quem escolhia suas vítimas, que eram sempre elas que o escolhiam. Não se podia falar ou escrever sobre isso, sobre as mulheres terem opiniões muito diferentes a respeito da virtude e dos segredos da escolha da paixão do que se anunciava nas repartições públicas e nos púlpitos das igrejas. Não se podia contar a ninguém, nem mesmo a si próprio, e apenas nos raros momentos de solidão Giacomo admitia que nos combates amorosos era sempre ele o espoliado, o descartado e sacrificado... A nota promissória, o anel de esmeralda, a orgia, as batalhas de carteado de cinco dias, as promessas quebradas, o comportamento atrevido e a atitude obstinada, tudo isso não constituía a verdadeira acusação contra ele. A vida era assim em

Veneza. O que não conseguiram perdoar, o motivo pelo qual o puseram na prisão, de onde nem o todo-poderoso sr. Bragadin conseguira trazê-lo de volta à luz do dia, o que realmente contava como perigo e castigo aos olhos dos poderosos era outra coisa; nem os feitos nem os pecados e tropeços importavam como delitos, e sim sua atitude, a alma, o modo como encarava o mundo. "Não poderiam me perdoar", pensou, admitindo e dando de ombros. Pois o mundo exigia hierarquia e obediência, rendição com dentes rangentes, acomodação indiscutível à ordem de Deus e dos homens. Ao passo que nele ardia a chama da resistência de modo profundo e assustador, o que era imperdoável.

Por isso ninguém pôde interceder, até mesmo o sr. Bragadin ficou impotente. No Natal enviara-lhe um casaco de pele à prisão, moedas de ouro e livros. Foi tudo. Não há salvação para um homem do mundo; um dia o quebram e o põem de joelhos. Esse dia, o da prestação de contas, ainda tardava. Dessa vez conseguira escapar, fugira deles, e agora precisava preparar-se para a batalha, como o soldado necessita encontrar uma arma, afiar punhais e espadas. Depois de escrever a carta, vestiu-se e partiu para Bolzano em busca de armas e munições. Localizou-se depressa na cidade. Levantou a gola do casaco, já anoitecia, uma neve miúda caía nas ruas e ninguém o reconheceu. Caminhava rápido e observava o território com olhar atento. A cidade não prometia muita coisa que o tentasse. Parecia esmagada pelas altas montanhas e pelos preconceitos; a beleza das casas o cativou, porém o olhar das pessoas o induziu à suspeita. Como os grandes mestres da conversação, ele também sentia-se seguro apenas em companhia de almas familiares e receptivas. "Aqui não farei sucesso", pensou com um intenso mau presságio ao caminhar pela primeira vez em torno da praça principal e aventurar-se pelas travessas. Ali tudo situava-se exatamente no meio, entre a profundidade e a altura, portanto fora da sua maneira de encarar a vida. A cidade vivia na fronteira de tudo de que ele mais gostava e evitava na vida; era uma cidade prudente e asseada, portanto muito diferente das aventureiras, como lhe aprazia. Caminhava pela rua mantendo o lenço diante da boca, pois naquele ar inclemente temia a inflamação da garganta; puxou o chapéu bem para baixo, sobre a testa, por temor de ser reconhecido, e com olhar penetrante observou os portões das casas, as janelas iluminadas, esforçando-se para descobrir entre os telhados pontiagudos o palácio do conde de Parma; seu olhar semicerrado vez ou outra inflamava-se ao cruzar os olhos com homens e mulheres. "É uma bela cidade", concluiu ao final da ronda, resignado. "Uma cidade limpa, estranha, malditamente estranha." Estranha para ele, bem entendido, que não sentia no ar da cidade aquela conhecida e atraente cumplicidade da alegria de viver, da paixão, da pompa, o misterioso fulgor do prazer da diversão que costumava captar nas cidades e nas pessoas desconhecidas. "Uma cidade séria, virtuosa", pensou com um arrepio de reconhecimento; e começou a contar os dias.

Calculou que poderia receber uma resposta do sr. Bragadin no quinto dia. Por isso entrou nas lojas e se dispôs a fazer compras. Necessitava de várias coisas: sim, de tudo, se quisesse pôr-se de pé, "erguer-me das cinzas como Fênix", pensou zombando, em termos literários. "Do que uma Fênix necessita?", perguntou-se baixinho, detendo-se em uma esquina, sob um lampião a óleo cuja pequena chama agonizava ao vento do sul. Jogou uma aba do casaco sobre os ombros, encobriu o rosto com ele e, balançando e resmungando contra o vento, como a chama do lampião, seguiu atrás de outros passantes. Antes de qualquer coisa, necessitava de camisas com renda, uma dúzia, meias parisienses brancas, lenços rendados, dois fraques — um verde com viras douradas e um lilás com alças cinza —, sapatos de verniz com fivela de prata, luvas de crochê para a noite e de couro fino para o dia, um sobretudo de inverno com gola de pele, máscara veneziana de seda branca, *lorgnettes* — sem as quais sentia-se indefeso —, chapéu de três pontas e um bastão de prata. Fez contas baixinho. Precisava de tudo isso na noite seguinte. Sem roupas, sem fantasia e sem acessórios, sentia-se nu, sem dúvida um cão sarnento. Antes de mais nada era preciso trajar-se como só ele sabia, era preciso pôr-se de pé. Sendo assim, em uma rápida decisão, entrou na loja de loterias em frente, apostou em três números — o dia de seu nascimento, o de sua prisão e o de sua fuga — e comprou dois pacotes de baralho francês.

Escondeu o baralho com cuidado no bolso e dirigiu-se à residência do sr. Mensch. Encontrou-o atrás da igreja, em uma casa térrea e escura, no quarto do pátio em meio a balanças e caixas de metal. Era um homem baixo e magro, sentado de roupão a uma mesa longa e estreita; mexia em seus objetos com mãos delicadas e amarelas de unhas longas, que terminavam em pontas arqueadas para dentro, como as garras de um predador. Alguns cachos gordurosos de seu cabelo crespo e grisalho caíam-lhe sobre a testa, seus olhos inteligentes, brilhantes e miúdos flutuavam no fundo das cavidades oculares. À primeira vista, o agiota parecia desmentir seu nome — que em alemão significa "ser humano" —, pois pouco havia de humano nele. Olhava pasmado o desconhecido, com uma curiosidade ardente, e o recebeu trajado com uma espécie de cafetã caseiro imundo, ciciando e fazendo mesuras de maneira rígida, sem se levantar da poltrona, misturando resmungos em francês, italiano e alemão, como se nada daquilo fosse sério, como se pensasse em outra coisa e nem prestasse atenção no visitante.

— Ah! — disse ao ouvir o nome do visitante; ergueu as sobrancelhas até a altura dos grisalhos cachos gordurosos e piscava tão rápido com suas pálpebras enrugadas, como um macaco caçando pulgas. — O ancião ouve bem? O pobre enfermo ouve bem com seus fracos ouvidos? — Referia-se si mesmo na terceira pessoa, com profunda e sincera compaixão, como se falasse carinhosamente consigo. — Mensch é muito velho — ciciou, comunicativo — e ninguém o visita. É velho e pobre. Mas o forasteiro veio visitá-lo — constatou e em seguida calou-se.

— De fato minha primeira providência foi visitá-lo — disse o forasteiro educadamente.

Falaram baixinho sobre dinheiro, como os enamorados sobre seus sentimentos. Depressa começaram a conversar sem preâmbulos, com fervor e curiosidade, como especialistas que se reconhecem em uma viagem ou em eventos sociais, e enquanto a dona da casa toca piano ou alguém recita poemas, eles, no vão de uma janela, entregam-se às paixões secretas de seus ofícios e imediatamente começam a discorrer sobre mineralogia ou sobre o sistema gastrointestinal dos cangurus. Falavam assim sobre dinheiro, de modo informal, com poucas palavras, usando expressões do ramo, como quem sabe que o outro também está familiarizado com os termos; trocavam ideias como dois cientistas.

— Penhora — disse Mensch, e a palavra sibilou em sua boca como um juramento.

— Crédito — rebateu o visitante, com ênfase e convicção, de modo natural, como se nada fosse mais simples, como se a pronúncia e a melodia cativante fossem amolecer o coração do velho.

Discutiram longamente os dois conceitos com amabilidade. Quem os observasse de longe pensaria tratar-se de dois cientistas conduzindo uma discussão puramente teórica. Com essas simples palavras, ambos expressavam profundas convicções, o foro mais íntimo de suas personalidades, a fé e a realidade em que se baseavam suas vidas. Pois o que para um era "crédito", para o outro era "garantia" não apenas nessa noite, nesse momento de penumbra, mas em qualquer outra situação da vida deles. O que um só poderia imaginar em forma de garantia de fiança, o outro exigia do mundo em forma de crédito, de modo constante e apaixonado, muito além dos interesses econômicos de momento, como um ato de fé. Um deles só apreciava e experimentava a vida se ela pudesse ser empenhada, enquanto o outro desejava a vida inteira a crédito, desejava a felicidade, a beleza, a juventude e, acima de tudo, o dinheiro como um acessório dela. Eles nem mesmo discutiam valores, apenas princípios.

O nome do sr. Bragadin teve efeito sobre o agiota.

— Um cavalheiro distinto — disse, piscando ainda mais rápido. — Muito bom nome! Vale ouro! — acrescentou, um pouco desconfiado, com a profunda certeza de que o forasteiro pretendia enganá-lo, de que queria vender-lhe algo inexistente, de valor duvidoso ou que no final esperasse negociar o próprio sr. Bragadin. — Talvez um anel! — disse e ergueu para o alto o mindinho em garra de unha longa e imunda, mostrando assim que no mundo dos negócios tudo era melhor, mais valioso e oportuno do que uma pessoa. — Um pequeno anel — repetiu com voz suplicante e melodiosa, como uma criança pedindo um marzipã. — Um pequeno anel com pedra — insistiu com um sorriso irônico, piscando e esfregando o indicador da mão direita no polegar para sinalizar o quão interessante e belo é um pequeno anel com pedra, anel que se pode penhorar. A esse pensamento seus olhos embaçados encheram-se de lágrimas grossas, enquanto envesgava de leve e pestanejava intensamente, escrupuloso, com alegria exagerada e, de qualquer modo, com profundo respeito, como um lutador que ao pisar na arena sabe que enfim encontrou um rival à altura. Gostaria de já ter superado a luta, mas ao mesmo tempo suas mãos e pés formigavam em uma emoção calorosa e animadora como a paixão: da inquietação que indicava que havia chegado o momento de ele enfrentar um adversário de verdade, digno e conhecedor das regras secretas e das artimanhas da luta e, ao fim e ao cabo, do sentido de sua vida, porque na realidade sempre havia desejado encontrar um adversário dessa categoria. Arregaçou as mangas do cafetã sobre os braços esqueléticos, como quem diz: "Vamos lá! Nós dois!". Observavam-se maravilhados.

Mensch sabia que acabaria por dar o dinheiro ao forasteiro, pois não poderia agir de outro modo, e o visitante sabia que receberia o dinheiro do agiota, mesmo que o sr. Bragadin não enviasse o ouro solicitado com tanto empenho — hipótese, no entanto, sobre a qual nem por um momento podia ser cogitada. "Mensch dará o dinheiro a mim", ele previra fazia tempo, quando ainda estava na masmorra e planejava os detalhes da fuga e teve uma premonição sobre aquele nome; agora, olhos nos olhos com o agiota, saboreava com prazer sua intuição certeira, a realidade nunca desmentia seus sonhos. Esse instinto que ele não sabia explicar lhe sussurrara que Mensch — cujo nome ouvira uma única vez de um comerciante holandês — seria um verdadeiro adversário e colega profissional, que alguma coisa iria uni-los, que algum dia estariam um diante do outro, que Mensch choramingaria e daria alguns gritos, mas que no fundo nada poderia fazer contra Giacomo. O endereço, diziam as pessoas, está aqui, tome; que valor tem um endereço? Ele sabia que valia muito, tudo: o endereço praticamente já era uma pessoa, um acontecimento, uma ação, apenas era preciso insuflar-lhe vida, aquecê-lo com a força da imaginação e dos bons fluidos da vontade, e o endereço principiava a adquirir vida própria, sua realidade transformava-se, e por fim, mesmo com um ranger de dentes, lhe daria o dinheiro. Conheceu alguns endereços assim em Lyon, em Paris, em Viena e também em Manchester. Os endereços peregrinam como as lendas na vida dos povos; em Nápoles morava um agiota a quem se devia dizer: "Que Caronte venha buscá-lo!". Então ele começava a chorar e recebia a letra de câmbio. Por isso Giacomo olhou Mensch com toda a calma, alegre por sonho e realidade coincidirem de maneira tão bela

— olhava-o tranquilo, quase com ternura. Mensch também o olhava desse modo, piscando, com aquela consciência atemorizada de quem sabe que se defronta com o destino.

Por fim, Mensch deu-lhe o dinheiro — não muito, apenas o suficiente para que Giacomo pudesse fazer sua aparição em Bolzano, onde, sentia, já o esperavam impacientes. Mensch reuniu trinta ducados de ouro, contando as moedas trêmulo e emocionado sobre a mesa laqueada, sem anel nem penhora, simplesmente contra uma assinatura e em confiança, como um adiantamento pelo dinheiro que lhe enviaria o sr. Bragadin, o qual por ora achava-se em algum lugar longe dali, mais próximo à lua, quem sabe, assim como todo o dinheiro que já não estava sobre sua mesa. Ao entregá-lo envolvido em papel de seda e amarrado com um cordão de ouro, Mensch levantou-se e, curvando-se quase com movimentos religiosos, como um sumo sacerdote, acompanhou o convidado até a porta. Da soleira ainda o seguiu com o olhar por bastante tempo.

O homem a quem dera o dinheiro em confiança, contra uma assinatura, avançava com passos rápidos pela rua penumbrosa. Mensch, balançando a cabeça e resmungando palavras em italiano, alemão e francês, acompanhou com os olhos o indivíduo desaparecer na bruma. Caminhava com pressa, quase corria em direção às luzes da praça principal. Nas proximidades da igreja, ainda chegou a tempo de ver uma carruagem em cujo banco traseiro dois lacaios seguravam archotes acesos. Por trás da janela, vislumbrou o rosto pálido de Francesca.

— Francesca! — gritou.

Nesse instante começou a nevar. Sozinho, em pé no meio da praça sob a nevasca, a carruagem passou a seu lado. Então ele foi atingido por aquela dor que todos sentem quando a realidade de nossos desejos se modifica. Em seguida, voltou cabisbaixo à Hospedaria do Cervo, mãos nas costas, preocupado, imerso em reflexões. Sentia-se mais solitário do que no inferno da masmorra.

A consulta

À noite sentou-se no refeitório da Hospedaria do Cervo e, enquanto bebia vinho quente, esperou pelos jogadores de cartas. Eles foram chegando, cautelosos: o farmacêutico, trazido por Balbi; um decano que já estivera em Nápoles; um ator aposentado; e um oficial que desertara do destacamento de Bolonha no dia anterior. Apostavam pequenas quantias, sobretudo para se exercitar e se conhecer. O farmacêutico trapaceou, por isso o expulsaram; com seu sabre, o oficial perseguiu o jogador gordo e de olhar sonso até a porta e jogou-o na rua, sob a nevasca. Próximo de meia-noite, Giacomo entediou-se. Subiu a seu quarto com Balbi, acenderam as velas e, com os cotovelos sobre a mesa, começaram a marcar, com zelo e profissionalismo, as cartas napolitanas compradas naquela tarde; a gráfica que as produzira havia gravado nelas o brasão da "Stampatori de naibi" e imagens da Morte e do Enforcado. O padre era surpreendentemente habilidoso nessa tarefa; trabalhavam em silêncio, passando cera nos cantos das principais cartas e, com a unha, fazendo incisões na cera.

— Você não tem medo? — perguntou Balbi, distraído, imerso no trabalho.

— Não — respondeu Giacomo, segurando um ás de ouros contra a luz, fechando um olho, dando uma piscadela, observando com preocupação a carta marcada. — Do que devo ter medo? Um cavalheiro jamais tem medo.

— Cavalheiro? — exclamou Balbi e, como de hábito, pôs a ponta da língua para fora, arredondando-a entre os lábios, a fim de expressar sua sincera admiração. — A quem você se refere?

— A mim — respondeu e, com a ponta do dedo, tateou com delicadeza a carta marcada. — Quem mais poderia ser? — perguntou, distraído. — Se aqui estamos só nós dois, eu só poderia referir-me a mim mesmo.

— Então por que você, um cavalheiro, trapaceia? — perguntou o amigo, bocejando.

— Por quê? — Giacomo atirou a carta sobre a mesa e espreguiçou-se até os ossos estalarem. — Porque de outro modo é muito difícil ganhar. É da natureza das cartas serem volúveis. Raro o homem que, sem nenhuma ajuda profissional, ganhe nas cartas — explicou. — Além disso, todo mundo trapaceia: em Versalhes, mesmo as pessoas mais elegantes trapaceiam, inclusive chefes de exército e padres.

— O rei também trapaceia? — perguntou Balbi com admiração.

— Não — respondeu, sério. — Apenas fica furioso quando perde.

Essa realidade os fez refletir por algum tempo. Uma hora depois, Giacomo ficou só e deitou-se entre suspiros e bocejos. Por três dias seguidos viveu assim, em solidão, em companhia apenas de Balbi, da pequena Teresa e de Giuseppe, enquanto prosseguia jogando nas instalações da Hospedaria do Cervo com mensageiros de passagem e comerciantes de azeite. Ganhava com frequência, graças às cartas marcadas, mas também perdia de vez em quando, porque nessa época todos trapaceavam em Londres, Roma, Viena e Paris, principalmente nas pousadas, onde os jogadores profissionais operavam com *banque ouverte*. Lembrou-se de um grego que, com destreza, sacava do casaco ases sem fim; com esse acabou brigando, mas sem raiva, apenas pela prática do jogo. Não viu Francesca nem a procurou naqueles dias. Foi como se a vida dormitasse ali, naquele ar rarefeito, ao pé da montanha. Nos três dias que se seguiram, uma ventania açoitou a pousada e selou as janelas da Hospedaria do Cervo com neve. O céu cobriu-se de nuvens grossas e cinzentas, tão sujas como os pelos da orelha de Mensch. Os paletós, calças, camisas, casacos, sapatos, a máscara veneziana de cetim branco, a bengala e o monóculo foram entregues pelos fornecedores nesses dias; também um casaco para Balbi, que encomendou para conferir-lhe um ar respeitoso e decente, pois o amigo caminhava pela cidade com uma capa que lhe dava o aspecto de um enforcado saído da corda. Na maior parte do tempo, contudo, Giacomo permanecia em seu quarto, solitário, diante do fogo, apático e melancólico, justo ele, a quem a música, a ação, as luzes, os aromas, a curiosidade pelas pessoas tanto agradavam. Como se tudo o que planejara na prisão, a vida, a alegria e as possibilidades de entretenimento, agora que estava de volta ao mundo e era preciso apenas estender a mão para alcançar tal realidade, todas essas coisas tivessem perdido o poder de sedução. Nesses dias pensou seriamente em regressar a Roma, cair de joelhos diante do bispo, seu amigo de alma generosa, pedir-lhe perdão e tornar-se padre ou bibliotecário no gabinete do papa. Pensava nas cidades nas quais ninguém o esperava, nas pousadas, nas camas frias e nos braços femininos dos quais se desprenderia aos bocejos, nos corredores dos teatros onde era possível flanar e mentir e as palavras perdiam o verdadeiro valor; nos salões e tabernas nos quais, com suas cartas habilmente preparadas, talvez pudesse pescar de quando em quando uma moeda de ouro; tudo isso o fazia bocejar. Conhecia esse estado de espírito e o temia. "Termina em sangramento nasal e fuga", refletiu e apertou o roupão no peito, pois começava a tremer de frio. Tal estado de espírito principiara na infância, quando, sem aviso, via-se tomado pelo medo e pelo desgosto, até que seu nariz começava a sangrar, sangramento que só conseguia ser contido pelas ervas e beberagens de Nonna, sua boa e forte avó. Ultimamente pensava com frequência em Nonna; em sua mãe e irmãs, jamais. A forte senhora, que criara três gerações em Veneza e que sempre gostara de Giacomo de maneira especial, habitava seus sonhos tristes e agitados. Beterrabas era o que a Nonna cozinhava nessas ocasiões, pois sustentava que beterraba com raiz-forte estagnava qualquer sangramento; depois aplicava-lhe compressas geladas na nuca, e o sangramento e a tristeza diminuíam. "Nonna...", pensou, com uma tristeza e um desejo tão profundos, como talvez jamais tenha sentido por mulher alguma.

Francesca vivia próximo dali, agora ele já conhecia a casa, vira o suíço com capote de pele de urso à porta, segurando um bastão com bola de prata, os lacaios, os caçadores e mensageiros que acompanhavam o conde de Parma em suas andanças pela cidade. À noite, passava diante do palácio e de suas janelas iluminadas — o conde gostava da vida social, recebia convidados, oferecia recepções, e, da torrente de luz refletida na rua através dos vidros das janelas abauladas, deduzia-se a suntuosidade dos salões. Balbi, que zelava por sua relação com a criadagem do castelo, ouvira dizer que todas as noites três dúzias de velas novas eram acomodadas nos candelabros de pontas douradas das luminárias, velas refinadas, produzidas com gordura de cabra, especialmente para o conde, na fábrica de velas de Salzburgo. "Francesca vive na luz!", admitiu, dando de ombros. Cuidadoso, deixou Balbi de fora desse segredo. Sim, Francesca vivia em meio ao brilho de um palácio, escoltada por lacaios em suas locomoções; durante a noite, os cavalos do bispo permaneciam inquietos diante da casa principal, e nas portas das carruagens e nos apetrechos de prata dos animais brilhavam brasões de nobres e reis; o conde de Parma mantinha a casa cheia nos meses de inverno, como era esperado em sua posição, e talvez também por mais um motivo: em homenagem à sua jovem esposa. Nada seria mais fácil do que entrar na casa e prestar saudações a Francesca; o conde não faria objeções a essa simples honraria e, de qualquer modo, dissera querer vê-lo — pelo menos é o que Giuseppe tinha dito, o belo barbeiro de olhos azuis e rosto cor-de-rosa. Verdade que só dissera isso uma única vez, em sua primeira visita, pois ia ver Giacomo todos os dias e massagear seu pescoço com dedos macios, esfregar-lhe as têmporas e assentar seus cachos, todas as manhãs falava-lhe das noites palacianas, das recepções, dos jogos de salão, das danças alegres da meia-noite, dos detalhes do carteado das madrugadas. O forasteiro prestava atenção em tudo. Dançavam todas as noites, jogavam cartas, liam versos, disputavam jogos, todas as noites jantavam e bebiam em casa do conde de Parma.

— O conde não se cansa? — perguntou com cautela ao belo barbeiro. — Quer dizer, não se cansa de tantas festas? Ficar acordado até tarde, todas as noites, não é cansativo na idade dele?...

Giuseppe deu de ombros e não respondeu.

Apenas no primeiro dia em que se conheceram o barbeiro mencionara o desejo do conde de ver o forasteiro; depois guardou profundo silêncio sobre isso, escapando das perguntas.

— Se o conde se cansa?... — repetiu e, delicadamente, ciciando, buscou as palavras. — Tal-tal-vez sim, é possível; Sua Excelência acorda sempre cedo para caçar de madrugada, qualquer que seja a hora em que tenha ido dormir; depois vai tomar o café da manhã no quarto da esposa e lá recebem aqueles que vão render-lhes homenagens na cerimônia do *lever*. Se o conde está cansado? — repetiu, dando de ombros. — O cansaço dos fidalgos é de outra natureza, diferente da fadiga dos desvalidos. Os senhores comem muita carne, por isso se cansam. — No que dizia respeito a ele próprio, Giuseppe garantiu nunca haver se cansado de dançar, namorar e jogar cartas, no entanto pensar, praticar boas maneiras e comportar-se conforme as regras da sociedade já o deixaram exausto algumas vezes. — O conde é dado a pensar! — declarou em tom de segredo e com ares de importância. Em seguida deu uma piscadela, como quem tivesse revelado a paixão secreta do conde de Parma, um pecado, alguma tendência travessa e suspeita; piscou outra vez, como quem insinuava ter mais coisas a dizer, mas não falaria por ser cauteloso e haver aprendido os hábitos do mundo; que sabiamente, por ora, aquilo era tudo que tinha a revelar.

O forasteiro ouviu, assentindo com a cabeça.

— Então ele é dado a pensar... — sussurrou, confiante. Entendiam-se à perfeição. O idioma no qual o barbeiro e o escritor comunicavam-se era a língua materna de ambos em seu significado mais profundo: a linguagem de pessoas do mesmo tipo, que, ainda quando desconhecidas, têm preferências, tendências e conhecimentos a uni-los, o idioma do baixo mundo, que metade da humanidade jamais entenderá de todo. Giuseppe não voltou a mencionar que o conde desejava ver Giacomo, o forasteiro; no primeiro dia transmitiu o recado, como se fosse um desejo apenas casual e educado; depois silenciou à sua maneira, com aquela conversa fiada e ouvidos atentos.

— A condessa é bonita? — perguntou um dia o forasteiro, querendo parecer mais educado e indiferente do que curioso.

O barbeiro preparou-se para a resposta. Largou o ferro de

moldar cachos, a tesoura e o pente sobre o aparador da lareira, ergueu sua mão branca e andrógina de dedos longos como um padre na missa benze a multidão, limpou a garganta com um som gutural e começou a descrição baixinho, com voz melodiosa, subindo o tom aos poucos:

— A condessa tem olhos negros. Do lado esquerdo do rosto, próximo ao queixo recoberto de penugem, há uma pequena verruga que o farmacêutico já tentou eliminar queimando com ácido, mas que acabou ressurgindo. A condessa disfarça a verruga com produtos de beleza. — Recitou tudo isso mais alguns pequenos detalhes como se respondendo à pergunta de uma prova. Falava com objetividade, como um aluno de pintura ao descrever as qualidades e os defeitos de uma obra de arte, com fria objetividade, atestando muito mais seu conhecimento do que entusiasmo. Pois Giuseppe via a condessa todos os dias, antes do pequeno e do grande *lever*, quando as camareiras queimavam com casca de noz fervente as penugens das pernas de Francesca e em seguida davam brilho às unhas de seus pés com xarope, untavam seu nobre corpo com óleo e perfumavam seu cabelo com vapor de âmbar antes de penteá-lo. — A condessa é bonita! — declarou com um ar severo e ridículo em seu rosto infantil, afeminado e de feições balofas, quase inumanas, que um pintor mundano houvesse pintado na parede do dormitório de uma aristocrática dama de Versalhes, a fim de retratar o pastor de alguma cena de amor simplória, profundamente bucólica e de uma graciosidade depravada... Enquanto o forasteiro aguardava que os dedos longos e macios de Giuseppe terminassem de trabalhar em seu rosto e cabelo, soube o que o conde pensava, que a condessa era bonita, que uma verruga voltara a crescer em seu rosto, assentindo de quando em quando com a cabeça ou guardando silêncio. Ambos sabiam, o barbeiro e o escritor, que naquela linguagem em comum deles estavam falando de outra coisa: do fato de o conde não haver repetido seu desejo de ver o forasteiro.

Desse modo, permaneceu na cidade, naquela cidade desconhecida e na qual não tinha parentes, mesmo depois de o sr. Bragadin ter enviado o ouro, acompanhado de uma carta bondosa e inteligente, repleta de nobreza, sabedoria de vida e de conselhos difíceis de seguir. Para a sincera admiração de Mensch, o agiota, o sr. Bragadin enviara o dinheiro e, em seu entusiasmo, o homem das finanças misturou palavras em alemão, francês e italiano ao fazer as contas do ouro veneziano; descontou a porcentagem e o capital com dedos trêmulos mas experientes, enquanto pronunciava as palavras "crédito" e "penhora". Sim, o sr. Bragadin mandara ainda mais do que seu filho de criação havia pedido, não muito, apenas um pouquinho a mais a fim de completar o valor oficial do empréstimo como um presente do coração. "Que nobre senhor!", pensou, emocionado, o fugitivo, enquanto Mensch exclamou:

— Bom nome! Ouro de qualidade!

Na carta, o sr. Bragadin escrevera tudo aquilo que seu coração velho e solitário era capaz de dizer em meio àquela aventura de sentimentos distorcidos. Porque todo envolvimento emocional é uma aventura, e o sr. Bragadin sabia que aquele relacionamento não convinha à sua fama impecável e à sua honradez imaculada. O nome do senador não sugeria maledicência e suspeita, mas, enfim, o que poderia entender Veneza daquele afeto e atração, quem acreditaria que um sentimento por um sujeito tão indigno também encontrasse eco e recompensa, quem entenderia que o nobre conselheiro veneziano houvesse presenteado com a afeição de seu velho e pouco saudável coração justamente aquele homem suspeito e de fama tão desagradável? "Por quê?", indagavam-se com razão os venezianos, e os mais grosseiros cobriam a boca com as mãos e lançavam, aos cochichos e piscadelas: "O que haverá de querer dele?"... Entretanto, o sr. Bragadin sabia que o maior segredo, a mais dolorosa tarefa da vida humana é não ter vergonha dos próprios sentimentos, nem mesmo se o desperdiçamos com alguém indigno. Por isso enviou o dinheiro, um pouco mais do que seu fugitivo amigo havia pedido, e escreveu-lhe uma longa e sábia carta.

"Mais uma vez você parte para a vida", escreveu com letra firme e quadrada, "e tão cedo não voltará à sua cidade natal, meu filho. Pense com carinho em sua pátria." Discorreu sobre a pátria por uma página e meia. Disse ser preciso perdoá-la, pois, de modo misterioso, a razão está sempre com ela. E que justamente o fugitivo, levado pelos quatros ventos do mundo em direção à sua grande aventura de vida, tivesse sempre em mente que a terra de origem é eterna mesmo no equívoco. Escreveu com a dignidade e a convicção com que só os mais velhos e as pessoas de sentimentos refinados fazem, pois conhecem o significado profundo de cada palavra e sabem como é impossível fugir das lembranças. Enquanto escrevem, pessoas assim dão-se conta de que, afinal, é inútil supor que se possa transmitir a alguém suas experiências: todos vivem sós, cometem erros e morrem sós; a opinião e a sabedoria que não resultem da própria experiência e que não compramos com sangue não são de grande utilidade. Sobre a pátria, concluiu ser ela um pouco como um tirano, um pouco como um parente, com quem não podemos romper nem mesmo se for esse nosso desejo. Depois, de modo conciso e prático, escreveu sobre dinheiro, informando que um amigo seu de Munique, se necessário, poderia ajudar o viajante em determinadas ocasiões e dependendo da quantia. Escreveu ainda sobre a Inquisição, a seu ver mais autoritária do que as grandes autoridades mundiais, referindo-se a ela assim: "Forças do Estado e da Igreja associam-se com total afinidade e põem-se nas mãos dos dirigentes desta instituição ímpar". O destinatário sabia que essa frase não poderia ter ficado de fora, pois a correspondência do sr. Bragadin também vinha sendo observada pelo Messer Grande. Em seguida, deu-lhe a bênção para a viagem e para a vida, que insistia em chamar de aventura.

Leu a carta duas vezes, em seguida rasgou-a e jogou seus pedaços no fogo da lareira. Recebera o ouro de Mensch e agora poderia viajar para Munique e mais além. Mas não viajou. Já era seu quinto dia em Bolzano, conhecia todo mundo, um capitão da polícia foi vê-lo e, muito gentilmente, perguntou-lhe até quando pretendia ficar. Esquivou-se da resposta e reclamou da cidade tão logo o policial foi embora. Pagara suas dívidas, e o dinheiro restante gastara no jogo de cartas na adega da Hospedaria do Cervo e em uma residência onde o farmacêutico, que certa vez já haviam surrado e posto para correr da hospedaria, tinha aberto uma banca de cartas. Sem dinheiro e tendo no bolso o endereço do amigo do sr. Bragadin em Munique, possuía todos os motivos do mundo para ir adiante. Mas agora que saldara seus débitos com a pousada e com os fornecedores, que comprara um presente para Teresa, que dera gorjetas abundantes a Giuseppe e por breves segundos o reflexo do ouro veneziano brilhara a seu redor, ele poderia ficar: tinha crédito não apenas com Mensch, a quem voltara a procurar naqueles dias, não apenas com os fornecedores, que já haviam recebido seu dinheiro uma vez, como também, o que era mais difícil, no salão de jogos. Um senhor inglês — que quando não jogava cartas estudava as montanhas da região — aceitou sua carta de crédito endereçada a Paris. Assim, entre perdas e ganhos obtidos com sua habilidade manual e conhecimentos profissionais, dívidas pagas e novas dívidas se amontoando, aos poucos consolidou-se uma nova situação de vida para ele: o interesse e a boa vontade com que o cercavam. Agora já lhe davam crédito em Bolzano, tanto por conhecê-lo como por saberem que era impossível calcular a probabilidade de ganhos e perdas em sua vida. A cidade acostumara-se rapidamente à sua figura e o tolerava atrás de seus muros, assim como acabamos nos acostumando até mesmo ao perigo.

    Foi por isso que ficou? Decerto que não; foi por causa de Francesca e porque o conde havia dito que gostaria de vê-lo. Ficou como o camponês que, provocado na taberna, para no meio do salão com as mãos apoiadas nos quadris e responde ao desafio com voz rouca: "Pois bem, aqui estou eu". O que ele queria de Francesca? Esse nome perturbava-o, irradiava a tristeza de uma experiência inacabada. Claro que também poderia ter ido a Munique, aonde acabara de chegar naqueles dias o príncipe eleitor da Saxônia e onde teriam início as semanas festivas, repletas de pompa e alegria, com muita neve e diversão, com atores especiais e com os melhores falsos jogadores de cartas de toda a Europa. Poderia dirigir-se para lá, e não na calada da noite, sob a neblina, mas em pleno dia, em uma carruagem enfeitada, de cabeça erguida por haver pago a todos na cidade, aos fornecedores e ao hospedeiro, pelo menos uma vez, e Mensch estava encantado em servi-lo. Mas ficou porque esperava pela mensagem do conde. Sabia que algum dia receberia essa notícia do castelo guardado pelo triste e calado suíço com seu bastão de prata, sabia que aquele silêncio era um dos diálogos secretos da vida, sabia que não chegara por acaso a Bolzano e que tinha algo a resolver na cidade. E seus dias, de repente, adquiriram um sentido encantador: estava à espera de algo. E viver é, em alguns aspectos, esperar.

    Uma tarde, quando a praça tingia-se de sombras azuis e acinzentadas e o vento sibilava nas lareiras da Hospedaria do Cervo com um som de corujas, ele estava em seu quarto, ao pé da lareira, sem nada fazer, com um livro de Boécio no colo. A porta então se abriu, Balbi entrou e, com os braços abertos e um ar triunfante, anunciou:

— Eles estão aqui!...

Giacomo empalideceu e saltou da poltrona. Com os dez dedos cheios de pó de arroz alisou o cabelo e, com um gemido, sussurrou:

— Meu casaco lilás!

— Não é necessário — disse Balbi e, cambaleante, chegou mais perto. — Pode recebê-los em mangas de camisa, se preferir. Apenas não se venda barato!

Ao perceber o olhar espantado e confuso de seu companheiro de fuga, Balbi encostou-se na parede, entrelaçou as mãos sobre a barriga e, com a língua mole por causa do álcool, rindo embaraçado e balançando a pança cheia de comida e bebida, mas desfrutando do prazer secreto de ser o responsável e incentivador de alguma grande e esperta vigarice, começou a explicar:

— Agora só vieram três — disse —, mas todos são ricos. Um deles, o padeiro, é bem velho; está em pé, bem aqui atrás da porta. É velho e surdo; você precisa ter cuidado ao dar respostas mais íntimas, faça isso apenas na linguagem dos sinais, senão amanhã de manhã toda Bolzano conhecerá suas vergonhas. Depois dele há Petruccio, o belo capitão. Agora já não está tão belo. Aguarda quieto, de braços cruzados, encostado no corrimão da escada, olhos no vazio; seu rosto é tão soturno como se pensasse em assassinato ou suicídio. Com esse, seu trabalho será fácil, porque ele é ignorante. Também já chegou, pontualmente como lhe recomendei, o secretário do vigário. É muito jovem, parece que vai cair em prantos. E há muitos outros a caminho. Pois é preciso que eu diga, mestre, que sua fama é tão atraente quanto assustadora. Desde o primeiro dia em que chegamos, assediam-me em segredo nas tabernas, sob os portões, nas lojas e oficinas, em qualquer lugar puxam-me de lado, até na rua, enfiam moedas em minhas mãos, convidam-me para um copo de vinho ou para um ganso assado e imploram-me que eu os apresente a você. Sua reputação os assusta e os atrai; não conseguem livrar-se de seu efeito.

— Mas o que eles querem? — perguntou Giacomo com ar sombrio.

— Conselhos! — respondeu Balbi. Encostou dois dedos na boca, em seguida levou-os ao alto e olhou para eles com olhos revirados, enquanto uma risada silenciosa sacudia sua barriga.

— Entendo! — disse Giacomo, sorrindo com amargura.

— Mas cuidado para não cobrar barato pelos conselhos! Até quando pensa em ficar aqui? Mais um dia? Uma semana? Tomarei providências para que todas as tardes a escada fique tomada de visitantes e clientes em busca de ajuda, como nos consultórios dos médicos famosos, onde levam até moribundos e epilépticos. Não cobre pouco, peça pelo menos duas moedas de ouro por conselho e, se quiserem ervas, cobre ainda mais. Você vê, aprendi bastante em Veneza. Em minha solidão — Balbi referia-se à prisão dessa forma mais delicada — aprendi que o pensamento é afiado como uma talhadeira e tão valioso como seu peso em ouro. Você é sábio, Giacomo, e as bolsas das pessoas estão cheias de moedas de ouro. Deixemos que elas reconheçam a sua sabedoria em dinheiro. Você concorda?... Mando entrar o padeiro?

Assim, eles foram sendo arrebanhados por Balbi, chegando como carneirinhos e postos em fila indiana, todas as tardes, da hora do almoço ao pôr do sol. O novo ofício divertia Giacomo. Essa nova forma de charlatanice, ele ainda não havia provado em sua variada carreira profissional; as pessoas chegavam com as pernas bambas e a alma aflita, faziam fila diante da porta de seu quarto, exatamente como Balbi dissera, como ocorria nas grandes cidades diante das casas dos famosos cirurgiões, só que em vez de braços e pernas quebrados, elas traziam corações triturados e a confiança ferida para serem examinados. O que desejavam? Milagres. Em toda parte as pessoas esperavam milagres, queriam ser amadas, para satisfazer a própria vaidade, queriam a posse do ser amado, pela qual, de preferência, não estavam dispostas a dar nada em troca, queriam do outro entrega e ternura, porém sem ter que retribuí-las nem mesmo com a mínima atenção... As pessoas desejavam amor e, se possível, de graça. Punham-se em fila no corredor da Hospedaria do Cervo, diante da porta de seu quarto, inválidos e humilhados, fracos e covardes, os que clamavam por vingança e outros a implorar o segredo do perdão para suas culpas. Essa ampla variedade de casos divertia Giacomo. O conselho secreto e a trapaça passional também eram arte, uma arte antiga, que ele nunca precisara aprender; todo veneziano já nascia com essa experiência sagaz e essa sabedoria ancestral vibrando em seus dedos mínimos. Sim, era esse o ofício mais antigo que herdara, e agora, superadas as primeiras surpresas, depois que passou a conhecer o segredo de seus doentes, que mapeou os locais de dor, os inchaços e ferimentos, ele se lançou com bom humor e dedicação ao grande entretenimento do curandeirismo. Sua fama correu a cidade, e rapidamente espalhou-se a notícia de que ele atendia todas as tardes até o pôr do sol. Balbi encarregava-se de toda a organização, cuidando com firmeza da ordem de chegada e avaliando com olho rigoroso os clientes que se apresentavam.

    Gente de todos os lugares o procurava, não só da cidade, mas das regiões próximas também. O padeiro surdo de setenta anos, o primeiro a chegar, fora derrubado pela paixão. Entrou no quarto apoiado em um bastão, encurvado e gordo, a barriga pendendo sobre o joelho, mal coberta pela capa marrom de feltro. — Aconteceu assim — disse, arfando, e parou no meio do quarto desenhando um círculo no ar com seu bastão. E em seguida pôs-se a contar o que ocorrera; todos contavam, embora primeiro guardassem um silêncio obstinado. Depois, porém, encolhiam os ombros, amuados, embaralhavam a língua e, assim que desfiavam a primeira confissão, com rubor e gaguejo, algo acontecia com aquelas pessoas: perdiam a vergonha e contavam tudo. O padeiro estava aborrecido e falava muito alto, como os surdos costumam fazer; com tato, Giacomo fez-lhe sinais com as mãos para contê-lo. Com voz grave e ainda bem alto disse que não podia com Lucia; a pergunta foi: devia entregá-la à Inquisição ou asfixiá-la com as mãos e queimá-la no grande forno da padaria, onde os padeiros assavam os longos pães trançados todas as manhãs? Grilli, o padeiro septuagenário, chefe da corporação dos padeiros, via a questão de Lucia e todas as suas consequências com tal simplicidade. O questionado, cujo conselho e opinião profissional eram solicitados, permanecera em silêncio, ouvindo. Ora havia apoiado o queixo com dois dedos, como convinha a um sábio, ora entrelaçado os braços à frente do peito e, sob sobrancelhas franzidas, com olhos argutos e desconfiados, observado e escutado o irado idoso.

— É um caso difícil! — disse quase com um berro, para que o padeiro o ouvisse. — Danado de difícil. — Com um movimento imprevisto, agarrou o velho pelo braço, arrastou o assustado ancião até a janela, pegou nas mãos seu rosto cheio de rugas e verrugas, virou-o em direção à luz e olhou longamente dentro dos olhos embaçados. Conversaram por muito tempo. O padeiro chorou. Chorou dando fungadas, um choro não de todo sincero, mas ainda assim impotente, como quem se vê sem alternativa. O segredo da vida começou a lhe falar um dia e era impossível conformar-se com a ofensa, que agora iria acompanhá-lo até o túmulo. — Compre-lhe alguns anéis — sugeriu o forasteiro depois de longa e escrupulosa reflexão. — Vi alguns lá no Mensch, bastante bonitos, com safira e rubi. — O padeiro gemeu. Já havia comprado anel, corrente de ouro, um pequeno crucifixo com diamante e uma graciosa escultura de prata do santo de Pádua com apliques esmaltados. Nada ajudara. — Compre-lhe três cortes de seda para três saias — aconselhou Giacomo —, o

Carnaval se aproxima. — O padeiro fez um gesto de impotência com as mãos, envergonhado, limpando as grossas lágrimas do rosto. O armário da casa, contou, estava cheio de sedas, lãs, feltros e brocados. Silenciaram. — Mande-a falar comigo então — disse de repente, com determinação e grandeza.

O padeiro gemeu e, com olhar desconfiado, foi se afastando devagar em direção à porta.

— Duas moedas de ouro! — disse o forasteiro; pegou o dinheiro, jogou-o sobre a mesa e gentilmente acompanhou o visitante até a saída. — Mande-a no período da manhã! — acrescentou, como se estivesse se oferecendo para fazer ao outro um grande favor —, depois da missa. É quando tenho mais tempo. Falarei com ela. Por enquanto, não a mate. — Abriu a porta e esperou o velho, preocupado e assustado, humilhado pelo conselho e pela impotência, atravessar o umbral. — Há mais alguém? — gritou no escuro, no vão da escada, fingindo não ver na penumbra as silhuetas das pessoas em pé.

— Oh, o capitão! Por aqui, meu valente senhor — disse, tranquilo, fechando a porta atrás do severo oficial.

Recebia-os assim. A alternância de sintomas não o surpreendia: conhecia a doença e sabia que por trás de suas inúmeras variações a mesma miséria se escondia. De que doença se tratava? Pensou e depois, a sós em seu quarto, a nomeou: o egoísmo. Por trás de todo mal de amor, o egoísmo choraminga, tentando salvar o que pode, exigindo todo o possível do outro, de preferência sem nada oferecer de significativo em troca. O egoísmo, que comprava ao ser amado palácio, carruagens e joias, acreditando que com esses presentes também entregava-lhe os valores mais ocultos, sem os quais não havia verdadeira atração nem paz nos corações. O egoísmo exigia tudo e acreditava ter oferecido tudo ao despender tempo e dinheiro, paixão e ternura com o ser amado, mas se negava a realizar o sacrifício supremo, incapaz de oferecer a renúncia a tudo, e a alma e a vida ao outro sem esperar nada em troca. Pois é isso que desejam os apaixonados, esses especiais tiranos. Entregavam tudo com o maior prazer, dinheiro, tempo, anéis e colares, e, sim, também seu nome e a mão com grande prazer — apenas todos eles queriam guardar algo para si nesse festival de presentes, e esse algo era a si mesmo, Lucia, ou Giuseppe, ou Petruccio. O capitão, aliás, parado ali no meio do quarto, segurava sua espada com as mãos e estava tão taciturno como se tivesse sendo conduzido à forca.

— Qual é o problema, meu valente senhor? — perguntou Giacomo, amigável e gentil. O capitão olhava em volta, girando a cabeça lentamente como um animal selvagem na jaula. Depois, inclinou-se até a orelha do forasteiro e murmurou seu segredo. Lá estava aquele guerreiro de peito arfando, segurando com força sua espada, com olhar selvagem e em fogo, sussurrando seu segredo. Não, a esse sujeito Giacomo não sabia aconselhar. Balançava a cabeça a demonstrar total compreensão, assobiou revoltado. — Talvez — disse baixinho — o senhor deva deixá-la. O senhor é um homem, um oficial. — O capitão ficou em silêncio. Como um morto ao entender que será assim para sempre, deitado desconfortavelmente na tumba, abaixo da terra e das estrelas. Não respondeu ao conselho, como se abaixo do grau de dor e ofensa que sentia não devia entrar em negociações. — Deixe-a! — repetiu Giacomo calorosamente e com sincera compaixão. — E, se lhe for insuportável, ainda assim, será melhor do que esse sofrimento. — O capitão agora deu um gemido. Compreendeu que não havia conselho nem consolo nem remédio para o seu desgosto. E seu gemido, aquele bufar magoado e sem esperança, dizia: "Esse sofrimento é melhor do que não vê-la; viver assim é melhor que abandoná-la". Era impossível ajudar algumas pessoas.

Muitas pessoas procuravam-no, sobretudo no final da tarde; o secretário do vigário também recebeu seu conselho, por uma moeda de ouro, aquele rapaz cheio de espinhas que lia Petrarca e não tinha coragem de escrever uma carta à dona de seu coração. O forasteiro escreveu-lhe a carta, acompanhou-o até a porta com ar sério e voltou ao quarto às gargalhadas, jogando as moedas para o alto. Entregou a comissão de Balbi e, com um bom humor contagiante, deram-se as mãos alegremente.

— Médico milagroso! — exclamou Balbi com sua risada estranha e rouca. — Já chegam pessoas até mesmo dos povoados! — A neve caía abundante, mas todos vinham mesmo assim, inclusive senhoras, trazendo o rosto coberto por véu e prometendo pagamento à vista; arrancavam do busto os broches, descobriam o rosto e suplicavam:

— Faça um milagre, Giacomo, fale com ele, dê-me uma bebida mágica. O que acha? Posso ter esperança?

Foi assim que certa vez chegou do campo uma mulher não muito jovem, corpulenta, com ar respeitável e a chama da paixão e da ofensa em seus olhos escuros.

— Vim na neve — disse com voz crua e sensível. Parou diante da lareira, abriu seu casaco de pele rústico, sacudiu a cabeça, esperou que os cristais de gelo derretessem do véu em seu rosto e da manta em seus ombros. — Um dos cavalos morreu. Quase congelamos, já escurecia. Mas vim até você porque dizem nas redondezas que pode dar conselhos, que você entende de magia, que conhece o coração das pessoas e suas entranhas. Pois então me responda. — Disse isso com um tom de mágoa na voz, com raiva. Giacomo ofereceu um lugar à senhora e a observou com cautela. Conhecia as mulheres, de todas as idades, e principalmente com seus diferentes estados d'alma, por isso as temia e mantinha-se atento a suas explosões. A mulher, porém, recusou o assento oferecido. Tinha mais de quarenta anos, rosto vermelho, era alta e saudavelmente encorpada, o tipo de mulher que fica bem em pé na cozinha enquanto assa um porco, que lava o rosto com água da chuva, que tem cheiro agradável mesmo se seu armário de roupas brancas não contém ervas e que cuida pessoalmente da saúde íntima do homem que ama. Olhava-a com respeito. Debaixo de seu abrigo de pele e em seus olhos fulgurantes, ardiam emoções capazes de incendiar uma floresta. Era uma mulher acostumada ao comando; a autoridade da casa, criadagem, visitantes, parentes e queridos ouviam com admiração suas palavras e fugiam de sua ira; até sua ternura fumegava com um odor acre, como galhos secos no bosque que os caçadores esquecem de apagar. Era poderosa em sua zanga e impulsos emocionais, e ali, naquele momento, mantinha-se orgulhosa, pronta a esbofetear o mundo e em seguida, com seus braços roliços, em um gesto único de paixão, abraçar com força junto ao peito o seu escolhido. O conselheiro rodeava a cliente com grande consideração. A neve, os campos gelados da Lombardia, o rio Adige, todos esses odores a envolviam. — Então vim até você — disse a mulher com uma calma controlada. — Aqui estou, embora em casa uma pilha de roupa espera por ser lavada, embora estejamos defumando linguiça; ouvi dizer que em novembro, nas montanhas daqui, os lobos devoram os viajantes. Sou da Toscana — murmurou com energia.

O forasteiro curvou-se:

— Sou veneziano, minha senhora — disse, e pela primeira vez fitou os olhos da cliente.

— Eu sei — disse a mulher rapidamente. — Por isso eu vim. Preste atenção, Giacomo, você escapou da prisão, e dizem que conhece o segredo de um coração apaixonado. Olhe para mim. Sou o tipo de mulher que mendiga a paixão de um homem? Quem manteve a casa em ordem, quem caminhou no prado e nas terras, em julho, quando aravam, quem comprou novos móveis em Florença, quando era preciso mostrar ao mundo a pompa e a categoria da casa, quem se ocupava dos cavalos e de seus apetrechos, quem cerzia as meias e as ceroulas do refinado senhor? Quem tomava providências para que houvesse flores na mesa do almoço e músicos nos aniversários tocando no quarto vizinho? Quem mantinha a ordem em cada gaveta, quem lavava de madrugada e de noite com água fria, quem mandava trazer tecidos de algodão de Rumburg para que a cama na qual o senhor se deita sobre nós tenha o cheiro dos campos da Toscana em abril? Quem cuida da cozinha para que o intestino nervoso dele e seu estômago sensível recebam todos os alimentos desejados, quem apalpa o jovem galo antes de cortá-lo para que seja exatamente tão macio como deve ser, como ele gosta? Quem cheira a vitela trazida do açougue da cidade, quem desce ao porão pela escada íngreme para armazenar os barris de vinho, quem cuida para que a água colocada na mesa de cabeceira dele à noite seja adoçada porque seu coração maltratado pelas bebedeiras e festas com amigos necessita de açúcar? Quem sempre cuidou para que ele não comesse demasiado gengibre e pimenta, quem fechava os olhos quando ele entrava no cio e não se conseguia retê-lo em casa nem amarrado com uma corda? Quem silenciava quando percebia o perfume barato de outras mulheres em seu casaco e roupa de baixo?... Quem tem tolerado, trabalhado e se calado? Olhe para mim, Giacomo, dizem que você é mestre em mulheres e sábio doutor em paixão. Olhe para mim; pari duas crianças, três eu perdi, por mais que me ajoelhasse perante a imagem da Virgem para que ela as segurasse. Olhe, o tempo passou por mim, eu sei, há outras mais jovens que sabem fazer trejeitos e balançar os quadris com mais graça; mesmo assim, tal qual estou, sou mulher a quem se vire a cara para evitar um beijo? Olhe! — ela gritou, rouca, com voz forte e arrancando o casaco. O vestido era de seda lilás, o cabelo escuro e abundante estava preso por um lenço de renda veneziana, sobre os seios atraentes e bem-proporcionados um broche de ouro arrematava o vestido, era alta e musculosa, nem um pouco gorda, tinha carnes firmes e bom sangue, uma mulher de quarenta anos, com braços alvos e roliços que jogava a cabeça para trás em atitude orgulhosa: assim permanecia em pé diante dele. Inconscientemente, Giacomo curvou-se diante daquela presença com a cortesia e o respeito de um cavalheiro. Era uma mulher bonita, madura e inteligente, e ela corou ante aquela honraria. — Não me galanteie — disse mais baixo, encabulada. — Não foi para isso que deixei a fazenda para vir a Bolzano, sob uma tempestade de neve, para mendigar elogios a um estranho. Não necessito ser consolada. Eu sei o que sei. Sou mulher, noto o olhar dos homens, e no olhar sem-vergonha e malicioso deles percebo o desejo autêntico, assim como com o canto dos olhos também reconheço uma cuidadosa paixão. Sei que ainda tenho alguns anos pela frente para proporcionar completa felicidade a um homem que me ame. Mas então por que — perguntou mais baixo e com voz trêmula, e voltou a fechar o casaco de pele sobre os seios, como se estivesse com frio e envergonhada —, por que não consegui o que eu queria?... — Agora falava baixinho, engolindo as lágrimas, com humildade, e não havia em sua voz nenhum orgulho toscano. — O que eu deveria ter feito?... Dei a ele tudo o que uma mulher pode dar a um homem, paixão, paciência, filhos, aventuras, sossego, segurança, ternura e despreocupação. Você, forasteiro, que dizem entender da paixão como o ourives do ouro e da prata, pergunte, examine meu coração, julgue-me e me aconselhe. O que eu deveria ter feito? Humilhei-me, Giacomo, fui amante e cúmplice de meu marido, aceitei a existência de outras mulheres em sua vida porque assim é a natureza dele, conheço seus desejos secretos e sei que se refugia em mim do mundo, da paixão, da aventura, porque é medroso, por não ser mais jovem, porque os cães da morte farejam seus calcanhares. Por vezes chego a almejar sua velhice, quando então ele será só meu, que a gota venha a torturá-lo para que eu faça compressas em suas pernas tortas... Sim, anseio por sua velhice e doença, a Virgem que me perdoe e que Deus não me considere em pecado. Dei-lhe tudo. Responda-me, se for capaz: o que mais eu deveria ter lhe dado?...

Formulou essa pergunta com voz fraca e chorosa, suplicante e modesta. O forasteiro pôs-se a pensar. Com os braços cruzados permanecia em pé diante dela e, com gentileza e determinação, decretou como uma sentença:

— A felicidade, senhora.

A mulher abaixou a cabeça e levou o lenço aos olhos. Chorava em silêncio. No fim, suspirou profundamente e disse com voz trêmula:

— Sim, tem razão. Só não pude lhe dar a felicidade.

Permanecia com a cabeça abaixada, e sua mão bonita e macia mexia no broche de ouro sobre os seios, distraída. Disse ainda, olhando para o chão:

— Não acha, forasteiro, que existe uma espécie de homem ao qual é impossível proporcionar felicidade e que talvez por essa razão ele se faça amado? Há um tipo de homem cujo único atrativo, cuja única virtude, cujo único encanto residem na carência de sensibilidade para ser feliz; são totalmente surdos para a felicidade, assim como os surdos não conseguem ouvir a doce música, do mesmo modo eles desconhecem a doçura da felicidade... Você está certo, ele nunca foi feliz. Mas, veja, esse homem, que segundo as regras da terra e do céu afinal é meu, também não encontrou a felicidade com outra pessoa, apesar de por cinquenta anos tê-la procurado tanto, como alguém que busca um tesouro escondido em seu jardim, esquecido de onde o enterrou. Ele escavou em torno de nós, até as fronteiras, a vida toda... Viajou atrás das pegadas da felicidade, vendi anéis e joias para que ele pudesse partir, porque, acredite, nada mais eu desejava a não ser vê-lo feliz. Que encontre a felicidade, eu pensava, em um navio, sobre a água ou em cidades estrangeiras, mesmo que nos braços de mulheres negras ou orientais, se esse for seu destino... Mas ele sempre voltava, sentava-se a meu lado, pedia vinho, ou lia, ou viajava de novo por mais uma semana com uma virago ou atriz de cabelo tingido. Ele é assim. O que posso fazer? Desprezá-lo? Matá-lo? Ou devo eu ir embora ou quem sabe suicidar-me?... Todas as manhãs, depois da missa na nossa igrejinha, ajoelho-me longamente diante do Salvador; acredite em mim, analisei meu coração antes de vir procurá-lo com meu luto e minha ofensa. Agora, entretanto, voltarei para casa e não viverei mais ferida. Você tem razão, não lhe dei a felicidade. De agora em diante quero apenas servi-lo. Mas não acha, diga-me, pelo coração de Jesus!, não lhe parece que a culpa pode não ser inteiramente minha e que existem homens assim, incapazes de conhecer a felicidade? Que a procuram curiosos e cheios de tristeza nos braços das mulheres, em atitudes ambiciosas, no mundo, nas lutas violentas, no tinir do ouro, buscam em todos os lugares mesmo cientes de que a vida pode lhes dar tudo, exceto a felicidade? Conhece homens assim?...

As últimas palavras soaram como um desafio, como que exigindo dele explicações. Foi a vez de o homem abaixar a cabeça.

— Sim — respondeu Giacomo. — Para seu consolo, conheço um homem exatamente assim. Está em pé diante dele.

Abriu os braços e, com uma reverência, indicou que a consulta havia terminado. A mulher o observou longamente. Com as mãos trêmulas fechou o casaco e, enquanto caminhavam para a porta, disse baixinho, como se falasse consigo mesma, em tom de despedida:

— Sim, senti isso... Assim que pisei neste quarto, senti que você também era esse tipo de homem. Talvez já o pressentisse em casa, quando tomei a estrada sob a tempestade de neve. Mas, você vê, ele é tão solitário, tão triste... Há um tipo de tristeza que é impossível consolar, a tristeza de quem tem a sensação eterna de chegar atrasado a um encontro divino, e depois mais nada passa a interessá-lo realmente. Você sabe mais sobre si mesmo do que ele, é o que ouço em sua voz, o que vejo em seus olhos, o que sinto em sua essência. Por quê, Giacomo?... Que mal acometeu essas pessoas? Será que Deus castigou-as dando-lhes mais inteligência, e elas passaram a reconhecer as emoções, os impulsos humanos através da mente em vez do coração? Já pensei a respeito. Sou uma mulher simples, Giacomo, não balance a cabeça por educação, sei por que digo isso. Sei que há outro tipo de inteligência além do vaidoso território da mente, que também o coração possui uma espécie de sabedoria, e que ela é importante, muito importante...Você vê, vim atrás de seus conselhos e, ao nos despedirmos, sou eu quem me compadeço de você. Quanto lhe devo?

A mulher tirou do forro do casaco um moedeiro de crochê tecido com fios prateados e estendeu a ele, sem jeito.

— Da senhora — disse Giacomo, mais uma vez batendo o calcanhar da bota como ao término de uma dança, com braços abertos e pernas flexionadas — não aceito dinheiro.

Disse-o com generosidade e humildade, mas também com orgulho, o que fez a mulher, que já se encaminhava para a porta, se virar.

— Por quê? — perguntou sobre os ombros. — Não vive disso, afinal?

Giacomo deu de ombros:

— A senhora já pagou seus tributos à vida, minha estimada senhora. Quero que possa dizer que uma vez na vida encontrou um homem que lhe deu algo desinteressadamente.

Acompanhou a mulher até a escada e, na penumbra, no momento da despedida, os dois olharam-se sérios e ligeiramente desconfiados. Ele levantou a vela, iluminando o caminho para sua cliente. Já escurecia e na escadaria da Hospedaria do Cervo os morcegos começavam a revoar.

O contrato

Estava escuro, os sinos soavam na igreja de Santa Maria. Lá embaixo, na penumbra da taberna da Hospedaria do Cervo e do restaurante, copos entrechocavam-se, talheres de prata tilintavam, as mesas sendo postas para o jantar, quando se ouviu o tilintar das campainhas de prata de um trenó. Giacomo permaneceu por alguns segundos na escadaria, atento. Agora também ele parecia um morcego, suspenso acima do mundo, nas sombras, o tipo de animal que desperta para a vida quando os ruídos da noite começam. O trenó parou na entrada da hospedaria, alguém gritou, os empregados desceram depressa, levando tochas, e no restaurante e na taberna interrompeu-se aquele ruído agradável dos preparativos que ele gostava de ouvir nas hospedarias das cidades que visitava, nos corredores, quando descia de seu quarto na ponta dos pés, com sua sapatilha preta de fivelas douradas, meia branca de linho cobrindo suas panturrilhas grossas, fraque lilás, na cintura a espada estreita de cabo dourado, a capa longa de cetim preto, o cabelo cuidadosamente empoado, os dedos cheios de anéis, nos bolsos as moedas envoltas em papel de seda e as cartas marcadas; assim, pronto para a noite, para o mundo e para a aventura, com curiosidade e tristeza no coração, que são a mesma coisa, andando na ponta dos pés, espiando e observando, sabendo que nos diferentes quartos da cidade, à luz de velas fumegantes, mulheres estariam sentadas diante de espelhos, enfiando fitas em suas camisas com mãos ágeis e flores no cabelo, passando pó de arroz e perfume no corpo, corrigindo as falhas no rosto com pasta de embelezar. Os músicos já afinariam seus instrumentos no teatro, o palco e o auditório seriam invadidos pelo cheiro amargo das lamparinas de óleo, todo mundo se preparava para a vida, para a noite festiva e promissora; em ocasiões como essas, ele gostava de permanecer no hall da escadaria da pousada ouvindo as idas e vindas dos criados e serviçais que serviam os convidados, os ruídos da arrumação das mesas, o tilintar dos vidros, da prata e da porcelana. Para ele, isso sempre foi o melhor da vida em qualquer lugar do mundo: os preparativos para a festa, a expectativa, a movimentação impregnada do inesperado e do imprevisível na celebração que se anunciava. Vestir-se, por volta das oito da noite, quando os sinos das igrejas já se calaram e mãos brancas haviam fechado as janelas com movimentos sensuais e furtivos, deixando o mundo do lado de fora e preservando o lar que sempre protege e dá as costas ao mal. Vestir-se, preparar-se para a noite com aquela palpitação leve e agradável que nos diz que trazemos todas as possibilidades em nós, tanto a da felicidade quanto a da aniquilação, caminhar entre as casas com passos seguros e leves até as margens escurecidas do mundo é a parte do dia que mais lhe agrada. Seu caminhar modificava-se nesses momentos, em sintonia com sua audição, os olhos brilhavam e era capaz de enxergar no escuro. Nessas ocasiões sentia-se totalmente um homem e, ao mesmo tempo, um pouco animal selvagem, no sentido mais sofisticado da palavra, nada humilhante, quando depois que o sol se põe, ele parte para o vau dos rios e bebedouros e se mantém imóvel e silencioso, escutando os ruídos da noite, levantando a cabeça de tempos em tempos, à espreita. Por isso agora também ouvia com prazer a movimentação, os afazeres e as arrumações cujos sons chegavam-lhe aos ouvidos. Por alguns instantes, o mundo tornava-se festivo; existe sensação mais quente e misteriosa para fazer palpitar o coração humano do que a festa e a expectativa de sua realização?

Mas esses ruídos de repente cessaram. Agora ouvia-se o ressoar de sapatos rústicos arrastando-se ou então correndo. "Visita importante!", pensou, umedecendo rapidamente o lábio inferior com a língua. Dava para sentir a excitação da casa: a palavra "visita" soava-lhe como uma das mais mágicas da humanidade, semelhante a butim, boa presa, imprevisto, possibilidades, ou seja, o melhor que pode nos acontecer. "Visita substanciosa!", pensou com aprovação e júbilo. A luz das tochas iluminou até o andar superior, ouviam-se frases entrecortadas, breves e ásperas; o hóspede estaria na entrada da pousada, de pé, e o dono da Hospedaria do Cervo curvando-se diante dele, atendendo às suas ordens, prometendo-lhe todas as comodidades do céu e da terra. "Um hóspede difícil!", pensou Giacomo com solidariedade profissional, ao mesmo tempo que se identificava também com o recém-chegado, pois ele próprio era um "hóspede difícil"; gostava de negociar longamente e torturar o hospedeiro, ir à cozinha e verificar o tamanho do capão, do salmão ou da costela de cervo prometidos, examinar sua qualidade, trazer do porão as elogiadas bebidas, mandar abri-las e após cheirar as rolhas, em uma grande encenação, rejeitá-las, mandar trazer outra garrafa, degustar com seriedade e carranca o vinho francês ou do Sul da Itália, discursar sobre sua densidade e oleosidade, e só depois de algum tempo, generoso, concordar com a possibilidade de um único vinho, quando já estava na porta da adega ou da cozinha;

não sem antes voltar-se para o hospedeiro de dedo em riste, a fim de relembrá-lo, com tom repreensivo, que cuidasse para que as castanhas usadas no recheio do peito do peru fossem cozidas em leite com baunilha e que colocassem a garrafa de vinho de Borgonha na cesta de vime para aquecê-lo no ponto certo, exatamente quarenta minutos antes da refeição. Apenas depois disso ocupava seu lugar à mesa, simulando um olhar míope e desdenhoso, um pouco cansado mas satisfeito, mirando tudo ao redor, não porque a decoração, os móveis e as pinturas, todo o conjunto lhe interessasse de fato, mas porque, tratando-se de "um hóspede difícil", e já passara pela parte mais complicada, ainda precisava atentar para que os criados que iriam servi-lo estivessem sempre a dois passos de distância, suficientemente longe para ouvirem as palavras sussurradas, mas bastante perto e a postos para chegarem rápido à mesa quando necessário. "Estão negociando!", concluiu, pois o homem de voz mais dura e o outro, submisso e em tom sussurrante, o hospedeiro, não paravam de falar. "Um hóspede do campo." Lembrou-se que na casa de Francesca haveria um baile esta noite, um baile de máscaras, para o qual eram convidados os senhores da região. Nos últimos dias falara-se muito sobre o baile na cidade. Todo alfaiate, sapateiro, comerciantes de moda e de fitas, toda costureira e barbeiro queixaram-se, com orgulho, de que não suportavam mais tanto trabalho; ele próprio não havia conseguido receber, durante três dias, as elegantes camisas noturnas com rendas, pois as lavadeiras e passadeiras só se preocupavam com os delicados vestidos e a fina roupa interior dos convidados do baile de Francesca. A cidade inteira achava-se envolvida nos preparativos da suntuosa festa, um grande baile de máscaras, com o fervor malicioso, alegre e emocionado que os grandes festejos irradiam, atingindo, de forma misteriosa, até mesmo aqueles que não participariam da diversão... "Provavelmente", pensou, "muitos dormirão na Hospedaria do Cervo depois do baile"; o tempo estava ameaçador, a mulher da Toscana escapara por pouco dos lobos, os cavalheiros da região e suas damas não sairiam de madrugada, terminado o baile, em seus trenós, os pés cobertos com sacos, para enfrentar montanhas cheias de neve. "Esse deve ser um convidado da festa, o hóspede difícil", pensou com uma sensação forte e repentina, com uma inveja mordaz, como quem percebe de repente que foi excluído de algo que deseja muito. A sensação o surpreendeu. No tempo em que era jovem, ofendia-se assim quando os adultos planejavam algo extraordinário e interessante sem incluí-lo. Deu de ombros, durante alguns minutos continuou ouvindo a discussão entre hóspede e hospedeiro e por fim voltou a seu quarto.

— Absolutamente ninguém! — disse a voz dura e autoritária no andar de baixo, ao pé da escada. A resposta foi o silêncio: imaginou o hospedeiro de braços cruzados, o corpo curvado para a frente e os olhos erguidos ao céu, afiançando que tudo seria como o hóspede desejava. Mas algo na voz o fez parar no umbral de seu quarto. Era uma voz conhecida, assustadoramente familiar, cuja cadência um homem reconhece por estar ligada a ele de modo inevitável. Essa "familiaridade" era como uma bússola na vida de Giacomo, impossível de errar; ergueu a cabeça, farejando e escutando como um animal. Permanecia em pé junto à porta, mão na maçaneta, corpo enrijecido, no rosto uma atenção quase respeitosa, como quem sonda o próprio destino. Já sabia que os passos lentos e deliberados que avançavam pela escada, com ritmo regular, estavam relacionados com a voz que emergia do fundo de sua memória e que aquela pessoa trazia-lhe uma mensagem; e sabia que o visitante, o "difícil", iria contribuir para que seu mapa celeste se transformasse em alguns minutos, e não pela última vez. Por isso respirou fundo e endireitou o corpo. Por um momento, como sempre nessas ocasiões, intuitivamente, com um sobressalto nervoso mais forte que o domínio da razão, pensou em correr para o quarto, pular a janela, descer pela calha da chuva e ir embora, como era seu hábito fazer, no meio da noite e da nevasca. Pois aquela "voz familiar", que já se aproximava na penumbra da escada, era a única que ele temia; não temia mais nada, apenas aquela indiscutível "familiaridade" que quase sempre girava em torno de mulheres ou de homens pertencentes a mulheres. Lutava com prazer, como em Toscana, de peito nu, à luz da lua, com uma espada fina nas mãos, contra aquele ancião enlouquecido de ciúmes que manejava bem uma arma; também saltava de telhados ou rolava no chão com vagabundos em brigas de tabernas, e não tinha medo; temia apenas a "familiaridade", no fundo da qual ocultava-se sempre uma sensação; e a temia por saber que toda sensação, e aquela em especial, representava laços e vínculos. E disso sentia um pouco de medo. Por conseguinte, pensou mais uma vez na hipótese de entrar no quarto, pegar sua adaga e saltar pela janela. Entretanto, também sabia que daquela familiaridade era impossível escapar na vida, que se tratava de uma cilada da qual não se saía sem alguns arranhões. Portanto, permaneceu imóvel diante da porta, atemorizado e expectante, com o cabelo e os pelos do corpo eriçados, a mão na maçaneta, espiando por cima do ombro, perscrutando com olhar inquisidor a penumbra, à espera do homem que se dirigiria a ele com voz conhecida. Já passara das oito horas. Os passos detiveram-se, cansados, talvez para recobrar o fôlego em uma curva da escada. Nesse instante o silêncio se fez tão intenso na pousada — inclusive no restaurante e na taberna, onde cessaram os preparativos — que se podia ouvir a neve caindo, como se toda a cidade de Bolzano, inclusive as montanhas e as estradas brancas, o rio e as estrelas, prendessem a respiração. "Há sempre um silêncio como este quando nos deparamos com algo fatal", pensou, e ao se dar conta da frase que criara, sorriu satisfeito, pois, acima de tudo, era um escritor.

Na frente vinha o hospedeiro com as costas encurvadas, virando-se para trás de quando em quando, a murmurar recomendações e promessas, com uma tocha fumegante na mão; sobre a calva de sua cabeça, trazia um chapéu mole, em formato de saco, feito de lã vermelha e igual aos usados antigamente em Frigia pelos pastores e, naqueles dias, adotado nas tabernas de Paris e do interior por taberneiros e livres-pensadores. Sobre a barriga em forma de tonel, um avental de couro, com certeza ele vinha do porão, onde adicionava açúcar ao vinho e não cansava de prová-lo, conforme o maldito costume que não conseguia abandonar. Vestia o camisão azul, símbolo de seu grêmio e profissão, como um sacerdote pagão de alguma seita antiga menor, com coroa de cebolas na cabeça, preparado para um ritual. O hospedeiro guardava alguns passos de seu hóspede e olhava para trás, murmurando promessas, com a humildade forçada e o pânico fingido que, em geral, caracterizam os que recebem e servem aos grandes senhores; aqueles que no dia seguinte, depois da saída do hóspede, observam o quarto desarrumado, a cama da qual emergiu o digno corpo, o balde com a água suja, a louça com as sobras humanas e todo o resto que o mais nobre dos cavalheiros deixa atrás de si em um quarto de hospedaria. Assim, embora caminhasse inclinando-se em repetidas mesuras, sua voz humilde não disfarçava o desprezo, um desprezo alimentado por cinquenta anos de experiência no ofício de hospedeiro. Ia três degraus à frente da comitiva, como os guardiões da noite, como quando o rei viajava, ou o príncipe Condé, ou, sim, o conde de Parma... Uma verdadeira comitiva seguia as pegadas do hospedeiro: quatro homens cercavam um quinto, dois na frente e dois atrás, e cada acompanhante carregava no alto um castiçal de prata para cinco velas; lacaios de túnica preta de seda, calças na altura dos joelhos, perucas brancas, correntes de prata no pescoço, casacos de pele de carneiro cujas abas largas moviam-se com dificuldade enquanto caminhavam com chapéus quadrados, sem olhar para a frente ou para trás, passos idênticos, como apenas as marionetes evoluem nos teatros das grandes feiras. O visitante caminhava devagar em meio à luz das velas, olhando cada degrau com cuidado antes de prosseguir; seu corpo estava encoberto por uma capa de viagem roxa, despojada de enfeites, tendo em volta do pescoço e dos ombros apenas uma estreita pele de castor. Apoiado em sua bengala com ponta de prata, subia devagar a escada, depois de cada degrau ajeitava o bastão com cautela no degrau seguinte, como se cada passo devesse ser muito bem pensado não apenas com a mente, mas também com o coração, sobretudo aquele que já se ressentia do galgar de escadas. A comitiva prosseguia devagar, cumprindo um ritual minucioso e complicado, como sucede apenas com pessoas que por terem perdido a liberdade de movimentos são escravas de seus subordinados, mas precisam exibir uma boa impressão em virtude de sua posição. "É ele, sem dúvida", pensou o forasteiro, boquiaberto, diante da porta entreaberta, com certo desdém, mas com admiração inconsciente — "e não é por acaso que seja parente de Luís, o Gordo!" Deu um passo para trás, a fim de se pôr na sombra da soleira, as mãos na lateral da porta, cuidadosamente encolhido, até que o conde de Parma surgisse no andar.

A comitiva já havia alcançado a curva do corredor e agora se punha em fila junto à parede, formando uma ala iluminada por candelabros, os quatro homens aguardando seu amo recuperar o fôlego. Naturalmente, Giacomo pressentira a presença do conde de Parma já antes de a comitiva apontar, quando ainda nem sequer ouvira sua voz, pois o conde era parte, já, de seus "familiares", um daqueles com os quais sua vida se misturava. Pressentira-o bem antes de vê-lo, tão logo a mulher toscana deixou seu quarto, de volta à sua faina sombria e tenebrosa junto ao marido, o triste amante das viagens; pressentira-o quando o trenó parou à porta e o hospedeiro começou a gemer e a recepcioná-lo. Poucos eram capazes de chegar daquele modo; com seu conhecimento de causa, observara essa chegada como se fosse ele mesmo o hospedeiro, o porteiro, o camareiro e também o eterno hóspede experiente em grandes chegadas; com ar depreciativo, mas com admiração, havia observado o modo correto e detalhista de o conde chegar: combinava com ele, obedecia aos rituais que sua condição e seu papel impunham-lhe, e mesmo ali, naquela suspeita hospedaria interiorana, entre morcegos, surgiu como se estivesse chegando a Bolonha, a seu palácio, em seu trenó coberto de neve, em cujas laterais pendiam raposas, lobos e javalis abatidos no caminho; ou como se entrasse em Paris, nos famosos restaurantes Voisin ou Torre de Prata; ou como se sua carruagem houvesse estacionado junto a uma das portas laterais do Palácio de Versalhes ou diante da entrada do castelo de Trianon, onde seu Parente Divino estivera celebrando o Cercle e brincando de esconde-esconde... Assim o conde de Parma fez sua entrada na Hospedaria do Cervo: ele não chegou, e sim "adentrou"; não subiu as escadas, e sim "avançou"; não surgiu no andar, e sim "assomou". Em tudo havia algo de aparição, como uma visão no Dia do Juízo Final.

Agora o conde aprumara-se e com olhos inquisidores olhava todo o corredor na penumbra; as velas que os lacaios sustentavam no alto iluminavam parcialmente as reentrâncias e as chamas vermelhas projetavam sombras oscilantes.

O conde de Parma, parente de Luís, rei da França, completava nesse ano setenta e dois anos. "Tantos anos!", pensou o forasteiro, tranquilamente e com frieza, ao vê-lo. Não saiu do lugar, manteve-se atento, porém despreocupado, agarrado à porta mas relaxado, como um hóspede qualquer em uma pousada obscura e pouco refinada em meio a seu caminho, como se ali estivesse sem nenhum interesse especial e que por acaso é testemunha ocular da pomposa chegada de um nobre hóspede. "Ele não sabe fazer de outra forma!", pensou e deu de ombros. "Quer me amedrontar!", e essa ideia, inspirada pela inusitada força da cena, o envaideceu. "Ninguém chega desse modo para alugar um quarto na Hospedaria do Cervo!" Tudo isso era verdade, a ameaça, a suspeita, entretanto, não correspondiam de todo aos fatos; e o forasteiro, nesses longos minutos que o conde de Parma levara para observar o corredor, com a cabeça voltada para trás, olhos espremidos, encontrara no batente da porta aquele que procurava; sabia-o com o estômago e os nervos da ponta de seus pés. Com um olhar rápido e instinto infalível, tranquilizou-se ao perceber que a guarda pessoal do conde de Parma, tudo indicava, viera desarmada. A chegada, a evolução e a comitiva eram mais uma honra do que uma ameaça. Nesse final de tarde ou comecinho de noite — o forasteiro não entendia exatamente o valor das horas naquele recanto de mundo —, quando no palácio já se faziam os preparativos para o baile — além do mais um baile borbulhante e excepcional, que havia vários dias ocupava toda a cidade e a região —, o anfitrião não se pusera a caminho sem motivo, com comitiva tão suntuosa, e com certeza não para fazer reserva de quartos em uma pousada suspeita localizada a dois passos de seu palácio! "Claro, vem por minha causa!", pensou o forasteiro, envaidecido de o conde enfim ter vindo até ele e, ademais, com tal pompa. Ao mesmo tempo, sabia também que aquele desfile, a comitiva e a cerimônia apenas em parte dirigiam-se a ele, o viajante de passagem, de quem o conde de Parma, anos atrás, em uma manhã brumosa, com cores que lembravam o mar, havia se despedido às portas de Florença com poucas palavras; não, a chegada cerimoniosa fazia parte da moldura natural da vida dele, aquela pompa era parte de sua natureza, como o pavão, que arrasta sua luxuosa cauda por toda parte e, quando se percebe observado, abre-a em leque. Assim desfilava o conde de

Parma há tempos de cá para lá. Agora fez um sinal aos lacaios para que se afastassem. Contemplou o sujeito parado junto à porta, com agilidade colocou os óculos que lhe pendiam de uma corrente de ouro, e olhou-o com a testa franzida, com calma, como quem não está certo de haver encontrado quem procurava.

— É ele — afirmou em seguida com essas poucas palavras, satisfeito.

— *Si, eccellenza* — respondeu, solícito, o hospedeiro.

Falavam sobre ele em sua presença, como se fosse um objeto. Essa sem-cerimônia o divertiu. Não se moveu, não tinha pressa de cumprimentar o visitante, não caiu de joelhos, por que o faria? Nesse momento, os perigos mundanos lhe inspiravam profunda indiferença. "De que serve tudo isso?", pensou, dando de ombros. "O velho veio me ver para me expulsar da cidade, talvez me ameace, me chantageie, dirá que me leva de volta a Veneza se eu não partir. E tudo por quê? Por causa de Francesca? Afinal, por que não fui embora desta maldita cidade, onde nada me prende? Já tirei tudo que podia de Mensch e do sr. Bragadin, não posso esperar mais ajuda aqui, não tenho com quem conversar sobre boa literatura, o gosto agradável de amêndoa do beijo da pequena Teresa eu já conheço, Balbi tem sido perseguido por açougueiros invejosos todas as noites, e as pessoas jogam baralho mal e porcamente. Por que estou aqui há seis, sete, oito dias já? Poderia estar em Munique há muito tempo. O príncipe eleitor da Saxônia está lá, à noite deve haver grande jogatina. Afinal, por que fiquei?" Bufava assim, mudo, sem se mover, enquanto o conde, o hospedeiro e os lacaios o observavam com atenção, sim, quase como se ele fosse mesmo um objeto que alguém havia perdido e que agora finalmente fora encontrado sem grande esforço, um objeto insignificante e não muito limpo que os fazia quebrar a cabeça para saber como tocá-lo, se com a ponta dos dedos, se com a mão inteira ou talvez com um trapo de limpeza, para então... jogá-lo pela janela? Refletiu sobre todas essas possibilidades. Em seguida, sem nenhuma transição: "Claro, Francesca". E nesse instante entendeu que tudo acontecera de modo ordenado e consequente. Não começara ontem e talvez nem mesmo naquela noite chegasse ao fim. Algo tivera início certa vez, no começo da vida, entre Francesca, o conde de Parma e ele, havia muito tempo, anos atrás, e agora dariam sequência ao diálogo; por isso não havia deixado a cidade, por isso estava ali, olhos nos olhos com o conde, o qual, ofegante e sem fôlego, o observava postado à frente de seus lacaios, de pernas abertas, como um militar pronto para o ataque. Permanecia assim, em pé, assim mantinham-se também os lacaios, enfileirados junto à parede, os castiçais de cinco braços erguidos no alto.

— Ei! — gritou o forasteiro, dando um passo à frente, em direção à comitiva. — Há alguém aí?

A pergunta foi cortante como um talho de espada, pois evidentemente havia "alguém" ali, tão visível e inegável como uma montanha, um rio ou uma fortaleza. "Alguém" estava ali em pé, apoiado em sua bengala de prata, a cabeça de cabelo branco inclinada, o crânio tão simétrica e agradavelmente assentado sobre o corpo elegante, sobre os ombros largos, como uma bola esculpida em marfim encimada em um elegante bastão de ébano. Havia algo de escultural na cabeça de redondez uniforme e quase calva, rodeada por mechas de um cabelo sedoso e pratedo, brilhante como metal, sobre a nuca e as têmporas. A pergunta era ofensiva e malcriada, pois até um cego podia perceber, ou mesmo ver, que "alguém" chegara à Hospedaria do Cervo, alguém que não se podia ignorar, assim como à sua comitiva, a quem não era possível olhar com displicência ou tampouco gritar-lhe "Ei, há alguém aí?". Os lacaios estremeceram assustados, e o hospedeiro, horrorizado, pôs a mão diante da boca e se persignou. Apenas o recém-chegado não se ofendeu. Deu um passo à frente, na direção da voz, e sob a luz forte das velas foi possível enxergar quando, em reação à pergunta e ao grito, sua boca estreita, pálida e cruel, com agradável surpresa, sorriu. A pergunta visivelmente o agradou.

— Sim, eu — disse a voz baixa, seca e flexível, apesar de velha. O conde falou como quem sabe que cada palavra sua, mesmo sussurrada, tem peso e força. — Preciso conversar com você, Giacomo.

Passou diante dos lacaios e do hospedeiro, sua comitiva transitória, e com um gesto ordenou que se afastassem.

— O trenó que espere — disse e, com a vista voltada para o alto, sem olhar aqueles a quem dava ordens: — Vocês me esperem no hall da escada. Que ninguém se mova dali. Você... — acrescentou, indicando com a mão, sem no entanto olhar na direção da pessoa a quem se dirigia, ainda que todos soubessem que agora ele falava ao hospedeiro — você responde a mim. Ninguém deve nos atrapalhar aqui. Darei um sinal quando terminarmos.

A esse comando, os lacaios partiram em silêncio e desapareceram com a luz sob a escada, como se de todo modo e em definitivo a noite tivesse chegado. O hospedeiro seguiu-os com passos nervosos e indecisos. E quando ficaram a sós:

— Posso lhe pedir — disse o conde de Parma, educadamente, com uma leve inclinação, como se falasse a um conhecido íntimo — que me conduza por um instante a seu quarto? Não vou incomodá-lo por muito tempo. — Seu tom de voz quase de súplica, elegante e mundano, mesmo assim soou como uma ordem irrecusável. Ao escutar esse pedido, Giacomo sentiu certa vergonha por suas expressões anteriores, "Ei, há alguém aí?". E, como quem se conforma que seu visitante era afinal alguém, e sabendo que não iria conseguir escapar desse diálogo, inclinou-se em silêncio, abriu a porta, indicou o caminho estendendo o braço, deixou o convidado entrar no quarto e fechou a porta atrás de si.

— Muito obrigado — disse o convidado ao tomar assento na poltrona diante da lareira, que o anfitrião empurrara para a frente sem uma palavra. Estendeu suas mãos finas, longas e brancas em direção ao fogo, suas nobres mãos ainda robustas apesar da idade, e por algum tempo aqueceu-se no calor morno das chamas. — A escada, você sabe — disse com familiaridade —, já não suporto muito bem escadas. Setenta e dois é um número difícil, aprendemos a fazer as contas devagar. Estou contente por não ter subido em vão a escada, estou contente por tê-lo encontrado em casa. — Entrelaçou as mãos em um movimento tranquilo.

— Foi um acaso — resmungou o anfitrião.

— Não foi um acaso — rebateu o conde, gentil e determinado. — Venho observando-o há oito dias, conheço todos os seus passos. Sei que à tarde você recebe visitas aqui, loucos que vêm lhe pedir conselhos. Eu não vim atrás de conselhos, meu filho.

Ele disse isso de um jeito tão manso, como um amigo mais velho que compreende todas as fraquezas humanas e quer ajudar. Esse "meu filho" soou assustador no quarto semiescuro, como uma ameaça refinada e indireta. Giacomo sentiu-se em perigo com essa expressão; a experiência e o instinto o fizeram olhar para a adaga e para a janela.

— Com que direito — perguntou, de braços cruzados, apoiado na lareira — o conde de Parma me tem sob vigilância?

— Com o direito da legítima defesa — respondeu o conde com simplicidade, quase gentil. — Você sabe muito bem, Giacomo, se há alguém que sabe é você, que, ao lado da justiça do mundo e do poder oficial, há ainda outros tipos de poder. O tempo em que vivo e a minha idade, que tingiu de branco meu cabelo e roubou minhas forças, me autorizam à legítima defesa. A época em que vivemos é a das viagens. Nas cidades, as maçanetas das portas são passadas de um desconhecido a outro, a polícia não dá conta do serviço, Paris avisa Munique que um estranho um tanto diferente está a caminho, para tentar a sorte na nova cidade, Veneza avisa Bolzano que um de seus filhos mais habilidosos em viagem pousará na cidade. Não posso confiar apenas nas autoridades. Minha situação, minha idade e minha posição obrigam-me a ser cauteloso diante de qualquer perigo. Meus homens são de confiança e todos olhos e ouvidos, os melhores cães farejadores da região servem a mim, não ao capitão da polícia. Foram eles que me informaram de sua chegada antes mesmo que a polícia. Eu teria sabido de qualquer modo, pois sua fama vem à frente, deixando intranquilas as pobres almas. Sabe que desde que pisou nesta região a vida sob esses tetos nevados tornou-se mais agitada? Parece que você carrega consigo na bagagem as emoções humanas, como os caixeiros-viajantes levam amostras de linho e seda. Uma casa pegou fogo, um vinicultor, em um ataque de ciúme, matou a esposa por esses dias, outra fugiu do marido. Você não tem culpa direta nesses fatos. Mas a inquietação está dentro de você, como o trovão na nuvem. Aonde quer que vá, você desperta emoções e paixões. Eu digo: sua fama chega antes de você. Hoje você é um homem famoso, meu filho — disse o conde com sincera admiração.

— Sua *eccellenza* exagera — ele respondeu sem se mover.

— Qual o quê! — exclamou o conde, animado. Nada de modéstia, você não tem direito a ela. Você é uma pessoa famosa, a notícia de sua vinda mexeu com a alma das pessoas e a mim foi anunciada mais ou menos como se o Teatro de Paris estivesse chegando para uma apresentação: você está aqui, e isso provoca alguma ironia aprazível nas pessoas. Você chegou há oito dias, sem dinheiro. A notícia de sua fuga excitou e estimulou as almas humanas. A mim também despertou curiosidade, queria vê-lo, no primeiro dia até pensei nisso, em mandar-lhe um recado. Mas decidi esperar. "Por que terá vindo para cá?", eu me perguntei. Nosso acordo era válido para sempre, o acordo que firmamos no portão de Florença, antes de eu entregar seu corpo que sangrava aos especialistas e sua alma ao mundo. "Pois ele sabe muito bem", pensei, "sabe quem eu sou, que não posso alterar minha palavra jamais." Em geral, não acredito muito em juras e promessas: as palavras voam mais fácil do que andorinhas na primavera. Mas acredito em atos e pensei: "Ele sabe muito bem que a minha palavra é um ato, prometi que o mataria se até mesmo olhasse Francesca de novo. E agora está aqui". Assim conversava eu comigo, porque quanto mais curta é a vida, mais tempo temos para recordar e refletir. "Ele sabe que está jogando com sua vida quando vem aqui: por que vem afinal? Qual seu objetivo? Ainda gostará da condessa? Terá gostado alguma vez?... Pergunta difícil. Ele não saberia responder, pois não conhece o amor; conhece uma porção de coisas parecidas com o amor, a paixão e a aventura são suspeitas e dolorosas e ele oscila entre as duas." Ambos sabemos que Francesca jamais lhe pertenceu. Às vezes, ao longo dos anos, quando me sentia muito só, quase chegava a pensar: que pena. Você se surpreende? Pois me espanta que eu o surpreenda. Há uma época na vida, e eu, em razão de minha idade e meu destino, a estou vivendo agora, em que nos desapegamos de tudo, da vaidade, da egolatria, das falsas ambições, dos falsos temores, e já não queremos outra coisa senão a verdade, a que preço for. Por isso eu pensava às vezes: "Que pena, porque se Francesca tivesse sido dele apenas uma vez, então minha vaidade e egoísmo teriam sofrido, talvez também ela tivesse sofrido, mas ele então já estaria longe, não teria voltado a Bolzano, seu primeiro destino após escapar da prisão, e eu saberia que algo que uma vez teve início, segundo as leis humanas, teria completado seu círculo e chegado ao fim. Na velhice aprendemos que as questões humanas não podem ser encerradas antes do tempo. Deixá-las, porém, inacabadas, também é impossível, pois há uma espécie de ordem entre os humanos da qual não é possível escapar. Sim, filho, é bem mais difícil fugir de um sentimento não resolvido do que fugir de uma prisão no meio da noite, pendurado em uma corda. Isso você ainda não pode saber, por possuir alma, nervos e espírito diferentes dos meus. Nem espero que acredite em mim. Apenas prometi que o mataria se voltasse e erguesse os olhos para a condessa. Crê que compreende agora, sábio doutor, que ao longo do dia distribui conselhos às pessoas simples e magoadas em troca de moedas de ouro, acredita que depois do que ocorreu entre nós ou, mais exatamente, do que não ocorreu, com sua fama que chega antes de você, com a denúncia de meus cães rastreadores, com a notícia de que a paixão fatal o trouxera de volta, para perto de minha casa e de minha vida, e talvez sem querer, talvez sem planejar e se organizar, obedecendo a uma lei, que é grandiosa, como aquela outra que guia a Lua em torno da Terra, sua primeira viagem justamente o traz para perto de nós: acredita que me senti feliz com sua chegada? Sim, Giacomo, feliz e aliviado. Você entende?

— Não, não entendo — respondeu ele, curioso.

— Farei o possível para que entenda — disse o conde, solícito, com simpática gentileza, o que não era nada reconfortante. — "Feliz" não é a palavra exata. A nossa magnífica língua, pela qual o nosso Dante era um grande apaixonado e com seu beijo despertou para a linguagem literária, por vezes assinala conceitos de forma muito coloquial. "Feliz" é palavra muito genérica, tem um quê de blá-blá-blá cotidiano, como quando esfregamos as mãos e damos risadinhas. Não esfreguei as mãos à notícia de sua chegada e por certo não dei risadinhas. Foi mais uma palpitação, sangue fervendo nas veias, algo que lembra a felicidade, emoções aparentadas, porque todas as emoções humanas alimentam-se das mesmas águas profundas, quer seja com ondas furiosas, quer seja com ondas serenas que mal se notam. "*J'étais touché*", talvez eu pudesse dizer mais exatamente, na linguagem da luta de esgrimas, referindo-me tanto aos duelos físicos quanto aos anímicos em uma língua parente, tão conhecida sua quanto minha. Algo me tocou, e essa palavra é mais precisa; você, que, segundo dizem, é escritor — sendo Bolzano uma cidade pequena, filho, as fraquezas humanas não se mantêm secretas por muito tempo —, me surpreendeu agradavelmente. Nunca duvidei de sua vocação, sempre acreditei que você teria um destino especial entre os homens, mas até o momento em que soube ser você um escritor, para ser franco, não havia pensado nesse papel nem nessa possibilidade de tarefa ligada a você. Na verdade, eu o imaginava mais como alguém cujo destino e caráter associavam-se à crueza da vida, como alguém a escrever com sangue, e não com tinta. Pois seu gênero combina mais com o sangue do que com a tinta, Giacomo, espero que saiba disso...

— Vossa Excelência faz julgamentos rápidos — observou Giacomo com altivez. — Mas um artista descobre devagar e com certa dificuldade qual tema escolherá para o seu trabalho.

— É verdade — retrucou o conde com surpreendente rapidez e uma concordância fervorosa e suspeita. — Perdoe-me! Onde estou com a cabeça! Veja só, estou envelhecendo! Eu me esqueci que o gênio criador, de quem o artista é a presença em um corpo vestido, não escolhe, mas apenas usa a pena, o cinzel ou o pincel de modo inconsciente, talvez até a espada em mãos de seu lutador eleito! Se imaginamos que o grande Buonarroti e Leonardo, de múltiplos talentos, filhos da nossa cidade — assim como você —, usavam aleatoriamente a pena, o cinzel e o pincel... sim, com sua curiosidade fantástica e assustadiça Leonardo também tomava uma faca à noite para, às escondidas, tentar descobrir os segredos do corpo humano, e também construiu bordéis e baluartes para fortalezas da mesma maneira que Buonarroti, o irado e monstruoso semideus, escreveu sonetos, pintou cúpulas — sim, Giacomo, que pinturas e que cúpulas! —, projetou planos para arcos, esculpiu urnas funerárias e, enquanto isso, como se trabalhasse apenas com uma das mãos, pintou o *Juízo Final*! Assim são os artistas! A alma da pessoa se expande e sente um aperto no coração ao observar as infinitas possibilidades, enquanto o homem comum fica tonto diante da longínqua paisagem. É assim que se vê também como escritor? Ah, entendi. É um conceito profundo esse, filho, explica muitas coisas; entendo minha pátria e minha espécie com esse conceito, da qual você também, a seu modo, é uma expressão, como explicou a seu secretário, que espalha seus conceitos pela cidade com grande lealdade. Você é um escritor que molha sua pena, alternadamente, em sangue e tinta, e por enquanto, ao julgar os resultados pelas obras acabadas, um leigo diria que por ora você só assassinou e escreveu sua obra com sangue. Não proteste! Quem entenderia melhor sua raça do que eu, cujos ancestrais criaram arte com espada e sangue, e que, quando o vi na última vez, foi com espadas nas mãos, em um diálogo que, embora não escrito, tinha o teor de um texto, o qual, sob a luz do luar, pensávamos estar encerrando com um ponto final? Agora entendo — acrescentou, com duvidosa satisfação. — Com que então, você é um escritor. Escritor que caminha pelo mundo a colecionar matéria-prima para a sua arte! — Ele balançava a cabeça quase com entusiasmada aprovação, com olhar míope, uma alegria ao mesmo tempo infantil e anciã, que percebia a relação entre as coisas e quase o fazia acreditar que o homem que havia procurado era um escritor, descoberta extraordinária que o tomava de espanto e alegria. — E agora você está encerrando seus anos de peregrinação! Esses anos grandiosos... Por vezes eu também... claro, não tenho o direito de estabelecer comparações, visto que não criei obra alguma, nem mesmo a meu modo; minha arte foi minha vida, que me vi levado a viver de acordo com regras, instruções e leis, e isso quase consegui. "Quase", eu disse, e peço a você, filho, que não me julgue por esses detalhes, porque também aprendi na vida que as palavras devem ser usadas com precisão se desejamos que sejam valorizadas. "Quase", eu disse, porque, veja você, eu, que não sou escritor, agora luto com as palavras e, aqui diante de você, cara a cara, com o escritor, de repente confronto-me com minha inabilidade e dificuldade, a dificuldade de empregar qualquer expressão. Nada é mais complicado do que nos expressarmos sem mal-entendidos, especialmente quando aquele que fala sabe que suas palavras são definitivas, que por trás de sua frase a morte espreita. Quero dizer a morte propriamente dita, a sua morte ou a minha — concluiu o conde em um tom de voz baixo e tranquilo.

Ao não ouvir resposta, virou o rosto de lado e contemplou a brasa preta e vermelha, balançando a cabeça lentamente, para a direita e para a esquerda, sobre seus ombros estreitos, como se relembrasse algo com espanto.

— Não é uma ameaça, Giacomo — recomeçou, com voz mais profunda, ainda em tom amigável. — Entre nós não há mais lugar para ameaças. Apenas gostaria que me entendesse. Por isso eu disse "quase". Falei sobre a morte concreta e literal e, ao mencioná-la não quero evocar a beleza geral e filosófica do seu sentido mais obscuro. Falei sobre a morte concreta e pessoal, de algo que pode nos acontecer a ambos, a qualquer momento, se não formos capazes de entrar em algum acordo de modo humano e astuto. Você vê, não tenho mais vontade de agredi-lo simplesmente porque com agressividade não se consegue resolver nada entre os homens. Aprendemos tudo mais tarde. No rastro da violência nada se resolve, e a defesa só funciona se defendemos algo com justiça e razão. Portanto, não apenas com espada, gritos e boas intenções, mas, sim, em um ato de razão, de sabedoria e com o propósito de alcançar o equilíbrio. Que idade você tem? Fará quarenta anos em breve? É um belo período para um escritor. Sim, é uma idade especial, Giacomo, digo isso sem nenhuma inveja, é a voz das lembranças que me faz dizê-lo, porque não é verdade que no final da vida sentimos nostalgia do tempo perdido — mas terá o tempo se perdido de fato? Eu lhe peço, aprimore minhas pobres palavras, você, que é o escritor! Terá se perdido de fato o que já passou? E aquilo que as pessoas chamam de perda, de modo bastante impreciso, com displicência e atitude falsamente sentimental, ao se referirem à juventude, que desaparece tão veloz como a lebre que corre pelo campo; ou à idade madura de um homem que começa a declinar? O tempo como uma palavra que resume tudo que nos sucedeu e nos pertenceu, quase como um objeto ou uma propriedade? Não, o tempo passado é uma realidade, e não cabe lamento ao constatarmos que ele voou. Posso observar o futuro com certa expectativa e emoção, com uma emoção que se parece mais com um lamento; somente o futuro, mesmo que soe estranho e ridículo na minha idade! Mas eu não desejaria voltar ao meu passado, que foi pleno e rico. Não sinto nostalgia da minha juventude, cheia de conceitos falsos e palavras inexatas, a razão e o coração influenciáveis e emotivos demais, da juventude com seus erros típicos, sublimes e confusos, e suas espinhas. Contemplo com satisfação as paisagens desaparecidas na luz dourada dos balneários, não desejaria de volta tudo que tive. Nada é tão perigoso como a autocompaixão inconsciente e mentirosa, fonte de todas as doenças e miséria humana, e que se assemelha à burrice, aos achaques dos homens e queixumes similares. O que existiu, existiu; aliás, ainda existe, porque a vida, com sua extraordinária capacidade de preservação, é mais intrincada do que os métodos mais complexos que os padres orientais utilizavam para embalsamar com bandagens os corpos dos mortos; e mais complexa que os métodos utilizados pelos taxidermistas para conservar os corpos dos animais. A vida me preservou o passado, que foi rico e reflete a indiferença pelas minhas possessões. O futuro é o que me interessa, filho — disse alto o conde de Parma, como se gritasse. — Precisa entender isso, você, o escritor.

  Aparentemente, não esperava resposta. E em sua voz, quando repetiu com irreverência a palavra "escritor", não havia ironia. Sobre o fato de que o forasteiro escritor encerrava seus anos de peregrinação, tendo reunido material para sua obra — também em Bolzano, onde viviam o conde de Parma e sua esposa —, que um dia certamente escreveria, expressou uma aprovação natural, com alma generosa, como quem diz a um companheiro em um baile de máscaras, com um educado e discreto olhar: "Sei quem você é, mas nada direi, pode falar tranquilamente". Porém o anfitrião limitava-se a ouvir. Só ele, o visitante, falava. E disse o seguinte depois de um breve silêncio:

  — O futuro me interessa porque a minha vida ainda não chegou ao fim. Eu também gosto de histórias concluídas e redondas, não apenas vocês, literatos. O mundo é assim, a natureza humana é assim, o escritor e o leitor exigem que as histórias tenham um final como deve ser, de acordo com as regras externas e as leis internas, colocando-se um ponto no fim da frase, assim como o pingo na letra i. Não pode ser de outro modo. Por isso direi mais uma vez a palavra, como se isso ajudasse em alguma coisa na nossa história comum: "quase". Algo ainda tem que ser dito e resolvido antes que esta história acabe, que é apenas uma entre tantas histórias, entre cem mil histórias humanas. E é uma história tão comum que na sua arte, se alguma vez você a escrever, quando já tiver reunido suficiente material, talvez nem encontre lugar para ela; mas a nós dois, talvez a nós três, ela interessará mais do que qualquer outra que já tenha sido escrita com pena e espada, interessará mais do que o texto do artista divino em visita ao inferno. Ficamos na terra porque aqui também é bastante interessante para nós. E o que ainda pode vir a acontecer aqui, para que a frase fique redonda, e para que coloquemos o pingo no i, é apenas a resolução e o encerramento para nós dois, ou talvez nós três, da nossa história, que pode ser de luto e funesta, sem nenhum motivo, mas também pode ser humana, alegre e cordata — e isso, como em todo final, depende apenas de você, do escritor. Você vê, assim é que vim até aqui em um dia com um tempo horrível como este, castigado pela gota e sem desejar sair do meu quarto depois que o sol se põe, onde o hábito e a lareira me confortam. Eu não teria vindo se não fosse este o momento certo, porque, acredite em mim, na velhice, quando os ossos rangem em virtude da idade, das palavras maldosas e das nossas experiências de vida, desenvolvemos a noção de tempo, uma ordem interna e inteligente, composta pela discrição e pela compreensão, que nos avisa quando podemos esperar e quando, infelizmente, é preciso tomar providências. Por isso eu vim, o tempo se apresentou. E por isso vim a esta hora, quando lá em casa já preparam a festa, os lacaios põem a mesa, os músicos ensaiam, as mulheres retocam suas máscaras, tudo muito bonito, a brincadeira e o prazer de viver de acordo com as regras, e, não nego, eles fazem tudo para me agradar, pois não há nada de que eu goste mais atualmente do que contemplar uma festa irracional e caótica, por trás da minha máscara, a um canto do salão. Tenho que voltar depressa para casa, tenho que me trocar. Interessa a você saber qual será a minha máscara, Giacomo? Se vier à nossa casa nesta noite — porque espero que venha, e receba estas minhas palavras como um convite atrasado —, decerto me reconhecerá pela minha máscara, que será totalmente diferente, e confesso que nem é uma ideia original. Emprestei-a de um livro, de uma peça de teatro em versos, a qual não foi escrita em nossa língua doce e familiar, mas na mais árida e forte língua do Oeste, a dos britânicos. Encontrei o livro há um ano na biblioteca de meu primo, em Marly e, não posso negar, a história me capturou, embora eu tenha me esquecido do nome do autor. Sei apenas que foi comediante e saltimbanco na pequena Londres, em uma aldeia distante na época da bruxa repugnante, no tempo da rainha Elizabeth. Pois bem, usarei uma cabeça de asno esta noite; você poderá me reconhecer se for e prestar atenção. Uma cabeça de asno — a ideia lhe agrada? Sabe, na peça, quem usa a cabeça de asno é o herói que a heroína, Titânia, rainha da juventude, aperta contra os seios; ela beija a cabeça de asno com fervor, a tal rainha da beleza e da juventude, com paixão cega, que é a única razão de ser do amor. Por isso usarei eu também uma cabeça de asno esta noite, cheio de esperança e, talvez também por outra razão: porque quero que o mundo ria de mim sem saber quem sou. É a primeira vez que desejo isso. Quero ouvir com meus ouvidos de asno as gargalhadas exageradas da multidão — uma ideia excepcional, não acha? — em meu palácio, no auge da minha vida, antes que o parágrafo se encerre e coloquemos o pingo no i. — O conde subiu o tom de voz, ainda com gentileza, mas com um tinido, como quando, nos primeiros golpes das espadas, as lâminas começam a estalar. — Por que quero ouvir eles rirem de mim, da cabeça de asno apaixonado, em meu palácio? Porque chegou a hora e o momento, Giacomo. Não houve pressa, não chegou nem um segundo antes, de acordo com sua característica, apenas quando era tempo de bater à porta; chegou o tempo de colocar a cabeça de asno, como convém a um apaixonado do meu tipo. Por isso a vestirei, porque na minha situação, dentre as cabeças de animais, essa é a mais familiar e a menos ridícula, já que poderei usar outra máscara, por exemplo, a de um veado com uma bela galharda, conforme a expressão irônica e maliciosa criada pelo povo, a qual, na verdade, jamais entendi totalmente. É verdade, por que mesmo chamam de marido cornudo aos mal-amados e traídos?... Talvez você saiba me explicar, sendo escritor e entendido em linguagem.

Esperava pacientemente pela resposta, com as mãos cruzadas, piscando, curvado um pouco para a frente na poltrona, como se essa questão linguística, da linguagem popular, como se a explicação do significado dessa expressão maliciosa de fato o interessasse. O anfitrião deu de ombros.

— Não sei — respondeu Giacomo fria e tranquilamente.
— A linguagem popular os chama assim. Vou perguntar ao sr. Voltaire, se meu caminho conduzir-me à frente de sua casa, em Ferney, e, com sua permissão, lhe responderei por escrito.

— Voltaire — disse o visitante em tom de deleite. — Que ideia extraordinária! Sim, pergunte a ele por que a língua enfeita o marido traído com os chifres dos veados e depois me escreva! Mas crê que Voltaire, conhecedor de todos os segredos do idioma que é, tenha familiaridade com esse conceito em sua experiência de vida em Ferney? É uma alma fria, seu fogo é como o carbúnculo, que faísca mas não esquenta. Confesso, confiava mais em você para obter essa resposta; afinal, deve conhecer muito melhor tal conceito...

— Vossa Excelência brinca comigo — disse o anfitrião. — A brincadeira me honra e me encanta. Ao mesmo tempo, tenho a sensação que devo responder a alguma pergunta que ainda não foi formulada.

— Ainda não formulei a pergunta, Giacomo? — indagou, espantado, o visitante. — Estarei tão equivocado assim? Você não entende por que estou aqui e o que desejo perguntar depois de tudo que aconteceu entre nós e do que não aconteceu, porque, veja você, o acontecimento não é tudo, na verdade é tão ínfimo, que eu não estaria sentado aqui, em um horário tardio para mim, ou pelo menos insalubre e inoportuno, se você, naquele tempo, em vez de falar tivesse agido. Mas agora eu precisava vir, e com isso já quase formulei a pergunta à qual você não pode mais responder apenas com palavras. Giacomo, repito, não vim nem um segundo antes, apenas quando chegou a hora, pois tenho um negócio inadiável com você. Inadiável e definitivo. Eu lhe trouxe uma carta. Quem a escreveu não poderia ter imaginado que seria eu o mensageiro, e, confesso, esse é um papel bastante ingrato e tampouco digno de mim. Uma única vez em minha vida levei uma carta de amor, de uma rainha para um rei. Não sou um *postillon d'amour* profissional, não me agradam as habilidades vis dos delatores, acredite em mim, não me agradam tais atividades sujas, as espertezas a serviço do baixo mundo dos sentimentos humanos. Ainda assim eu lhe trouxe a carta, evidentemente da parte da condessa, que a escreveu esta manhã, um pouco depois do *lever*, quando a deixei para ir ter com meus livros. Não é uma carta longa, pois os grandes escritores e as mulheres apaixonadas escrevem textos curtos, sempre com as palavras essenciais, isso você, escritor e amante experiente, com certeza sabe. Não, a condessa jamais poderia imaginar que seria eu o mensageiro, e talvez neste momento acredite que a carta se perdeu. No entanto, aguarda com impaciência por uma resposta, como apenas os apaixonados sabem aguardar, com determinação cega, imaginando, como às vezes fazem, que são capazes de dirigir temas eternos, como a vida e a morte! E talvez não seja sem razão que acreditem nisso! Porque agora desvio os olhos do passado que já se foi e olho apenas para o futuro que ainda me pertence, mas que é mais breve que o passado, segundo indica o relógio de areia, embora sua importância possa ser maior do que o vivido até agora. O tempo é um elemento muito estranho, o único elemento da vida que não pode ser mensurado de acordo com nossas próprias medidas; e seus colegas, os escritores clássicos da Antiguidade, constataram que um momento, um momento pleno, pode ser mais duradouro e infinito do que os anos ou décadas insignificantes que o antecederam! Agora que vou formular minha pergunta, a qual também é um pedido, um pedido definitivo e preciso, não consigo deixar de pensar com desaprovação na fé cega dos apaixonados que creem que o sentimento irracional pode mover montanhas, parar o tempo e coisas desse gênero. Os apaixonados são um pouco como Josué, que fez parar o sol sobre as batalhas humanas, interveio no universo e, com isso, esperava conquistar a vitória, que ao mesmo tempo era também derrota. Agora que preciso olhar para a frente, não necessariamente para muito longe, com meus olhos fracos, admito que o espaço é limitado, mas que, na verdade, só é limitado segundo as medidas terrenas; no mundo da paixão e do amor, ele é atemporal e ilimitado. Entendo a tremenda força de vontade dos apaixonados e eu mesmo acredito que uma cartinha perfumada, com gramática não de todo perfeita, peço-lhe certa indulgência ao lê-la, escritor, e com um sentimento pouco claro e gritantemente infantil, seja capaz de arrombar a ordem do mundo e, por algum tempo, sempre relativo no contexto da eternidade, torne possível comandar a vida e a morte. E agora, quando preciso responder à única pergunta da vida, porque ambos, neste momento, fazemos perguntas e as respondemos, Giacomo, este é um exame especial, em que somos ao mesmo tempo aluno e professor!, agora que devo preencher a vida novamente, como um bacamarte enferrujado, com o cartucho da vontade, e em seguida mirar com precisão, com mãos firmes e mira certeira, sem errar o alvo, quase começo a acreditar que há uma força, uma única, que prevalece sobre todas as leis, inclusive as do tempo e da gravidade. Essa força é o amor. Não a paixão, Giacomo. Perdoe-me por me esforçar em corrigir as leis básicas de sua vida e de sua grande experiência. Não é a paixão, seu infeliz caçador, pescador, escritor e pesquisador. Cada noite você leva para a cama a sua presa do dia com o corpo quente do fluir de sangue e exalando paixão, aqui ou em qualquer parte do mundo em que esteja. Por mais que você fique aguardando a próxima presa, salivando como se de fome, onde a fantasia e o desejo, as expectativas e a solidão anseiam pelo libertador em suas ilusões; por mais que você se empenhe com suas habilidades de jogador de cartas e estratégias astutas de quem escapa sobre cordas com ganchos e tendo como arma palavras atrevidas para se esgueirar sob a janela do homem íntegro que dorme, o que o incita a agir não é a curiosidade motivada pela tristeza e por uma terrível solidão; não é disso que estou falando. Falo do amor, Giacomo, que tentou nos seduzir a todos pelo menos uma vez na vida, até mesmo você, um tipo atormentado e esfomeado. Não foi por acaso que você chegou a Pistoia há anos e tampouco que fugiu de lá. Você não é de todo inocente nem de todo culpado porque uma vez o amor tentou também a você. Naquela vez eu o enxotei com a ponta da minha espada... quanta insensatez! Você poderia ter gritado: velho louco! Um ancião modorrento apaixonado! Você pensa que alguma vez fabricaram uma adaga em Veneza ou uma espada em Damasco que acabasse com o amor? A sua pergunta seria justa e emotiva, um pouco retórica, aliás literária, mas na experiência de vida, justa. Por isso não vim trazendo espada com ponta nem faca afiada. Vim com outro tipo de arma, Giacomo.

— Que arma?

— Com a arma da razão.

— Nos duelos de sentimentos, é uma arma fraca e desigual, Excelência.

— Nem sempre. Espanta-me que seja você a dizer isso. É a única arma, Giacomo. Falo da verdadeira razão, não de uma discussão, barganha, nem mesmo do desejo de vencer. Não vim fazer nenhum pedido e, repito, tampouco ameaçar. Vim estabelecer algumas coisas e indagar sobre outras, e tenho todos os motivos para isso, pois na minha situação, que de repente é deplorável e perigosa, acredito que a arma fria e brilhante da razão seja mais forte do que essa fanfarrice mímica e sentimental. A condessa e você foram tocados pelo amor. Constato isso e não explico. Você sabe muito bem que não gostamos de alguém por suas virtudes; sim, houve um tempo em que acreditei que amávamos mais os párias, os viciados e os contestadores do que os virtuosos, porém envelheci e aprendi, e agora sei que nem mesmo pelos seus pecados e defeitos gostamos de alguém, tampouco por sua beleza, bondade ou virtudes. Talvez só vamos entender isso no final da vida, quando já não nos servem muito a sabedoria e a vivência. É um aprendizado duro, não traz consolo nem lisonja, é preciso nos conformar com o fato de que não amamos alguém por suas qualidades: não apenas porque é bonito ou por mais especial que seja, e também não por ser feio, corcunda ou pobre; simplesmente amamos porque no mundo atua uma vontade nesse sentido, cujo verdadeiro significado somos incapazes de decifrar, um desejo de se expressar de maneira própria, para que o mundo se renove em uma eterna espiral; uma vontade que toca as almas e os corações com uma energia incrível e que atinge as pessoas com sua força, de pontos de vista incompreensíveis, que assusta as almas e os sistemas nervosos, que põe a funcionar as glândulas e que nubla mentes brilhantes. A condessa e você estão apaixonados e ambos formam um casal fantástico e incompreensível apenas para os menos esclarecidos, porque entre seres humanos nada é impossível. Os animais respeitam mais as regras do jogo, nunca ouvi falar de um romance entre uma puma e uma girafa, ou algo similar. Os animais respeitam os limites impostos por sua variedade e características; perdoe-me, não quero ofendê-lo! Se bem que eu estaria ofendendo muito mais a mim mesmo com esse tipo de comparação! Não, os animais são mais consequentes, por isso somos seres humanos, ótimos também na miséria, para entendermos a força secreta, mesmo que não consigamos decifrar as intenções e nos conformemos com assuntos impossíveis de explicar. A condessa gosta de você e isso é tão incrível como se a madrugada brilhante gostasse da tempestade da meia-noite, deixando, enfim, os exemplos animais de lado, principalmente no momento em que me preparo para o baile desta noite, no qual usarei uma cabeça de asno. E você também gosta da condessa, e isso só não é mais extraordinário por negar a inequívoca índole de sua personalidade. Você sabe muito bem que esse sentimento febril é contra as regras de sua vida. De nada você foge mais alarmado quanto dos sentimentos. Na prisão você tinha fome e sede, batia com os punhos na porta de ferro, chacoalhava as grades das janelas, jogava-se sobre o monte de palha podre com impotente amargor, maldizia o mundo, que roubava as diversas possibilidades de sua vida. Contudo, ao mesmo tempo, sozinho sobre aquele leito emporcalhado, atrás das grades e da porta de ferro, a sós com suas lembranças, nesse outro cativeiro mais cruel que a prisão da Santa Inquisição, você sabia que a prisão também era uma fuga, pois lá apenas o desejo o fazia arder, e não era preciso pisar sobre a semente disforme e assustadora da paixão. Você sabia que a prisão, de certo modo, consistia um refúgio de si mesmo e do único sentimento capaz de aniquilá-lo e derrubá-lo, o que equivale à morte para você, como são os sentimentos que preenchem com responsabilidades as almas leves e livres... O amor o tocou quando você encontrou a condessa, que naquele tempo era apenas Francesca; o amor o trouxe de volta, e não a lembrança da aventura malograda. Como é mesmo esse amor de vocês? Refleti muito sobre o tema, tive tempo... Você acreditou durante muito tempo, em Pistoia, e também mais tarde, em Veneza, na prisão, quando Francesca já era a senhora de Parma, no momento em que lutamos por ela de modo tão ridículo, você pensou ainda durante muito tempo que ela havia sido apenas uma aventura entre tantas; aventura não de todo bem-sucedida, pois você foi um pouco piedoso. Mas, veja, a piedade é sempre suspeita. Você não é do tipo piedoso, Giacomo: dorme tranquilamente enquanto a mulher abandonada arranja uma corda com o lençol do leito em que fizeram amor, para se enforcar à porta de sua casa, e você lhe grita: "Saia daí!", meneando a cabeça. Você é assim. Seu modo de amar, de andar atrás das mulheres, de olhá-las, de olhar suas mãos, ombros, seios, é bem pouco humano. Anos atrás eu o vi em Bolonha, no teatro. Ainda não nos conhecíamos, nem a Francesca, ela então deveria ter cerca de doze anos, nenhum de nós a conhecia ainda, mas eu sabia sobre ela, como se sabe sobre uma planta especial crescendo na estufa secretamente e que um dia florescerá e deixará o mundo maravilhado... Você nada sabia sobre Francesca nem sobre mim, e entrou no teatro de Bolonha, onde sussurravam seu nome; você estava magnífico, especial, como os artistas; parou na primeira fila, de costas para o palco, levantou os óculos e olhou em torno. Nessa ocasião, eu o observei muito bem. Sua fama, seu nome crepitavam em todos os lábios e camarotes. Você não é um homem bonito, aceite minhas felicitações por isso, não é esse tipo detestável de *beau* que exibe suas feições como uma mulher vulgar. Seu rosto é rude e original... como posso dizer? Másculo, sim, porém não no sentido humano da palavra. Não quero magoá-lo, mas seu rosto é pouco humano. Pode ser que seja esse o verdadeiro rosto, que assim o Criador o tenha imaginado e que, passado algum tempo, épocas, modas e ideais diversos foram transformando o modelo original. Seu nariz é grande, sua boca é dura, seu porte atarracado, suas mãos quadradas e grosseiras, o maxilar anguloso — tudo isso não são componentes do homem *beau*, com certeza não. Digo por educação, creia. Há algo de desumano em seu rosto, Giacomo, e tive que entender primeiro seu rosto para entender Francesca e o amor dela. Não me leve a mal: algo desumano, portanto não humano, mas também não animal, como se você fosse um ser intermediário entre homem e besta, alguma formação irregular. Na oficina em que se mesclam os componentes do ser humano, certamente planejavam algo para você, criado como um ser metade homem, metade selvagem, e espero que perceba pela minha voz que o digo com admiração. Você estava ali no teatro, apoiado na divisória do fosso da orquestra, e, sem mais, bocejou. Olhava as mulheres com os óculos nas mãos, e elas também o olhavam com uma curiosidade indisfarçável; os homens observavam seus movimentos e controlavam o olhar que as mulheres lhe lançavam. E, em meio àquela tensão e excitação silenciosa, você bocejava, exibindo seus trinta e dois dentes amarelados. Um bocejo assustadoramente perfeito. Certa época, mantive em meu jardim de laranjeiras, no castelo de Florença, alguns leões jovens e um leopardo envelhecido. Ao ver você, lembrei-me do bocejo daquela velha besta que acabaria por devorar seu domador árabe. Aquele animal selvagem bocejava do mesmo modo, de repente, com um tédio e uma indiferença surpreendentes, bocejava para o mundo que o mantinha cativo. Naquele instante, pensei que eu lançaria uma rede em seu pescoço e um arpão bem no meio de seu peito caso você se aproximasse de alguma mulher que agradasse a mim também. Por isso não estranhei nem um pouco quando, três anos depois, ao chegar a Pistoia, encontrei-o no jardim junto àquele muro ruinoso, jogando argolas coloridas, com a ajuda de uma varinha de ponta dourada, para Francesca, que as pegava com habilidade. O que foi mesmo que pensei naquele instante? Apenas: "Sim, claro, não poderia ser de outro modo". E agora venho lhe trazer a carta de Francesca.

Com um movimento lento e sossegado, retirou do bolso de seu casaco impermeável uma carta pequena e dobrada e a ergueu sobre a cabeça:

— Seja indulgente com a ortografia dela; Francesca aprendeu a escrever há pouco tempo, em Parma, com um poeta peregrino, castrado pelos árabes, que comprei e libertei da escravidão porque seu pai havia sido um de meus jardineiros, e também porque aprecio poetas. Parece que ela escreveu a carta bastante nervosa, e isso de certo modo é emocionante. Ela não conhece bem as maiúsculas, a minha pobrezinha, e a imagino garatujando com a cabeça quente e as mãos frias, tremendo sobre o pergaminho que só Deus sabe como sua dama de companhia conseguiu, junto com a pena, a velha Veronika, que trouxemos conosco de Pistoia e que talvez, só hoje pensei nisso, tivesse sido mais inteligente deixar lá. Mas ela estava aqui e à disposição e, quando chegou o momento, conseguiu papel de carta, pena, tinta e mata-borrão, como era seu dever, porque todo mundo tem um papel ancestral a desempenhar, do qual não pode escapar; também Veronika tinha o seu, as amas sempre foram alcoviteiras, não apenas no teatro! É uma carta breve, permita que eu a leia a primeira vez. Você pode permitir, porque não é a primeira vez que a leio; já a li às quatro da tarde, quando o mensageiro recebeu ordens de trazê-la a você, e mais tarde, antes de vir para cá, como carteiro e mensageiro, porque não se deve confiar uma carta dessas a desconhecidos. Você franze o cenho?... Pensa que não se deve ler a carta de uma dama? Cala-se, mas desaprova minha curiosidade? Tem toda a razão — ele disse calmamente.

— Eu também desaprovo. Vivi uma longa vida, meu filho, respeitando as regras do jogo, como um cavalheiro, porque nasci assim e assim fui criado. Ao longo de toda a minha vida nunca imaginei que uma mulher e uma circunstância me fariam mudar minha maneira de agir, determinada por minha educação, posição social e meu caráter. Jamais abri uma carta feminina, até porque nenhuma carta havia me interessado tanto para quebrar as regras da cortesia cavalheiresca. Mas esta me interessava — disse com objetividade. — Francesca nunca me escreveu uma carta, nem poderia, pois até um ano atrás desconhecia os segredos da escrita. Naquela época, um pouco depois de o poeta castrado regressar livre ao seu país, ela começou a se interessar pela escrita quase ao mesmo tempo que se propagava a notícia, vinda de Veneza, de que a Santa Inquisição o havia enfiado na prisão. Ela aprendeu a escrever para escrever a você; isso é incrível nas mulheres, elas são capazes de gestos heroicos se gostam de alguém. Ela aprendeu os símbolos ocultos e terríveis de seu ofício, aprendeu a desenhar o "e" humilde que parece agachar a cabeça, o "s" barrigudo, o "t", que é como uma lança, o "f", que parece portar um chapéu, aprendeu tudo para poder consolá-lo e escrever as palavras que ardiam em seu coração. Ela queria consolá-lo na prisão, e eu, durante algum tempo, pensei que vocês trocavam cartas; acreditava nisso e prestava atenção, eu tinha muitos ouvidos e muitas dúzias de olhos, olhos e ouvidos excelentes, os melhores da Lombardia e da Toscana, onde realmente entendem dessas coisas. Ela aprendeu as letras porque queria enviar-lhe uma mensagem, no entanto, veja você, não escreveu; sei com segurança que ela não escreveu, pois a escrita, para um coração puro e pudico, é a maior das indecências. É mais fácil imaginar Francesca dançando sobre uma corda ou fazendo amor em um bordel com indiferença, com jovens estranhos e cúpidos, do que imaginá-la com uma pena na mão, descrevendo seus sentimentos a um apaixonado, pois Francesca, a seu modo, é uma mulher pudica, assim como, a seu modo, você é um escritor, e eu, também a meu modo, sou ciumento e velho. E assim vivemos, cada um a seu modo, você no calabouço veneziano, eu e Francesca em Pistoia e em Marly, e todos nos preparávamos para alguma coisa e esperávamos alguma coisa. Sim, sim — disse e levantou a mão em um gesto de objeção, como se o anfitrião fosse interrompê-lo —, reconheço que vivíamos mais confortavelmente em Pistoia, em Bolzano e Marly, e também em outros cantos, como perto de Nápoles, nas montanhas, em nossos castelos e palácios, mais comodamente que você naquele saco de palha cheio de piolhos, sob o teto do calabouço. Mas esse conforto também era uma espécie de cativeiro distorcido, quase indecente; peço a você, não nos julgue com demasiada severidade. Francesca aprendeu a escrever com o castrado e eu a observava e pensava: "A-ha". Esse pensamento não era de todo estúpido. Por vezes nem o próprio Voltaire pensa diferente, e ainda assim é Voltaire, como quando faz reflexões sobre o poder e a moral. Todos nos tornamos sábios nos momentos inesperados e verdadeiros da vida, quando reconhecemos as surpresas e as mudanças. Por isso pensei "A-ha" e comecei a prestar atenção com todos os olhos e ouvidos da Lombardia e da Toscana. Mas nada notei de suspeito: Francesca envergonhava-se de lhe escrever, ao escritor, envergonhava-se de traduzir seus sentimentos em letras. A verdade é que vocês, escritores, são completamente isentos de vergonha no atrevimento de pôr em palavras, às vezes sem refletir, os mais indecentes sentimentos humanos. Um beijo é sempre casto; a descrição de um beijo em palavras é sempre despudorada. Talvez Francesca percebesse isso, com aquele ouvido delicado que a caracteriza, e às mulheres apaixonadas em geral. Ou talvez apenas sentisse vergonha por suas letras, simples assim, as letras e o ato de escrever uma carta, porque o coração dela é puro, ainda que estivesse perturbado pelo amor. Por isso, agora que ela finalmente escreveu a você, imagino a excitação e o nervosismo que a invadiram da cabeça aos pés, quando com dedos frios e trêmulos sentou-se diante do papel, da tinta e do mata-borrão, para se entregar à primeira ação impudica de sua vida. Escreveu uma carta de amor, talvez mais do que isso, e mais perigosa, já que se expôs completamente, entregou-se ao papel e à tinta, portanto ao mundo e à eternidade. E esta é a verdadeira ação impudica, sempre esta, quando alguém desvela diante do mundo seus verdadeiros sentimentos, como se namorasse em uma praça pública para sempre, diante dos olhos tolos de antigamente e dos basbaques do futuro, como se recobrisse toda a nobreza e o segredo de seus sentimentos com palavras, sobre um trapo de papel, ou como se um açougueiro embrulhasse os órgãos internos mais nobres de um homem em aparas. Sim, a escrita é terrível. Ela sentiu isso com todo o seu coração, pobrezinha, quando escreveu, pois por amor e suplício havia aprendido a simbologia das palavras, as letras. Suas mãos tremiam, percebe-se de forma clara na escrita. Usou poucas palavras, mas surpreendentemente certas e escritas com correção, como Ovídio e Dante. Espere, agora lerei a carta de Francesca a você. — Desfez o pergaminho com dedos calmos, ergueu-o com uma mão, como quem tem vista curta, com a outra mão acomodou os óculos sobre o nariz e, assim ereto e pendendo um pouco à frente, começou a soletrar a escrita. — Não enxergo bem — disse e suspirou. — Por favor, meu filho, me ilumine. — E quando o anfitrião, mudo e com uma solicitude formal, pegou um castiçal do aparador da lareira, postando-se a seu lado: — Assim, obrigado. Agora vejo perfeitamente. Portanto, ouça. Eis o que Francesca, minha esposa, a condessa de Parma, escreveu a Giacomo, oito dias depois que seu amado escapou da prisão, onde, em virtude de seu temperamento e natureza, muito sofreu, vindo em seguida para Bolzano: "Preciso ver você". E assinou com a inicial de seu nome, um grande F, um tanto enfeitado e solene, como aprendera com o castrado.

Segurava a carta longe dos olhos, talvez para enxergar melhor as letras do tamanho de ervilhas.

— Esta é a carta — disse com certa satisfação na voz. Deixou cair o pergaminho e os óculos no colo e recostou-se na poltrona. — O que me diz da escrita dela? A mim encantou. Francesca faz tudo com perfeição, essa é sua natureza, não sabe fazer de outro modo. A carta me arrebatou e espero que também o tenha comovido, que o tenha emocionado até a alma, como só os verdadeiros textos conseguem fazer com as pessoas íntegras. Passado um longo tempo, muitos livros depois, hoje à tarde, quando li a carta de Francesca pela primeira vez, senti verdadeiramente que poder fatal tem a palavra: imperadores, papas e pessoas comuns utilizam-se desse poder, mais fatal do que uma espada ou lança. Antes de mais nada, interessa-me saber sua opinião sobre a escrita dela, a opinião de um escritor sobre a forma de expressão de uma iniciante. Na primeira e na segunda vez que a li, e agora, quando a ergui diante dos olhos pela terceira vez, essa impressão não mudou, a de que a escrita dela é perfeita. Não repare na minha fraqueza, não sorria ironicamente com sua opinião profissional de sabedoria superior ao entusiasmo desse membro da família. Você tem que reconhecer que um iniciante não seria capaz de escrever algo parecido: três palavras e a inicial de seu nome. Mas pense bem nas circunstâncias, pense que sua autora um ano antes não conhecia as letras, observe com que perfeição as três palavras se concatenam, como forjadas em ferro, como as argolas de uma corrente. Ao que parece, o talento brotou dela mesma, Francesca não leu Dante nem as obras de Virgílio, não conhece o que é sujeito e predicado, no entanto recriou sozinha as belas e corretas normas de estilo. Porque não seria possível dizer mais e com maior precisão do que esta carta. Vamos analisá-la? "Preciso ver você." Antes de mais nada, admiro a força da concisão. Nessa ordem, que seria possível gravar sobre mármore, não há uma única palavra desnecessária. Ela principia com o verbo, como as grandes frases em geral se iniciam, principalmente nos dramas e tragédias em versos, como se a ação entrasse em cena no palco. "Ver você", ela escreve, e essas palavras têm sentimentos quase sensuais. É um verbo ancestral, tem a mesma idade do homem, é a fonte de todas as vivências humanas, pois é com a visão que o homem principia, dado que até então, em sua fase cega, é um pacote de carne gemente; é com a visão que tem início o mundo e, naturalmente, o amor. É um verbo mágico, tudo cabe nele, o desejo, o segredo ardente, o sentido secreto da vida, porque o mundo só existe até o ponto em que o vemos, e também você só existe, no espírito da carta, no tanto que Francesca o vê. Com a visão, você volta a ela neste mundo, do cego submundo, onde de fato você estava, mas apenas como as sombras, as lembranças e os mortos. Portanto, antes de mais nada ela quer ver você; a percepção, o toque, o cheiro, a audição e o paladar são todos cegos sem a visão secreta do archote. E o Ámor não é um deus cego, Giacomo, Ámor é curioso e quer luz, realidade, sim, quer ver acima de tudo. Por isso ela começou a carta com esta palavra: ver. O que mais poderia dizer? Poderia ter escrito: "Falar" ou "estar junto", mas tudo isso são consequências da visão, e esse verbo confirma como é forte o desejo, aquele que lhe colocou uma pena na mão, esse verbo quase grita, porque o coração apaixonado sente que não aguenta mais a escura cegueira, precisa ver o rosto amado, precisa ver, isto é, necessita que se faça luz no mundo cego e incompreensível, porque do contrário nada mais faz sentido. Foi esse o motivo pelo qual ela escolheu, exatamente e de modo expressivo, a palavra "ver". Essa explicação do texto o aborrece? Porque a mim, confesso, interessa muito, e agora pela primeira vez entendo os solitários sábios, que gastam a paciência e a cega atenção em papéis empoeirados e desbotados, em textos antigos, durante dezenas de anos, e discutem e explicam um verbo de uma língua morta, e com o olhar e a respiração tomam-na, esfregam a letra morta e a trazem à vida. Penso que consigo explicar esse texto, o da carta de Francesca. Portanto ver, antes de mais nada. Em seguida: "preciso". E não "gostaria", e não "desejo", e não "quero". Imediatamente, com a segunda palavra do texto ela diz o inalterável, como os textos sagrados. E você não pensa, Giacomo, que essa jovem escritora, a seu modo, quase escreveu um texto sagrado ao escrever suas primeiras palavras apaixonadas? Não acha que o texto apaixonado é um pouco como a descrição dos pagãos nas paredes das tumbas, simbolizam diretamente o Ser Eterno, inclusive quando se referem ao momento do encontro amoroso ou à escada de corda necessária para a fuga? Claro, Francesca não fala de segundas intenções; é uma poeta melhor do que isso, percebe-se desde sua primeira consoante. Eu disse "poeta", e não penso que foi excesso de deslumbramento que me colocou tal palavra na boca, que, eu sei, fala em categoria, a primeira entre as classificações humanas. Na China, também em Versalhes, os poetas caminham logo atrás do rei nos desfiles de gala; Racine e Bossuet e também Corneille, que na vida comum era um pouco bobo e sujo, assim como La Fontaine, Colbert sempre, aliás a sra. Montespan e o sr. Vendôme entravam antes na sala do rei. A categoria de poetas mulheres tem entre as pessoas um halo secreto e comendas invisíveis, eu sei. Talvez por essa razão eu sinta que Francesca é poeta, percebo isso com grande admiração, quando leio sua primeira obra, uma admiração que percorre meu interior e preenche minha alma com enlevo, com aquele sentimento excepcional e bombástico, que sem sombra de dúvida inspira pensamentos de alto nível sobre a solenidade da vida. Por isso ela escreveu: preciso. Que força delicada emana dessa palavra, meu filho! De modo imperativo, palavra de rei, é mais do que uma ordem, pois ao mesmo tempo explica e também expressa uma necessidade. Poderia ter escrito apenas "quero", o que também seria digno de um rei, porém um pouco arrogante. Não, ela escolheu a palavra certa e forte, aquela que ao mesmo tempo que ordena também se humilha um pouco: "preciso", ela diz, e admite que, ao passo que dá a ordem, também se sujeita a uma ordem secreta. "Preciso", portanto quem pede esse encontro tem necessidade, já não pode fazer de outro modo, não suporta mais esperar, dirige-se a você com rigor, mas também lhe informa alguma coisa. Nessa palavra há algo comoventemente desvalido e humano. Como se ela nem quisesse aquilo, Giacomo. Não sei se leio direito com meus velhos olhos e se posso confiar no que ouço, na frase toda, que poderia ser a primeira frase de um poema. Há algo de desvalido e de sujeição, como quando uma pessoa está de frente com seu destino, sob as estrelas, e diz uma verdade triste e esplêndida. Qual é essa verdade? É mais e menos também, é uma voz contida que pede ajuda, ordena e que ao mesmo tempo admite que sua autora também é vítima dessa ordem. "Preciso ver." Da união dessas duas palavras destaca-se um tinido perigoso; quem dá tal ordem admite também estar em perigo; sim, preferiria abrir mão e se desembaraçar da ordem dada, entretanto não pode fazer de outro modo, por isso consente e ordena. Palavras perfeitas. E em seguida, consequentemente, mas com a ressonância de sinos que dobram em algum lugar do mundo: a palavra "você". Grande palavra, Giacomo. Não sei, pode alguém dizer algo maior e mais significativo a uma pessoa? É uma palavra completa, com uma ressonância que preenche o vazio humano; palavra dolorosa, modela e nomeia, dá voz e aviva a individualidade. Foi com essa palavra que Deus dirigiu-se pela primeira vez ao homem, quando o criou. Viu que sua obra não era suficiente, por isso deu-lhe um nome, você. Entende bem essa palavra? Milhões e milhões de pessoas habitam este mundo, no entanto ela quer ver Você. Há homens mais nobres, mais belos, mais jovens, mais sábios, mais éticos, mais corajosos, não quero ofendê-lo, mas você deve pensar nisso, por mais desagradável que seja e fira sua autoestima, mais safados, mais habilidosos, mais espertos, mais desalmados e mais decididos; e o que ela quer é ver Você. Essa palavra o destaca no mundo, a Você, o distingue de tudo, no que você se parece com os outros, ela o eleva e toca em seus ombros, como o rei com sua espada nos ombros dos cavaleiros. É uma palavra assustadora. Você, Francesca escreve, minha esposa, a condessa de Parma, e no momento em que escreveu essa palavra você se tornou um nobre, apesar de aventureiro, ou então está usando seu nome nobre ilegalmente. Você, ela escreveu, e como é forte e segura a sua escrita, as letras se preenchem com o movimento, com o digno movimento de um braço cheio de sangue que flui e de músculos que se retesam para atuar de imediato. Ela já sabe o que dizer, não procura uma expressão, lança no papel a única palavra que sustenta toda a frase e a composição, que dá sentido à obra. Você... Palavra secreta. Pense em quantas pessoas vivem no mundo, também para Francesca, pessoas que valem a pena ver, mesmo que não seja necessário, pessoas que poderiam oferecer a ela mais verdades, com mais conteúdo do que você, não importa que seja um escritor e viajado, homens que já estiveram na Índia e no Novo Mundo, homens de ciência que desvendaram os segredos da natureza e estabeleceram novas leis para os homens; são muitos viventes, mas ela quer ver você... E com essa palavra ela o nomeia, como a um renascido. Também poderia acontecer de ela desejar ver a mim, por exemplo, não haveria nada de extraordinário nisso; afinal, sou seu marido; mas ela Quer-ver-você, só Você! Então, esse é o sentido do texto. E agora vamos olhar novamente, depois de examinar as partes, a estrutura rígida e compacta do todo, as consequências da ideia, a realização do nobre impulso, a expressão concisa e, no entanto, que tudo diz, o requinte sem sobras desnecessárias. E a assinatura, muito humilde, a primeira letra de seu nome, porque é desnecessário assinar cartas e obras verdadeiras com o nome completo, pois a obra já fala pelo autor. Ninguém imagina que o autor da *Divina comédia* necessite colocar seu nome sob o título... Com isso, claro, não quero fazer nenhum tipo de comparação. Ah, a irrelevância do nome, quando a estrutura, as letras, o texto todo fala, quando tudo reflete a mesma alma e individualidade da pessoa compelida a produzir que reconheceu seu destino, que é tão somente o de precisar ver Você. Então — ele acrescentou com desdém, e com dois dedos ergueu o pergaminho e o estendeu, desinteressado —, com isso terminamos. Eis a carta.

Como o anfitrião não se moveu, o conde de Parma colocou a carta no aparador da lareira, junto à vela:

— Irá lê-la mais tarde? — perguntou. — Sim, entendo. Penso que a lerá muitas vezes ao longo da vida e a entenderá quando for mais velho.

Calou-se e respirava com dificuldade, como quem se excitou demais em alguma tarefa e seu velho coração e pulmões usados cansaram de tanto falatório.

— Com isso terminamos — repetiu e arqueou o corpo com as mãos sobre a bengala, envelhecido e cansado. Continuou falando curvado sobre a bengala, sem olhar para o anfitrião, contemplando o fogo da lareira, piscando com intensidade e nervosismo. — Cumpri uma das missões de minha visita, dei-lhe a carta da condessa. Espero que a guarde com cuidado. Não gostaria que uma carta de amor da condessa de Parma rolasse em mesas sujas de tavernas ou que você a lesse alto na cama das rameiras, gabando-se como os homens costumam fazer na inconsciência barata do vinho e da paixão. Não posso impedi-lo, mas me doeria muito e de fato espero que não aconteça, porque uma carta desse tipo naturalmente não permanece em segredo, e não me surpreenderia nem um pouco se em algum tempo do futuro, mais generoso e de ouvidos mais apurados, esse pequeno texto fosse ensinado nas escolas como exemplo e modelo de redação perfeita. Eu não me oporia também a que essa carta tivesse imitadores, como toda obra-prima, a memória dela se espalhando por finas vias capilares no inconsciente dos homens, que os apaixonados a copiassem sem dó nem piedade, sem nada saber de sua origem, que a repetissem como se de autoria própria, sobre o papel, declarando ao mundo que é preciso ver você, assinado com suas iniciais, tornando a carta de fato sua, de modo misterioso, porque os verdadeiros textos se propagam pelo mundo e se misturam com a vida, essa é sua característica. Mesmo assim, gostaria que esse processo seguisse o caminho natural da literatura e da memória não porque você declamou a carta, gabando-se nas tavernas ou na cama das prostitutas; eu lamentaria muito. Agora que já lhe entreguei a carta, cujo verdadeiro significado, penso, deciframos e entendemos, precisamos tomar cuidado para que a paixão pela análise da obra, o prazer disforme e obstinado pelo texto, não nos afastem das tarefas práticas e concretas. Veja você, a letra também pode ser tão terrivelmente apaixonante como o beijo ou o assassinato, que também tem algo de prazeroso e de ardente, e nós dois, os sábios das letras, você como escritor e eu como leitor e apreciador das belas-artes, quase chegamos a esquecer a pessoa por trás das letras, que transmitiu essa frase perfeita para o papel. No entanto, trata-se de Francesca, que crê precisar vê-lo. Essa realidade para qual devemos nos voltar agora que terminamos de nos deleitar com a beleza do texto. Agora precisamos voltar à ordem, pois o tempo está correndo e a noite já chegou; o tempo voa com asas mais leves quando nos maravilhamos com um ou outro texto realmente bom! Nossa tarefa é, apesar do eterno sentido literário do texto, encontrarmos seu sentido prático, o qual não é outro senão, infelizmente, o fato real de a condessa de Parma ter se apaixonado e precisar vê-lo. Você não pode se esquivar dessa ordem, mesmo que quiser. Já disse que não vim ameaçá-lo, Giacomo: simplesmente trouxe a carta e gostaria de entender, de expressar e resolver um assunto. Não o estou ameaçando, não se preocupe; nem me passa pela cabeça a possibilidade de nos enfrentarmos com espadas por causa de Francesca, daquele modo ao mesmo tempo cômico e belo como foi nosso embate masculino em Toscana, de peito nu à luz do luar! O tempo também não é mais conveniente, não apenas o tempo atmosférico, que está tenebroso e que, mesmo eu agasalhado, me causa dor em todo o corpo, como também o outro tempo, o que fez os anos passarem por mim. Já tive que jogar minha espada fora, claro que poderia comprar novas, certamente mais ágeis e mais hábeis do que a minha jamais foi, embora, como deve se lembrar, eu não fosse dos mais desajeitados na esgrima. Poderia comprar novas espadas, que faiscariam ao meu comando, adaga de ferro gelado, que com habilidade criminosa eu faria girar entre suas vértebras, pois sua vida está em minhas mãos. Mas nem isso são ameaças, Giacomo; apenas constatações. Não proteste. Não fique inquieto, não levante a crista para brigar. Sua vida está em minhas mãos, não adiantou você fugir para além das fronteiras da República, por mais que as pessoas tenham rido de satisfação com sua fuga, por mais que leis locais o protejam, as leis de asilo que resguardam sua pessoa por tradição. Segundo a lei e os costumes, você aqui é inviolável e intocável. Contudo sabe muito bem que existem leis mais sutis e não escritas, costumes e práticas legais por trás das que se encontram nos livros, e em todo lugar são essas as verdadeiras e mais eficientes. Essas leis me pertencem, as leis que exerço, eu mais algumas pessoas no mundo, bastante inteligentes e poderosas para saber aplicá-las sem abuso. Acredite em mim, Giacomo, de nada adiantou você fugir do calabouço e do Palácio do Doge com as habilidades de um macaco, de nada adiantou nadar como um rato-d'água fugitivo nas águas sujas da laguna e alcançar a costa em Mestre, chegar a Valdepiadene; é inútil que viva aqui, além da fronteira perigosa, em um dos quartos da Hospedaria do Cervo de Bolzano, com essa segurança arrogante, como quem escapou de todo perigo. Se eu quiser, amanhã a esta hora, depois de o sol se pôr, você estará para lá da fronteira, nas garras do Messer Grande, acredite. Por quê? Porque a correlação de forças é bem diferente do que pensam os tolos, e você, que é mais sábio, veloz e astuto, entende isso. Sabe também que não há lugar no mundo que minhas mãos não possam alcançar, embora elas já estejam cansadas e dolorosas para a esgrima. Por isso não ameaço você. Não é por grandeza d'alma ou por nobre generosidade que o deixo fugir; pois você precisa fugir, Giacomo, com cavalos céleres em carruagem coberta, ou em um trenó, antes que a noite termine e após termos colocado um ponto final na frase, quando você tiver encerrado sua tarefa em Bolzano e a condessa o tenha visto, conforme ordenou, a você e a mim! Por isso não o ameaço ao lhe revelar as possibilidades ocultas nas coisas visíveis e a verdadeira correlação de forças. Explico as coisas como elas são. Não há amargor em meu coração nem ofensa nem falsa bravata masculina; você também não passa de instrumento e personagem, alguém joga conosco... E, às vezes de modo incompreensível, nem joga com as mãos de todo limpas, como se fosse unicamente para sua própria diversão, o que você, como escritor e também conhecedor de cartas pintadas com figuras, deve entender bem. Por isso vim vê-lo. Quero que permaneça aqui até de manhã e que obedeça aos desejos da condessa; mais do que desejos, eles são ordens às quais não podemos escapar, nós três, porque o "preciso" está por trás deles, tão bem expresso pela condessa de Parma em sua concisa obra. Portanto, você fica aqui até de manhã. Devo ameaçá-lo? Argumentar? Suplicar? Devo explicar? O que posso fazer com você? Posso matá-

-lo e então você permaneceria aqui mais assustador do que agora, atarracado e carnudo, na sua realidade ensanguentada, você seria sombra e recordação, um adversário que a espada já não poderia ferir, uma sombra apaixonada, uma rameira masculina morta. Você permaneceria escondido entre o cortinado que protege a cama de minha esposa, ocuparia o meu lugar entre suas almofadas depois da meia-noite, sua voz ressoaria nas vozes dos outros homens e seu olhar brilharia em olhos desconhecidos. Por isso não o mato. Deveria eu mandá-lo embora, ordenar que já, imediatamente, no meio da noite, pegasse o trenó que o espera na porta, cobrisse o rosto com a ponta de sua capa e, sob a guarda de meus homens, corresse pelos desfiladeiros iluminados pela lua, ameaçado pelas sombras dos lobos, através de bosques nevados, em um país estrangeiro, e que desaparecesse das imediações da vida da condessa? Eu poderia fazer isso e você seria obrigado a obedecer, porque afinal teme por sua vida e, veja você, quão poderoso sou: enquanto você ainda teme pela vida, por sua pele, por sua estimada pessoa, por sua carne e seus ossos, os quais ainda não está disposto a leiloar, eu não temo mais pela minha vida; só temo um sentimento, mais valioso e mais precioso para mim do que a vida. Por isso você deve obedecer. Por isso sou eu o mais poderoso, por esse motivo e por essas razões mais mundanas que você tão bem conhece. Agora estou disposto a colocar esse poder e essa força a seu serviço, diante de seus desejos e interesses, se formos capazes de chegar a um acordo em forma de contrato, segundo certas regras e para determinado fim, como deve ser e convém. Sim, é por isso que vim: para lhe propor um contrato. Pensei muito em você. Vi seu rosto em Bolonha, no teatro, enquanto bocejava, e entendi sua essência. Conheço sua história e seu destino, penso que sei quem você é, tanto quanto uma alma humana é capaz de penetrar em outra... Deveria matá-lo? Seria um grande erro. O homem que é amado, quando morto, constitui um inimigo perigoso; você estaria lá, do nosso lado à mesa, na cama da condessa, com os passos leves dos mortos você nos espiaria nos quartos, no jardim, estaria presente em todo lugar. Sua imagem estaria cercada pelo luto, pela pompa majestosa, as emoções e as lembranças embaladas em veludo preto e prata. E a vingança púrpura flutuaria em torno de sua memória, uma vingança muda e fumegante iluminaria o caminho de suas lembranças, e eu me converteria no covarde e egoísta, no mesquinho e palerma que matou o único e maravilhoso homem que Francesca precisava ver! Não, meu filho, não vou matá-lo. Ou deveria expulsá-lo para sempre? Você está nas minhas mãos, posso entregá-lo a Messer Grande mais uma vez... mas não recairei no mesmo erro. Porque, veja você, o poder é uma força secreta, lança sua rede invisível e suas garras até bem longe, e naquela manhã, um ano e meio atrás, quando os guardas venezianos entraram em seu quarto, e você, ultrajado, exigiu saber em que consistiam seus pecados, antes que o jogassem no inferno, sobre um saco de palha, sem poder revidar, eles sem lhe explicar nada, eu poderia ter influído em seu destino com palavras confidenciais e mensagens de autoridade. Digo que poderia tê-lo feito, não que o tenha feito; só menciono a possibilidade, é uma entre muitas, você pode refletir sobre isso quando a noite tiver acabado. Sou forte a meu modo, mesmo não sendo um escritor nem me preparando para nenhum tipo de ofício; o tempo passou por mim, meu cabelo caiu e a gota me apunhala os braços. No entanto, consigo alcançar bem longe quando quero, posso alcançar uma pessoa que em Veneza, por exemplo, se crê segura sob o manto protetor do sr. Bragadin. Você empalidece? Dá um passo para trás? Procura pela adaga com os olhos? Planeja se vingar? Modere as emoções, filho. Vim sem armas, como vê, você pode me matar com facilidade se quiser, gratuitamente, e em seguida fugir, perseguido pelos cães rastreadores de meio mundo, até que esmoreça em algum ponto e o levem à forca. Seria tão absurdo! Você perderia tudo, e sua vingança seria ambígua. Pare quieto. Não disse que as coisas ocorrerão assim, apenas dei ênfase, com minhas palavras, a uma possibilidade por enquanto nebulosa. Não guardo nenhum sentimento de compaixão por você, pois conheço a luta e vivi a vida. Minha compaixão não é um sentimento barato, só os fracos e medrosos choramingam e apertam contra os seios os inimigos com falso entusiasmo. Não abraço você, Giacomo, nem o mato nem o afasto para longe antes do tempo. Então, o que posso fazer? Creio haver encontrado a única solução possível: faço um contrato com você. Dirijo-me à sua razão e ao seu coração, simultaneamente, ao lhe propor um contrato, o qual não será em nada mais abjeto nem mais nobre do que são os compromissos firmados entre homens. Vou comprá-lo, meu filho. O preço quem determinará é você, mas se algum sentimento falso, alguma ideia equivocada, como o falso pudor ou a ambição enganosa, o impedirem de fazê-lo, eu mesmo ditarei o preço, aquele que estou disposto a pagar para que a realidade transforme-se em sombra, em um rival fantasmagórico, para que desapareça por fim de nossa vida, para que cumpra com o seu dever e desempenhe seu papel, para que a condessa possa vê-lo como deseja... Eu o comprarei, e agora trata-se da minha palavra, não a de um escritor ou a da condessa; mesmo assim, é uma palavra precisa. Pesei o valor dessa palavra e a escolhi cuidadosamente. Eu sei, você não é mercadoria barata. Sou rico e poderoso, pagarei por você com ouro e clemência, conselho e contatos, cartas e vales, eu o comprarei mesmo que se revolte, como o asno que carrega água na feira de Toulon; eu o comprarei como quem compra um escravo no mercado de Esmirna ou um objeto valioso nas lojas de antiguidades de Veneza. Você se revolta? Você olha para o chão enquanto morde a boca? Está maquinando alguma terrível vingança capaz de apagar de vez essa ofensa, o ataque à sua honra, a traição real e imaginária, a infâmia de seu cativeiro em Veneza e de sua delação? Peço-lhe: acalme-se. Naturalmente, devo pagar também por essa ofensa com ouro sonante e outros agrados do mundo, porque um homem deve ser comprado por inteiro, com todos os seus desejos, do contrário a aquisição é sem valor e o contrato não tem razão de ser. Eu o comprarei porque você é um homem. Isso é quase um cumprimento, pense bem. No início de nossa conversa, eu disse essa palavra, "quase", e agora a repito, porque as palavras têm o poder de evocar, são capazes de iluminar passado e futuro ao mesmo tempo. É quase um elogio, acredite, porque o que é um homem no mercado hoje em dia? Uma mistura de caráter e destino, nada mais. Conheço seu caráter, analisei seu destino e sei, com toda a certeza, assim como agora você empalidece, arqueja e gira os olhos, que você não me matará e não me espetará com sua adaga; não por covardia, de jeito nenhum!, simplesmente porque não faz parte de sua natureza, porque em segredo já está quebrando a cabeça no preço que me cobrará, porque no fundo um contrato e a discussão de seu valor lhe agradam e porque você não tem culpa de tudo, como poderia? Assim é você. E talvez essa seja a sua única humanidade, o que se pode regatear. Não perca tempo quebrando a cabeça no preço mais alto e em exigências atrevidas, Giacomo. Eu lhe darei o que pedir. Você até pode receber mais, e talvez eu não aja com astúcia comercial quando confesso a intenção de comprá-lo, no entanto assumo o erro e admito que o preço que você colocará diante de mim não importa. Digamos que ganhará, em ouro, mil ducados nesta madrugada... É pouco? Está bem, dois mil. E mais dois mil em vales para Munique e Paris. Ainda é pouco? Certo, filho, continue assim, entendo você. Dez mil ducados, portanto, em letras de câmbio a serem descontadas em Paris. É pouco? Entendo, entendo, meu filho. Você levará cartas de crédito para a viagem, como se o príncipe Condé estivesse viajando para a eleição, e ele ficará feliz em ouvir de você a história de sua fuga. Você ganhará... É pouco? Deus meu, que seja, não sou mesquinho. Está certo, eu lhe darei a carta de recomendação para meu primo Luís.

Estendeu, titubeando, suas mãos nobres e enrugadas em direção ao fogo, as palmas viradas para cima, como se nas mãos vazias oferecesse o mundo.

— Está vendo? — disse, quase comovido, como um proprietário diante de sua própria generosidade. — Isto ninguém nunca recebeu de mim. Verdade que a situação é de todo excepcional, e também nunca agi como carteiro em minha vida, carteiro e em parte contratante, intermediário, que convence uma mulher e um homem a participarem de uma empreitada em comum... Esta é uma noite excepcional, nela usarei, pela primeira vez, em público, a máscara eterna de todo apaixonado envelhecido, a cabeça de asno. Então você recebeu a carta? Sabe seu valor real? Você ainda receberá dinheiro, em ouro e cartas de crédito, enviado a endereços exclusivos, poderá escolher a cidade e o advogado, dinheiro, a quantia que mencionei. Pago um valor alto por você, Giacomo, como deve ser quando alguém compra um presente porque sua vida está chegando ao fim e, como despedida, deseja dar algo à única mulher que ama. Por isso desejo esse contrato com você. Eu o compro na ordem e do modo certo, e a carta que escreverei a meu primo, se tudo correr conforme o contrato e como quero, um homem de minha confiança a repassará a você, e este será o primeiro e o último pedido que faço ao Rei Mais Católico, que não poderá negá-lo. Luís o receberá em Versalhes, esse é o valor da carta! Devo isso não a você nem a mim; devo à mulher da qual fui mensageiro e a quem amo. Então, esse é o seu preço. Agora já estabeleci o valor e penso que nem você poderia esperar mais. Esta carta lhe abrirá as fronteiras e você dormirá em hospedarias de cidades desconhecidas como antigamente, no colo de sua mãe. A polícia não poderá mais incomodá-lo, e se uma nuvem de tempestade provocada por alguma discórdia ou aventura formar-se sobre sua cabeça e começarem a persegui-lo, bastará mostrar a carta, e o perseguidor se transformará em um amigo bajulador. É isso que lhe dou para o caminho nesses tempos difíceis. Esse o valor do contrato. O que peço em troca? Naturalmente muito. Ordeno que obedeça aos desejos da condessa de Parma. Ordeno que passe esta noite com a condessa de Parma.

Ergueu seu bastão de prata e, encerradas as duas últimas frases, bateu com a ponta dele duas vezes no piso de mármore, como se com o gesto selasse suas palavras.

— Vossa Excelência deseja isso de fato? — perguntou o anfitrião.

— Se desejo?... Não — respondeu calmamente o visitante. — Trata-se de uma ordem, meu filho.

E prosseguiu com voz mais baixa e ainda mais calmo:

— Já disse que desejo fazer um contrato com o seu coração e com a sua mente. Escute, venha para mais perto. Estamos sozinhos? Penso que sim. Estou contratando você para uma noite, Giacomo. Decidi isso sem falsos sentimentos, sem propósitos bombásticos, ciúme ou negócios escusos. Decidi, pois penso que minha vida aproxima-se do fim, e o que ainda resta dela pretendo preencher com o único conteúdo possível. Esse conteúdo é minha mulher, Francesca. Quero conservar essa mulher para o tempo que me resta, que se já não é muito também não é tão pouco; é exatamente tanto quanto me cabe. Quero conservá-la não apenas como corpo e presença, mas também com seus sentimentos e desejos, os quais foram perturbados pela paixão, por esse ataque selvagem e distorcido, pela paixão que sente por você. Essa paixão é uma rebelião. Talvez seja uma rebelião com justa causa, contudo fere meus interesses. Elimino essa rebelião como eliminei todas que encontrei vida afora. Não sou sentimental, respeito a ordem e a tradição. A ordem, mais consistente e inteligente do que supõem os tolos, a ordem que nem sempre é virtuosa de acordo com o catecismo. Mandei enforcar os padeiros de Parma diante de suas oficinas, quando começaram a encarecer o pão. Eu não tinha o direito de fazê-lo, mas possuía poder e razão, por isso instalei a ordem em um sentido diverso da palavra, de forma diferente dos assustados sábios das leis e juristas. Mandei torturar na roda um de meus primeiros-tenentes diante dos portões de Verona, porque sem nenhuma razão ele foi cruel e altivo com um simples soldado. Muitos questionaram a legitimidade de meu ato, mas as pessoas de bem, os verdadeiros soldados e os verdadeiros oficiais entenderam. Apenas os verdadeiros soldados e oficiais sabem que chefiar também significa responsabilizar-se pelas pessoas, e a obediência só é obtida de verdade pelos consequentes, pelos cruelmente consequentes, mas ainda assim educados e habilidosos no trato com as pessoas. Elimino as rebeliões, pois acredito na ordem. Não existe alegria sem ordem, não existem verdadeiros sentimentos sem ordem, e durante minha longa existência sempre usei espada e cordas para eliminar do mundo todo tipo de rebelião ofensiva e mal-intencionada, com pretensões de ferir a ordem interna das coisas, a verdadeira ordem, sem a qual não há união, desenvolvimento; acredito que sem ordem não há verdadeiras revoluções. Essa rebelião da paixão de vocês, Giacomo, não posso eliminar na roda nem pendurar pelos pés diante dos portões da cidade. Também não posso expulsá-la da cidade, descalça e nua na madrugada nevada, portanto a comprarei. O preço, já determinei. É um bom preço. Poucos pagaram até agora valor tão bom por você. Eu o compro como a um cantor renomado, mágico, malabarista, exatamente como alguém que passa por uma cidade estrangeira e apresenta-se com o que sabe fazer de melhor na festa do senhor da região, divertindo os convivas. Apresente-se, pois, faça sua atuação de uma noite em Bolzano, Giacomo: estou contratando você. Mostre-nos o que sabe, o resultado depende de você; receberá aplausos ou vaias ao final? Ainda limita-se a me escutar? Acha o preço baixo? Ou alto demais? Está em conflito? Vamos rir, meu filho! Vamos rir, estamos sós, fora do mundo, com a verdade diante de nós, somos iniciados. Seu amor-próprio está revoltado? Giacomo, Giacomo! Já vejo que preciso subir o preço. Não, devo fazer mais, algo diferente; afinal, você está a cavaleiro no jogo, quer a um só tempo tudo e nada... Balança a cabeça? Então cresceu afinal? Não é mais um adolescente? Sabe que na realidade "tudo" e "nada" não existem, que o que há entre eles é sempre o intermediário "algo", que pode ser muito? Por que hesita? Diga o preço, ninguém nos ouve. Nomeie a quantia, o dinheiro não tem mais valor para mim, diga cruamente, expresse junto com a quantia a voz da sua consciência, sussurre ao meu ouvido por quanto dinheiro você se dispõe a passar a noite com a condessa de Parma. Como você mede sua arte? Ela tem um preço alto ou baixo? Fale, meu filho — disse o conde com voz roufenha e um pouco rude. — Fale, pois meu tempo já acabou.

O anfitrião permanecia diante dele de braços cruzados. Na penumbra, não viam o rosto um do outro.

— Nem alto, nem baixo, Excelência — disse Giacomo educadamente e com determinação. — Esta noite só pode ser comprada por um preço.

— Diga o preço.

— De graça — ele respondeu.

O visitante observava novamente o fogo. Não se moveu ao ouvir a resposta, não ergueu a cabeça, e de sua boca estreita e pálida devagar veio a resposta ciciada de má vontade:

— É um preço alto. Parece, Giacomo, que você me entendeu errado. Tanto não posso pagar. Quer dizer — acrescentou, ao ver que o outro continuava teimosamente em silêncio —, assim, com um preço tão alto, o contrato não tem um verdadeiro efeito. É incompreensível, você está fixando um preço excessivo, sobrevalorizando sem nenhum juízo seus serviços e sua arte. Está fazendo voz de tenor, Giacomo. Sinto muito, mas é um timbre alto demais para você; cabe-lhe cantar com a voz tênue e suave da razão nesta negociação. Vim falar com o homem, não com um cantor palhaço.

— E eu respondi ao homem — retrucou o outro muito tranquilo —, não ao mecenas.

— Está bem — disse o conde e deu de ombros. — Boa resposta. Belas palavras. Uma resposta bonita, esperta e nobre: mas não é a verdade. Claro que isso também é necessário a uma discussão, belas palavras e protestos indignados; parece que não conseguimos negociar de outra forma. Agora que já dissemos belas palavras, voltemos à terra. Penso que não me entendeu. Acredita que essa proposta é imoral. É possível que, de acordo com o gosto covarde do mundo e de sua horrível moralidade, seja quase isso. Meu tempo está acabando, não me sobra muito dele para eu me preocupar com a moralidade e os julgamentos do mundo. Uma mulher ama você e eu a amo. Você não é capaz de amar uma mulher com sentimentos verdadeiros, porque esse é o seu jeito de ser, ele carrega um tipo de insatisfação eterna, uma espécie de sede que o faz beber de um cantil ou de um copo de cristal, e nada se pode fazer para ajudá-lo. É uma espécie de impotência amorosa, se é que ainda não sabe disso. Demorou para eu desvendar seu segredo, desde o momento em que o vi bocejar em Bolonha, no teatro, até o instante em que entreguei a você a carta amorosa da condessa, aqui em Bolzano. Mas agora que já sei quem você é, não posso dizer a Francesca:

"Vá embora com aquele que você ama!". Talvez, Giacomo, eu dissesse tais palavras se você não fosse o que é e se eu não temesse o contato de Francesca com esse fogo triste que arde em você. E se alguma pena sinto de você, é tão somente por essa surdez com a qual o destino e seu caráter o castigaram. Tenho pena por você não conhecer o amor; a surdez o impede de reconhecer as vozes do amor. Você talvez abra mão de certas mulheres por tédio ou para entregá-las a seu destino, ou então para permitir que se entreguem a outra paixão, ou por se deleitar com tal gesto, porque você joga, quer parecer um cavaleiro, acredita ser generoso. Contudo não sabe que por amor o homem pode ser imoral, não sabe que quem ama verdadeiramente consegue abrir mão por uma noite ou para sempre; não por egoísmo, mas para servir à amada de acordo com o sacrifício da ordem. Porque amar é apenas isto: servir. Estou servindo pela primeira vez em minha vida. É assim que a sorte brinca conosco, com os poderosos e com os excepcionais. Se eu não soubesse quem você é, talvez o deixasse partir com Francesca, com a juventude e a inconsciência. Mas não posso, pois você não saberia lhe dar mais do que alguns dias e algumas noites em que ela seria sua; você daria a ela uma ternura indiferente, um fogo que arde mas não aquece. O que pode oferecer a ela? A aventura. Esse é o seu gênero artístico. Um gênero grandioso, baseado em larga tradição, você sem dúvida é mestre no assunto, entretanto é da natureza da aventura que ela termine em um curto espaço de tempo. Assim é essa arte, essa é sua proporção e regra. Faça então o seu melhor, Giacomo! — ele exclamou um pouco rouco, e virou-se com os olhos arregalados. Encaravam-se assim os dois. — Realize essa aventura de modo magnífico: você se ofendeu quando lhe ofereci dinheiro, liberdade e possibilidades no mundo em troca de sua arte; ofendeu-se e pronunciou palavras grandiosas como "de graça" e "mecenas". Na verdade, não passam de palavras. O que você realmente sabe fazer, no que você é mestre, aliás é seu ofício, assim como o joalheiro sabe fazer anéis e colares, a arte em que você é um criador, é a aventura. Realize, então, uma magnífica aventura. Sei com quem estou lidando e confio que o resultado não será um fracasso. O que é necessário para uma aventura? Todos os acessórios estão à sua disposição, a noite, o segredo, a máscara, o juramento, belas palavras, suspiros, cartinha de amor, recados secretos, em seguida a fuga pela neve, o assalto com ternura, o grande momento, quando o alvo de seu assalto arfa em seus braços e grita de prazer, depois a lenta desconstrução e o desenlace, o juramento "Só você" e "para sempre", enquanto com o rabo dos olhos você já percebe a madrugada chegando pelas frestas da janela, precisa fugir, de acordo com as próprias regras do gênero, como quem realizou bem seu trabalho, e se verá sozinho, pronto para novas tarefas e cenários. Você disse que o homem não pode ser comprado. Bela frase. Não acredito nela, pois sei que na vida tudo pode ser comprado, talvez até o calor do amor. Agora, por exemplo, estou tomando providências para comprar aquilo que me resta do amor de Francesca, estou comprando o carinho restante para meus últimos dias, porque estou fraco, devo morrer em breve e desejo que meus últimos dias ou meses sejam irradiados pela nobre luz que emana de seu corpo e de sua alma. Eu sei, é uma fraqueza. Quero que ela se cure de você como de uma doença. Não vim movido por uma ideia perversa, quando os músicos já afinam seus instrumentos em meu palácio e a cabeça de asno me espera. Não é o velho apaixonado que implora, que não consegue mais encantar sua querida, Giacomo. Você é uma doença, a peste e a lepra juntos, febre secreta, é preciso superá-lo. Então, vamos superá-lo, se a vida o pôs em nosso caminho. Por isso vim, por isso peço que passe esta noite com minha mulher. É um pedido estranho à primeira vista, mas de um ângulo mais amplo é um pedido dos mais sensatos, se analisarmos as emoções com os instrumentos da razão. Peste, lepra, febre, vamos superá-los. Realize uma maravilha! Você não pode dar a ela, à pobre doente, mais do que uma aventura, então vamos discutir sobre essa aventura como se deve, com respeito e sabedoria, com o consentimento dos entendidos, unidos pela triste cumplicidade de dois homens que amam a mesma mulher. Retome o seu gênero, crie uma aventura maravilhosa, porque quero que de manhã Francesca regresse ao palácio como quem se recuperou de uma doença, curada e de cabeça erguida, não mais se escondendo, esgueirando-se pelas sombras. Desejo vê-la altiva, porque ela também tem a sua posição, não estou disposto a me conformar se ela perder algo de sua posição com essa aventura. É assim que desejo mantê-la no curto espaço de tempo em que ela ainda me pertence, agora que entendo melhor uma porção de coisas que antes não entendia e que a vida se acaba. Por isso digo, e agora não ao homem que se ofendeu, mas ao artista e profissional: mantenha-se fiel a seu gênero e crie maravilhas! Agora me olha? Começamos a nos entender? Você me olha nos olhos? Está bem, meu filho. Olhemo-nos nos olhos com fria razão e digna cumplicidade. Eu ofendi o homem, mas consegui despertar o interesse do artista. Talvez o grande papa se sentisse assim quando convenceu Buonarroti a erguer e finalizar uma cúpula. Vamos construir uma também, à nossa maneira, e vamos finalizá-la — disse o conde, e sorriu com tristeza. — Você não vende barato a sua arte e estou disposto a pagar caro. Inutilmente nos dissemos palavras importantes, amanhã bem cedo você terá necessidade das dez mil moedas de ouro e da excepcional e rara carta; a respeito disso tudo, é pena perder tempo, nada é mais natural. Só digo por dizer. O mais importante é que vejo em seus olhos o brilho da compreensão, passaram-se apenas alguns minutos e sinto que consegui mobilizar em você o artista, a ideia já o fascina e o ocupa, você olha diante de si um tanto distraído, sua cabeça já pensa nos detalhes, nas dificuldades da execução, nos primeiros impulsos... Estou enganado? Não creio. Calculei bem, o artista não consegue fugir do chamamento de sua arte. Agora estou realmente confiante de que não cometerá erros e que criará algo maravilhoso, nem poderia fazê-lo de outra forma, senão seria o fracasso. Quero que abrevie seu estilo: o que em outras circunstâncias duraria um mês ou um ano, que se limite a um minuto ou a uma hora. Quero que o princípio e o fim se completem de modo admirável. Quem faria isso melhor? Quem você conhece na Europa que entende tão perfeitamente do assunto senão você? Justamente você, no exato momento em que está deixando a prisão, na qual sua habilidade e arte amadureceram pelo tempo e pelo sofrimento? Giacomo, eu sinto, você realizará uma perfeição! Eu quero, por isso o compro tão caro, com a razão, com argumentos, palavras, ouro, carta e ameaças infernais, como convém e é justo com você, e também para comigo e com a pessoa por quem faço tudo isso! Que você encurte e abrevie, pois essa é sempre a parte mais difícil. Quero que dissolva em algumas horas as regras do tempo, que faça mágica, como os prestidigitadores orientais, que em segundos transformam uma semente em flor desabrochada, com aroma e cor perfeitos, e no instante seguinte, diante dos olhos da plateia, fazem o inverso, um milagre tão atraente e incompreensível quanto o primeiro, a triste desconstrução, o desfecho, a destruição, portanto o murchar e a morte. Ambos são milagres igualmente sedutores e assustadores, unidos entre si: o princípio, o processo de amadurecimento e o encerramento! E que tudo seja verdadeiro e integrado, isto é, não como a apresentação de um mágico, com papel dourado, fumaça e palavras vazias, mas uma verdadeira aventura, uma verdadeira conspiração, de madrugada, com neblina, fuga, palavras reais e sofrimento autêntico, do contrário tudo isso de nada valerá! E tudo rápido, rápido, Giacomo, porque o tempo urge, não posso esperar muito, não tenho semanas a seu dispor, não disponho de um único dia ou noite a mais além de hoje! Por isso o estou contratando, exatamente você, o único entre os que estão na moda capaz de executar essa ação. Porque sinto e quase... esta palavra regressa e me acompanha hoje... quase admiro sua arte, pois sei que sangue e razão, paixão e lágrimas, coração palpitando, êxtase ardente, fria astúcia, loucura desenfreada e languidez suicida também são necessários, mesmo em menor escala e mais rápido. É preciso que você faça esta noite aquilo que os cidadãos comuns e os apaixonados fazem ao longo de muito tempo, por vezes a vida inteira. Por isso você é um artista, como aqueles capazes de esculpir uma cena de guerra em uma pequena pedra ou de pintar uma cidade com uma multidão de pessoas, cães e uma torre de igreja em um pedaço de marfim do tamanho da palma de uma mão. Porque o artista, apenas ele, consegue fazer explodir as leis do espaço e do tempo! Então, provoque uma explosão! Esta noite você virá até nós porque Francesca sente que precisa vê-lo! Vá de fantasia e máscara, como os outros. Depois que a tiver reconhecido, chame-a para vir aqui com você e realize sua maravilha! Eu quero. Sim, Giacomo, agora que vejo em seus olhos a concordância e que vou pagar o preço, talvez possa usar uma palavra mais forte: eu exijo que a condessa volte de madrugada ao palácio. Prometo que nunca falaremos sobre esta noite, aconteça o que acontecer, seja lá o que a vida nos reservar. Esta noite a condessa o verá, como o deseja em seu estado doentio, vai conhecê-lo, como dizem na Bíblia os antigos autores, com uma palavra perfeita, porque o amor, esse ardor patológico, não é outra coisa senão conhecimento; em seguida é sua tarefa de artista que ao amanhecer ela esteja curada dessa paixão. Os segredos de seu ofício não me interessam. Que ela supere esse sentimento por você, de tal modo que de manhãzinha volte para mim não se escondendo, e sim sem máscara, como convém a uma mulher de categoria, a quem dei um título e a quem amo. Portanto, sem a cumplicidade de criadas ou de alcoviteiros pagos, mas de cabeça erguida. A vida é um acidente. Não quero que a condessa de Parma quebre o pescoço nesse acidente. Ainda tenho necessidade dela. Que volte de madrugada para mim e para seu lar não se esgueirando, mas de cabeça alta, na luz da manhã, mesmo que seja diante de toda Bolzano. Entendeu? Que volte para casa curada. Faça com que ela o conheça, Giacomo, e que fique sabendo que não existe outra possibilidade de vida para ela a não ser a que o destino escolheu; quero que ela saiba que você é a aventura, que não pode haver uma vida a seu lado; que você é a noite, a tempestade, a peste que atropela as paisagens da vida e que de manhã, quando o sol nasce, nas casas têm início a fumaça sobre o fogão, o caiar das paredes e a faxina. Por isso eu digo: realize maravilhas! Presenteie a condessa, nesse curto espaço de tempo, com o segredo do que você é, e que de manhã, quando ela se levantar, esse segredo seja lembrança que não dói e não pede passagem. Seja bom com ela, mas também cruel e mau, como você é de fato; conforte-a e a magoe como faria se tivessem muito tempo a seu dispor; em uma noite, faça amadurecer todo o possível entre duas pessoas e termine tudo que necessita ser terminado entre duas pessoas em um dia. Depois mande-a de volta para mim, porque eu a amo, e você não tem mesmo nada mais a ver com ela.

Disse isso e levantou-se.

— Estamos combinados, Giacomo? — perguntou, apoiando-se na bengala.

O anfitrião atravessou o quarto com as mãos atrás das costas. Parou ao lado da porta, com a cabeça abaixada olhava o umbral e, distraidamente, perguntou:

— E o que acontecerá, Excelência, se a apresentação falhar? Quero dizer, se eu não conseguir condensar e apressar as coisas, como Vossa Excelência imagina? O que acontecerá se a condessa de Parma, de manhã, sentir que esta noite foi apenas o começo de algo...

Mas não conseguiu completar a frase. O convidado, com surpreendente agilidade e passos joviais, correu pelo quarto, parou diante do anfitrião, olhou-o de cima a baixo e com voz forte disse:

— Então você será um trapaceiro, Giacomo.

Por longos minutos os dois se olharam, imóveis.

— O desejo de Vossa Excelência é uma ordem — respondeu Giacomo, encolhendo os ombros. — Vou servi-lo, Excelência, com meus melhores conhecimentos, como deseja e como eu puder.

E curvou-se profundamente.

Da porta, o conde acrescentou:

— Eu disse: console-a e a magoe. Mais uma coisa, a título de despedida. Não a magoe demais, se posso lhe pedir esse favor.

Saiu sem fechar a porta e, com passos lentos, tateando os degraus com a bengala, um pouco encurvado, desceu sob as luzes vacilantes das velas dos lacaios em formação junto à parede.

A fantasia

Então, o que está esperando? Comece a se vestir, seu artista vetusto e curandeiro senil! O quarto está cheio de sombras, são as sombras de sua juventude. Porque a juventude já se foi, sabia? Ainda se ouvem suas vozes, como o tilintar das campainhas do trenó do velho modorrento. Agora mesmo ele passa sob sua janela, com os lacaios, com os cavalos adornados, ao som das campainhas. Está enrolado em seu casaco de pele, nem a ponta do nariz aparece. Converteu-se em uma figura disforme e encovada no fundo do trenó, envolvido por peles e por sua categoria, velho e ferido de morte, sim, pronto para morrer, diga o que disser, por mais que esbanje palavreado. Agora o ferido é ele, definitiva e mortalmente; ele, não eu, que sangrei aquela vez no jardim em Pistoia e diante dos portões de Florença! Ouça o som do trenó se afastando, o tilintar das campainhas e comemore sua vitória! Está feliz? Você cruza os braços sobre o peito? De preferência, se inclinaria inúmeras vezes e jogaria beijos para a plateia invisível, que aplaude, e agradeceria pelo reconhecimento? Por que está quieto? Um gosto azedo assomou à sua boca, como quem comeu e bebeu irresponsavelmente e agora deseja jejuar, apenas um peixe afervantado e penitência? Ora, seu alucinado! Mate tudo dentro de você, toda lembrança, afogue com as mãos todo o sentimento e fraqueza, como gatinhos recém-nascidos, afogue todos os vínculos humanos e compaixões! A juventude passou? Não de todo. Faltam-lhe dois dentes na frente, é verdade. Você tolera menos o frio, gosta de se enrolar em peles perto do fogão no inverno, já se preocupa com a alimentação e, quando se prepara para beijar uma mulher, faz bochechos frequentes e cuidadosos, pois sua digestão e seus dentes cariados não são os mais perfeitos! Tudo isso ainda não representa o fim. O estômago, o coração, os rins permanecem fiéis servidores, o cabelo só rareia no cocuruto e nas têmporas, é preciso cuidado para que a mão da mulher apaixonada não chegue lá quando acaricia sua cabeleira! Isso ainda não é a velhice, só é preciso se cuidar... A maldição do diabo crepita no mundo, por isso se diz que é preciso ter cuidado! Aquela grande liberalidade, aquela torrente selvagem, aquele tudo ou nada sobre o qual o velho sábio falou com certo desprezo, talvez fosse o melhor de tudo, o verdadeiro! E o resto, a cautela, a sabedoria, a reflexão e os sábios conselhos, nada disso vale uma moeda furada se não for aquecido pela paixão juvenil e irracional, por aquele desejo extraordinário que faz querer roubar o mundo e gastar a si mesmo, agarrando tudo que o mundo oferece com as mãos e aos punhados, para depois jogar fora tudo com que o mundo o presenteou! Vamos com calma. Este é outro tipo de carnaval, o de agora, um contrato e um encontro diferentes! O fim da juventude. Agora é o tempo do homem maduro em um de seus momentos mais inteligentes, como às quatro horas de uma tarde, nos meados de outubro. Com tempo bonito. O sol ainda brilha... Olhe em volta, inspire o perfume e o brilho dessa doce aparição, mova-se lentamente e com mais cuidado, você não pode fazer outra coisa. A juventude passou, sim. Em algum lugar pessoas riem e copos se chocam, uma mulher canta, cai uma chuva cheirosa, por causa dela e das lágrimas seu rosto está úmido, você está parado em um jardim cujas flores já murcharam, no coração uma felicidade selvagem, o desejo da completude e da aniquilação, você pisa sobre as flores em torno... algo assim ou parecido. Mais tarde, você haverá de se lembrar, meu velho. Agora comece a se vestir, pois o tempo está passando, no salão os pares já se preparam para o baile, um par de olhos indescritivelmente meigo e atento procura por você e deseja vê-lo... Onde está a carta? Ficou aqui, sim. Deixe-me ver. Letras grandes, uma escrita cuidadosa porém preocupada. Não é a primeira nem será a última escrita a mim por uma mulher, e com que dedos trêmulos e olhar faiscante o velho apaixonado analisou cada letra, o pobre marido magoado: que divertido! Às vezes vale a pena viver! Preciso, sim. O que mais ela poderia ter escrito, a coitada, quando apenas conheceu as letras? Ele disse: ninguém poderia ter escrito mais e melhor, e talvez tenha razão; é uma carta bem-proporcionada, a marquesa, parente do cardeal, e M.M., mestre em beijos e escrita, escreveram cartas mais longas e habilidosas, pontuadas por versos e citações clássicas, com obscenidades sublimes e ornamentos apaixonados, mas ninguém escreveu nada mais verdadeiro, o entusiasmo do velho louco é justo e aceitável. Bem, você então me verá, minha pombinha, como desejava! Verá a mim, que já não sou dos mais jovens e mais belos, mas que também não sou o mais vil dos homens, como disse Sua Excelência. Você me verá, como querem os dois, a lânguida pombinha e o velho gavião depenado e apaixonado! Quantas palavras! Que plano astucioso! E ameaças e armas! Terá sido ele que me encaminhou para as mãos de meus algozes há dezesseis meses, em Veneza? O Conselho costuma fazer pequenos favores a pessoas importantes ligadas a governos estrangeiros; Messer Grande é um homem educado, não nega pequenos favores a um parente do rei da França. Você terá o que pediu, conde de Parma! Seu pedido foi ardiloso, como quem oferece um presente com altivez e sabedoria; você quer ser o produtor e o diretor, senhor e patrono dessa estranha empreitada, então receberá o que pediu! Terão sido, afinal, suas mãos entorpecidas pela gota que me atiraram naquela enxerga de palha em Veneza? Você não o explicitou com palavras claras, mas sugeriu a possibilidade, como com aquela adaga, velho algoz, que em seguida escondeu no bolso de sua capa e levou consigo! "Atormente-se com essa ideia", pensou. Trema de medo de que eu repita a demonstração! Ele está certo, não foi divertido. Também estava certo quando mencionou as diferentes leis e a manutenção da ordem; eu teria algo a acrescentar a esse respeito também, com provas contundentes. O velho Bragadin igualmente não é um anjo no que se refere ao bem comum, quando se pode agradar alguém à custa de uma vida humana. Assim é o mundo. Devagar, aprende-se a lição. Assim é o mundo, aos poucos você se prepara para ele, reconhece os truques e descobre que o jogo de cartas não é o que mais cega os homens nem o negócio mais deletério. Existem outros, escondidos por trás de tecidos pomposos de honradez e dignidade e nem por isso menos deletérios. Cuidado, Giacomo! Cuidado esta noite. E amanhã de manhã, quando seguir em frente na corrida pela neve, ao som do galo, cuidado! Foi tudo muito planejado para que seja livre de riscos e inofensivo; o velho é um homem importante, o sábio e apaixonado não estrangula seu rival, mas com as mãos do rival estrangula o amor e a lembrança dele... Cuidado! Ainda vejo luz nos estábulos, algumas moedas ainda tilintam em meus bolsos, de ontem à noite. Que tal empacotar suas coisas rapidamente, recolher Teresa, essa pombinha querida e meiga de dezesseis anos, cujos beijos o fazem dormir há oito dias e, em lugar de baile, contrato e apresentação teatral, viajar à noite com ela, fiel às suas leis e à sua mente, que poucas vezes o traíram? Sim, tudo isso seria mais sábio do que esperar a madrugada. E eles que se divirtam e dancem, o conde de Parma que use sua máscara de asno, preserve seu tesouro para o futuro e quebre a cabeça em como afogar a lembrança e lidar com Francesca, agora que aprendeu a escrever... Permaneça sábio, irmãozinho apaixonado, Giacomo... Você hesita? Ficará aqui? Concordou em assumir o papel, é sua obrigação? Não consegue escapar dessa apresentação ao mesmo tempo infame e triste, perigosa e armada, na qual pode haver lágrimas e sangue verdadeiros no pequeno palco e na qual, talvez no fim do espetáculo, os lacaios retirem um morto de verdade? Já sente o tremor percorrer seu corpo, o mundo já começa a empalidecer diante de seus olhos, o instinto o aquece, ele já não é regido pela razão, você sente que não pode agir de outro modo, é preciso executar o papel? O cavalheiro ciumento calculou bem quando despertou em você o artista, quando nomeou o gênero de arte? Sente que não pode fugir a esse chamado nem mesmo se o conde de Parma não tenciona guardar apenas a lembrança, mas também os atores, dentro de um saco bem amarrado? Não se rebele e não se proteja: você deve ficar. Não consegue escapar à apresentação e a esse gênero de arte; toda a sua vida foi só perigo e assim permanece. Você não sabe viver de outro modo, conforme-se. Precisa do perigo que, atrás do cortinado de sua cama, em qualquer minuto de sua vida, possa fazer surgir um braço que crava uma faca entre suas costelas; necessita da possibilidade do aniquilamento, do impossível, daquilo pelo qual o cidadão comum anseia desajeitadamente, e sonha com isso enquanto um velho com gorro de tricô ronca ao lado de sua querida, você no porão tiritando de frio, ou agachado no telhado, ou medindo forças com assassinos de aluguel, realizando aquilo com o qual os virtuosos e dorminhocos só ousam sonhar: a mudança e a transformação, em forma de carne e sangue, que eles chamam de aventura e gênero artístico. O que lhe resta fazer? Obedecer à sua natureza e ao seu talento. Portanto você fica! Ao trabalho, velho! Bata palma três vezes, trarão a água em jarro de prata, Balbi que corra em busca de fantasia e capa na cidade, Giuseppe que venha cuidar de seu rosto, e é preciso falar com Teresa para que à noite ela faça sua trouxa em segredo e que o espere nos limites da cidade; você a levará a Munique e a dará em casamento ao primeiro secretário do príncipe eleitor. Tudo acontecerá como deve. Anime-se, você não pode fazer de outro modo. O conde de Parma calculou certo, avaliou-me e calculou todas as possibilidades, sabia que eu iria ficar e desempenhar meu papel teatral, que assumiria a representação, por mais perigosa que ela fosse, que a assumiria mesmo que meu pescoço venha a se romper e as belas senhoras de Bolzano entoem cantos fúnebres em três vozes sobre meu cadáver. Você calculou bem, homem esperto, pasmado e ambicioso, que acredita que com ouro e possessões, sabedoria e visão dará ordens em seu mundo até o último minuto! No entanto, eu lhe aviso agora, antes de vestir minha fantasia, pintar o rosto e preparar-me de acordo com as regras do ofício para a apresentação: cuidado; cuide-se também! O que mesmo você imaginou? Mágico hindu, mais rápido e mais concentrado, gênero artístico, obra-prima... que palavreado. Cuidado com esses humanos com os quais, em desespero, você faz experiências com gênero artístico e milagres! Terei sabido alguma vez o que me aguardava de madrugada? Terei me arrependido? Cheguei à metade de minha vida e não me arrependi de nada, não me entediei nem um minuto, facas cutucaram entre minhas costelas, obrigaram-me a tomar veneno, dormi sob as estrelas, sem nome, sem amigo, sem amante, sem uma moeda no bolso... Eu me arrependi? A maior parte de minha vida já passou e não possuo casa nem moradia certa neste mundo, nem uma peça de mobília que me pertença, não há relógio nem anel que sejam meus, as roupas, mando fazer em cada nova cidade e não tenho sentimento que me prenda a um lugar... Ainda não me inveja, conde de Parma? Você, que vive entre amarras e compromissos, castelos e origem, endereço e nome, terras e fortuna, sentimentos e ciúmes, agora que sua vida chega ao fim, como tem repetido insistentemente, até com esperança e humor, como se com a força da superstição pudesse reverter o destino, quando você usa a palavra "quase" para coisas que já terminaram e se tornaram realidade: você, que se desfaz em lamúrias pelos sentimentos e pela realidade, não tem uma inveja secreta e profunda de mim, que posso viajar sob o esplendor da lua, envolto pelas nuvens, que cruzo fronteiras nas asas do vento, que não sou esperado por ninguém em lugar algum, de quem ninguém se despede, que não possuo um único quarto, mobília ou negócio neste mundo que me pertença? Ei, acorde e se prepare, irmãozinho! Sopra um vento gelado que balança a saia das senhoras de Bolzano; dê uma boa risada com ele! Ainda não é o fim da vida, sem falar no quase, não faz falta a você a superstição, ainda é o mesmo de sempre! Cuidado, conde de Parma, pois já não temo a manhã. Que me leve a tempestade, cuja ventania geme em meu coração e em minha consciência; que caiam lágrimas e promessas, beijos e morte, quer seja tudo condensado ou lentamente, como a vida ordenar, seja como for o amanhecer! Eu o servirei bem esta noite, conde de Parma! Você receberá o verdadeiro estado de arte, como antigamente, quando o gladiador sabia que pela demonstração, ao final dela, teria que pagar com a própria vida. Não haverá um roteiro estudado e programado para que eu sussurre em seu ouvido; improvisarei. Mais do que isso: será um texto verdadeiro! Não tem medo, velho sábio, que a apresentação resulte boa demais? Porque a carta é encantadora e forte, a mágica que emana do texto talvez seja mais poderosa do que esse plano mirabolante com o qual deseja salvar, para os seus dias finais, sua doce amada, a quem você amarrou a sua vida. Não teme que os impulsos humanos não possam ser exatamente previstos e que o melhor artista também erre em meio a seu trabalho, que o jogo se transforme em realidade, que o beijo vire um autêntico compromisso; o sangue, uma súbita enxurrada que leva consigo toda uma vida? Sim, firmamos um contrato. Então, todos ao trabalho! Você com sua cabeça de asno em seu palácio, com sua inteligência atormentada, eu com minha fantasia, que será perfeita, ninguém me reconhecerá, apenas aquela para a qual me vesti! Balbi e Teresa prontos para a viagem? Balbi! Ei, Balbi! Agora preste bem atenção! Que horas são? Próximo de meia-noite? É uma boa hora, este é o momento em que o ciclo mágico do dia se encerra e as bruxas ganham vassouras. Você está bêbado? O cheiro de alho exala de você, sua boca brilha de gordura, seus olhos estão vesgos do vinho de Verona... Não cambaleie agora, preste atenção! É o pulo do gato, Balbi! Uma virada formidável! Pode esfregar as mãos, você rezou direitinho, nosso tempo em Bolzano acabou, de madrugada pegaremos a estrada. Avise o hospedeiro para que feche a conta e prepare os cavalos! Empacote suas coisas e se despeça das fadas da cozinha e dos amigos saqueados, seu mulherengo e embusteiro... Não, fique quieto nesta madrugada; é mais seguro! Amanhã poderá escrever suas cartas de despedida de Munique. Empacote suas coisas, se é que tem o que empacotar, fique em seu quarto, espere pelo amanhecer. De manhã, peça os melhores cavalos, fale com o chefe dos correios também, desejo uma carruagem fechada, com mantas de pele e garrafas de água quente! Que todos estejam a postos! Diga-lhes que de manhã choverá ouro ou bofetadas, depende deles, como preferirem! Não me pergunte nada! Mantenha a boca fechada com as mãos, preste atenção nos ruídos e, quando eu chamá-lo, jogue sua trouxa nas costas e suba no banco ao lado do cocheiro! Isso não é um pedido, Balbi; é uma ordem. Ainda não estamos livres de Veneza, cuidado, pois a palma das mãos de Messer Grande coçam pelo menos tanto quanto o seu pescoço! Não grite! Se recebi más notícias? Você saberá quando estivermos há cento e sessenta quilômetros daqui, chegado o momento. Agora vá à cidade e arranje-me uma fantasia. Do quê? Uma fantasia para o baile, seu cabeça de bagre, completa e original, digna de um cavalheiro, uma que desperte o interesse de todos quando eu entrar no salão, mas que também ninguém reconheça aquele que a fantasia e a máscara escondem... O que está dizendo? Acabaram as fantasias em Bolzano para esta noite? Imbecil, a fantasia que procuro não é das costumeiras, de Carnaval, de pierrô e dominó, não é de rei persa ou astrólogo, de cozinheiro e seu ajudante, não é de cavaleiro do sol levante, de paxá com facão e turbante nem de louco de hospício. Tudo isso é vulgar e monótono. Não, Balbi, vamos encontrar para esta noite algo novo e verdadeiro. Que tal se eu me vestir simplesmente de cavaleiro, de acordo com meu nome e classe, um cavaleiro francês que acaba de chegar do palácio do rei Luís... Não, não acho bom! Espere, não me atrapalhe. E se eu me vestir de escritor, doutor e sábio, com óculos grandes de armação preta, com barrete, gola branca alta e capa preta? Escritor não é má ideia... os escritores se reconhecem. O que disse? Não há outros escritores em Bolzano? Não se apresse em julgamentos, Balbi, a ordem dos escritores é secreta, eles usam condecorações invisíveis. Você, que é inculto, acredita que o sr. Vendôme ou a sra. Montespan podem entrar nos aposentos do rei antes dos escritores, porém a realidade é outra. O sr. de La Fontaine e Corneille, e ainda Bossuet, caminham na frente, embora Corneille seja muito pouco asseado. Mas você não entende nada disso, nem pode. Não, a fantasia de escritor não é uma boa ideia, precisamos encontrar algo diferente. E se eu me fantasiasse de caçador, com um corno, facas e arco e flechas, Nimrod perseguindo sua presa, Nimrod e Diana na selva humana?... Não, a simbologia é óbvia demais. Não lhe ocorre nada melhor? As moças da cozinha não esperam que você as divirta com seus temas espirituosos com cheiro de alho? Espere, Balbi, já sei! Moças da cozinha! Que ideia divina! Chame imediatamente a pequena Teresa! E traga-me uma saia, uma blusa, meia branca, produtos de beleza, um pano austríaco para eu usar como xale, uma touca e seda branca para uma máscara... Por que me olha desse jeito? Sim, me visto de senhora esta noite. Por que ri, idiota? É uma fantasia perfeita. Preciso também de um leque, preencheremos o lugar dos seios ao modo napolitano, com penas de ganso tiradas dos travesseiros. Vamos, apresse-se! Acorde a casa! E façam ordem aqui no quarto, abram as janelas, avivem o fogo da lareira, ponham vinho tinto e doce na jarra, coloquem sobre a mesa, junto com o frango assado frio, salada com bastante azeite, queijo e presunto, pão branco, prataria e porcelana, tudo que houver de melhor! Hospedeiro! Onde você se esconde, seu velho alcoviteiro, assassino de peregrinos e viajantes! Apareça, ouça minhas ordens! Que o fogo produza grandes labaredas na lareira, façam a cama, cubram os travesseiros e as cobertas com o linho mais nobre, com rendas e edredons, joguem âmbar sobre o fogo, coloquem duas poltronas diante da lareira e a mesinha de ébano no centro para servir a refeição, arranjem flores, nem que seja ao preço de sua vida, flores, ouviu, rosas vermelhas, sim, em novembro, sob a neve. Onde arranjá-las? É seu problema. Da estufa do conde, se não houver outro jeito agora no meio da noite! Como acompanhamento do frango, sirvam ovos avinagrados, tragam o queijo e o presunto inteiros, servidos em travessas de vidro... Espere! O pão deve ser torrado em fatias bem finas e a manteiga servida sobre neve recém-caída, ainda branca e virgem! Todos ao trabalho! O cocheiro pode começar a aquecer a carruagem com garrafas de água quente, deem ração aos cavalos, as ferragens dos animais devem estar bem polidas, de madrugada quero todos a postos na casa, a cozinha aquecida, preparem comida quente e fria para a viagem, um barril de vinho, tudo da melhor qualidade! E de madrugada, que se faça silêncio como em um túmulo, silêncio como sob a terra, na qual você descansará até o fim do dia se não cumprir minhas ordens com fidelidade e rapidez! Você não me conhece, amigo, ainda não: sou assustador quando me torno colérico! É preciso que saiba que meus contatos e minhas relações sociais são de nível superior... Não é necessário lhe explicar muito; afinal, você viu que tipo de pessoa esteve em fila à porta de meu quarto durante a semana e nesta noite! Você receberá cem moedas de ouro, seu assassino de mercadores, se tudo acontecer como ordenei: avise seus mestres-cucas e suas criadas que choverá ouro do céu cinzento de Bolzano se todos ficarem em seus postos nesta madrugada, invisíveis e a meu serviço! E que tudo se desenrole sem barulheira, entendeu, sem som e de forma invisível! Você ainda está aqui? Fechem as janelas, chega de arejar o quarto, joguem algumas gostas de óleo de rosas sobre a cama, o cortinado pode ser fechado; as flores estão aqui?... Onde as achou? Na saleta da sra. de Bergamo? Amanhã mandaremos outras em seu lugar, mais bonitas e mais cheirosas, uma cesta com cem rosas, não, noventa e nove, assim é mais delicado, não se esqueça! Sim, podem pôr a mesa, tragam a comida para cima! O vinho... mostre-me, deixe-me cheirá-lo! Não vou prová-lo, mas sua cabeça está em jogo se tiver cheiro de barril! Não vou prová-lo porque acabei de enxaguar a boca... Giuseppe, que bom que você apareceu, jogue o penteador sobre meus ombros, quero ruge para avermelhar o rosto dos dois lados e um tantinho na boca. Cole o emplastro facial sob a maçã do rosto à direita, pó de arroz no cabelo, e amarre para cima o pano que acabamos de tirar da cabeça de Teresa. Agora posso ir. Já passou da meia-noite? Vão todos embora. Até a madrugada não quero ver ninguém aqui. Teresa, fique, minha pequena. Amarre a saia na minha cintura, endireite as ligas sobre os joelhos, me empreste seu xale de seda, aquele que lhe dei ontem, coloque-o sobre os meus ombros... Está bem, obrigado. Estou sentando direito assim, cruzando as pernas? É dessa maneira que se senta uma mulher, com o leque nas mãos, quando ouve galanteios de amor?... Agora vejo que nada sei sobre os movimentos femininos, não entendo como eles funcionam. É assim que se segura o leque?... Obrigada, meu anjo. Eu a agrado assim?... Meu nariz é grande? A máscara vai cobri-lo, Teresa. Agora venha aqui, minha pequena, sente-se nos meus joelhos, não se preocupe em amassar os babados da saia. Em Munique você ganhará mais bonitas, de seda e veludo, quantas e quais quiser... Você se espanta? Nunca imaginei de outro modo. Quer murchar aqui, florzinha de neve, na hospedaria, nos braços de viajantes bêbados? Você virá comigo amanhã de manhãzinha, levaremos Balbi também e daremos um jeito de deixá-lo pelo caminho, como ele merece. Iremos para Munique, sim, na madrugada antes do amanhecer. Por que está chorando? Beije-me como costuma fazer, de olhos fechados, de boca aberta e com calma. Por que está tremendo assim? Fique quieta, criança, e prepare-se para a viagem e para o seu destino, que será maravilhoso: nele haverá dinheiro e uma casa bonita, você terá sua própria carruagem e camareiras que à noite irão tirar seu sapato e meia e a vestirão com uma camisola de seda. Não quer? Você balança a cabeça e se cala? Deseja ficar aqui? Deseja que eu a deixe aqui? Você ainda não diz nada?... Vou partir de manhã, minha criança; esta noite ainda irei a um baile de fantasias, como se deve, mas quando o céu se tornar cinza, pegaremos a estrada, você será minha criada de quarto e também minha senhora, pelo menos por certo tempo... Agora já sorri? Vá para o seu quarto, reze, durma e prepare-se para a viagem. De madrugada, espere-me fora da cidade, onde o caminho bifurca entre norte e oeste, na cruz de pedra. Confie em mim... você sabe muito bem que pode confiar em mim. Em seu sorriso há alguma coisa parecida com que encontrei uma única vez, em Verona, algo inconsciente e devasso, meigo e perigoso... Algum dia lhe explico. Tomaremos providências para melhorar suas mãos estragadas pelo trabalho braçal. Lave o cabelo hoje, enxágue-o com chá de camomila, o cabelo e o rosto, em seguida passe esta pomada. Espere, você também ganha uma rosa de recordação pela noite. Agora vá e pense em tudo que eu lhe disse. Mas não pense demais... Vá, porque eu também preciso ir. Tenha belos sonhos, minha criança. De manhãzinha você acordará para uma nova vida, na cruz de pedra, na carruagem, entre os meus braços, sob as asas protetoras de minha capa... *Addio, cara fanciulla! Addio, mia diletta! Arrivederci domani! Iniziamo una vita nuova!... Una vita felice!...* Ufa! Foram todos embora?... Podemos partir. A máscara, depressa. Bela máscara, familiar, veneziana, de seda branca, cubra meu rosto mais uma vez, como em tantos outros momentos perigosos e conturbados da vida. Outra olhadela no espelho... o emplastro escorregou um pouco, vou colocar mais uma pequena quantidade de vermelho na boca, preciso alisar as sobrancelhas, e com um tiquinho de carvão de vela, só tanto quanto um suspiro, sob os olhos... Sim, a fantasia está perfeita! O casacão me cobre enquanto atravesso a rua, que nevasca! Cuidado com a voz, Giacomo, é melhor conversar com o leque à frente e com os olhos! Tudo no lugar, o frango frio, a manteiga na travessa com a neve, o vinho na jarra de cristal, as rosas no vaso de mármore, o perfume de rosas nos travesseiros, o cortinado fechado... Está tudo bem. Mais uma tora no fogo da lareira... alguma coisa está faltando, não consigo me lembrar. O que era mesmo? Algo importante, não posso esquecer... mais importante do que as rosas, o vinho, o perfume de âmbar, o frango... Já sei, a adaga! Em meu peito, companheira fiel. Em meu peito, no decote da blusa, no meio das penas; é uma vestimenta pomposa, apenas as mulheres sabem esconder a adaga entre os seios; quanta segurança e sensação de autoconsciência, partir para uma discussão com uma adaga entre os seios! Creio não ter me esquecido de nada. Partamos, pois. Cuidado... mas o que é isso? Por que você não vai? Você está só, olhe no espelho, o disfarce está perfeito, tudo e todos em seu lugar, alguns minutos mais terá início a apresentação, de acordo com as regras e o contrato, conforme você combinou com o conde de Parma! Por que está postergando? O que é esse coração disparado, que espécie de sensação é esta que o toma por inteiro e faz bater seu coração com tanta força que o impede de ir, que o retarda, com a adaga sobre o coração, de máscara, leque nas mãos? O que está acontecendo, Giacomo? O malabarista costuma ficar nauseado quando olha a multidão das alturas, encarapitado sobre os ombros do último homem de uma torre humana, buscando olhos familiares em um mundo de estranhos. O que o está deixando aflito, do que está se lembrando? Fique quieto, coração agitado, pare com essa palpitação selvagem! Você tem medo do amor, eu sei, tem medo do sentimento que amarra. O conde de Parma o conhece bem, em seu sofrimento e em sua necessidade premente foi obrigado a conhecê-lo, você tem medo dos sentimentos que projetam sombras em seu caminho, desse sentimento do qual foge desde criança. Não tema, pobre louco, você é mais forte. Não tenha medo, não há sentimento capaz de dominá-lo; talvez você experimente alguns maus dias e em seguida semanas inquietas, mas então jogará cartas ou divertirá as pessoas, como elas desejam, segundo a eterna regra da comédia humana, rindo e fazendo rir, enganando as pessoas e sendo enganado, mas então... a lembrança terá desaparecido. Você não vai morrer por isso, não tenha medo. De manhã, seguirá em frente, com a moça da cozinha, como tantas outras vezes, como tantas vezes ainda depois, despertará sozinho amanhã, em um quarto estranho, em um mundo estranho, como de hábito, você nem sabe fazer diferente. Não tema, não se fragilize. A lágrima que escorre de seu olho vai estragar a pintura do rosto. Não me assusta que você deixe cair uma lágrima. "Preciso ver você"... Bela carta. Jamais recebi uma tão bonita. Sim, tenho uma ligação diferente com essa mulher, com uma força diferente e um desejo diferente do das outras. E ela também não pode mudar isso. Então, parta para o seu trabalho, comediante! Endireite o corpo, jogue a capa sobre os ombros, coloque a máscara... Que silêncio! Apenas o vento uiva. Vá ao baile, ao seu trabalho, ao mundo, que é o seu destino, duro e sem sentimentos. Quem será?

A apresentação teatral

A porta se abriu, as chamas das velas balançaram com a corrente de ar. Um jovem estava parado diante da soleira da porta, de máscara, trajando fraque com calça de seda, sapato afivelado, trazendo uma espada com empunhadura de ouro de lado e chapéu de três pontas nas mãos. Fez uma mesura e, com voz limpa e cortante, como se trouxesse do mundo nevado frescor e bom humor ao quarto, quase em uma voz infantil disse:

— Sou eu, Giacomo.

Fechou a porta com cuidado e com passos um tanto desengonçados, como quem ainda não se acostumou totalmente à roupa masculina, atravessou o quarto. Curvou-se de modo masculino e disse com naturalidade:

— Esperei você em vão. Então vim.

— Por que você veio? — ele perguntou, um pouco rouco, detrás da máscara, e tropeçando no babado da saia deu um passo à frente.

— Por quê? Eu lhe disse na carta. Porque preciso ver você.

Disse isso com doçura, sem ênfase, como se essa fosse a

única explicação razoável, a resposta natural de uma mulher a um homem. E como o homem ficasse em silêncio, ela voltou a falar.

— Não recebeu minha carta? — ela perguntou, preocupada.

— Sim — respondeu o homem. — Ela foi trazida por seu marido, o conde de Parma.

— Oh! — exclamou a mulher e calou-se.

Um "oh!" pronunciado em tom baixo e com simplicidade, com voz de passarinho. Seu corpo delgado de rapaz apoiou-se na lareira e, com as mãos, segurava a espada e brincava com ela. A máscara que lhe cobria o rosto olhava para o piso, séria e vazia. Depois disse o seguinte, muito baixo:

— Pressenti isso. Esperei pela resposta e senti que algum problema havia acontecido com a carta. É que raramente escrevo cartas. Para dizer a verdade, essa foi a primeira que escrevi em minha vida.

E com um movimento leve inclinou a cabeça, um pouco envergonhada, como se houvesse confessado seu maior segredo. Agora ria por trás da máscara, um riso nervoso.

— Oh!... — repetiu. — Como lamento que a carta tenha chegado às mãos dele. Eu deveria ter previsto isso. Você acredita que o cavalariço que se ofereceu a trazer a carta para você ainda está vivo? Eu ficaria muito triste se algo tivesse lhe acontecido, pois é jovem, ele me olhava com muita tristeza e ternura quando me acompanhava nas cavalgadas; e sua família é grande, é ele quem a sustenta. Foi o próprio conde de Parma quem trouxe a carta? Pobre homem. Deve ter sido um trajeto difícil. Ele é tão orgulhoso e solitário, imagino o que deve ter sentido quando partiu para lhe entregar a carta na qual escrevo que preciso ver você... Ele o ameaçou? Ofereceu-lhe dinheiro?... Responda, meu amor.

A última palavra ela disse alto, com segurança e ao mesmo

tempo objetividade, como se identificando um objeto com uma palavra. A máscara, agora, observava o fogo com olhos fixos e tinha a pele pálida como um morto.

— Ameaçou e ofereceu-me dinheiro também. Mas não foi para isso que ele veio — disse o homem. — Veio apenas me entregar a carta, cujo conteúdo explicou detalhadamente. Depois negociamos um contrato.

— Sim — disse a mulher, como se desse um pequeno suspiro. — O que vocês combinaram, meu amor?

— Ele disse para que nesta madrugada eu a presenteasse com meu gênero de arte: a aventura. Disse que eu deveria fazer o meu melhor. Ofereceu-me dinheiro, liberdade, carta de apresentação para proteger-me nas travessias de fronteiras. Disse que você está doente, Francesca, que se enamorou, que a entende e pediu que eu a curasse. Disse que nos daria esta madrugada, tão longa e tão curta quanto a vida inteira, e que eu fizesse o impossível para vivenciarmos todos os encantos e desenganos em uma noite e que de manhã nos separássemos. Que eu viaje pelo mundo, aonde meu destino me conduzir, e que você volte ao palácio de cabeça erguida, a fim de passar o que resta da vida do conde de Parma levando luz e calor à existência dele. Foi o que ele disse. E explicou o significado de sua carta. Ele entendeu a carta, Francesca, entendeu o significado profundo de cada palavra. E não gritou; soava calmo e tranquilo. E também queria que eu a consolasse e a magoasse, como se deve, para que de manhã terminasse tudo entre nós e colocássemos um ponto final na história.

— Ele disse para você me magoar?

— Sim. Mas ao se despedir pediu que não a magoasse demais.

— Sim, ele me ama.

— Também penso o mesmo. Ele ama você. Mas para ele é fácil, Francesca. É fácil amar como ele ama já no fim da vida...

quase no fim, disse ele, e repetiu várias vezes "quase". Por algum motivo, essa palavra é importante para ele, se bem entendi. É fácil amar quando a vida chega ao fim.

— Meu querido — disse ela agora com mais doçura e indulgência, como quando um adulto fala a uma criança, e no momento em que os lábios invisíveis pronunciaram essas palavras, a máscara parecia estar sorrindo —, nunca é fácil amar.

— Não — disse o homem com obstinação —, porém é mais fácil para ele.

— E depois? — perguntou a outra máscara. — Chegaram a algum acordo?

— Sim.

— E qual é o acordo, Giacomo?...

— Combinamos como ele queria e como você pediu na carta: que nesta madrugada nos veríamos. E nos amaremos, porque há algo entre nós, um vínculo secreto; é verdade, Francesca, o amor nos enredou. Isso é um grande presente e uma grande tristeza. Um grande presente porque amo você a meu modo, sempre de acordo com meu gênero de arte, dentro das possibilidades da aventura; e uma grande tristeza porque esse amor jamais será alegre e fácil, não terá asas como as pombas... é outro tipo de amor, o nosso. Então, acertamos que iremos nos conhecer, no sentido bíblico da palavra, e que depois você romperá comigo, se decepcionará, e de manhã nos separaremos para sempre. Assim não serei uma sombra na cama do casal, não serei um fantasma quando o conde de Parma inclinar-se sobre você entre as almofadas. Serei uma lembrança durante algum tempo, mais tarde nem isso, serei nada e ninguém para você. Foi essa a combinação. Eis o que devo fazer nesta madrugada, com palavras e beijos e lágrimas, recorrendo a todos os segredos de meu ofício e segundo as regras do gênero artístico.

Calou-se e aguardou a resposta, atento e curioso.

— Pois então faça isso, Giacomo — disse a mulher com voz baixa e tranquila.

Inclinou a cabeça de lado, a máscara olhando com indiferença para o nada.

— Faça — repetiu. — O que espera, meu amigo?... Comece, chegou o momento. Vim até aqui, você não vai precisar sair na tempestade que estava se armando para a meia-noite, se é que não sabe. Cai uma chuva gelada e o vento sopra torres de neve nas estradas, mas aqui dentro há silêncio e calor perfumado. A cama foi arrumada, posso ver. Sinto o perfume de rosas e de âmbar e a mesa está posta para dois, com zelo e elegância, de acordo com os bons costumes. A meia-noite já passou, é hora da ceia. Então comece, Giacomo.

Sentou-se diante da mesa posta, tirou as luvas devagar, soprou as unhas e esfregou as mãos nuas e geladas. Com postura corporal de quem aguarda com elegância e educação, permaneceu sentada, como que à espera do garçom e do início da refeição.

— Como você começa? — perguntou ao ver que o homem não se mexia; e confiante e curiosa, continuou: — Como alguém seduz e depois desilude uma pessoa que veio por sua própria vontade porque está apaixonada?... Estou tão curiosa, Giacomo! O que vai fazer? Será agressivo? Ou astuto e cortês? Realmente, você se prontificou para uma arte e tanto, de execução nada fácil, pois agora, como pode ver, já não estamos sozinhos, é com a concordância dele que nos encontramos aqui, como se a três neste quarto. Evidentemente ele sabia que você me contaria tudo desde o começo, ou quase tudo. Por nenhum momento acreditou que você faria um trabalho grosseiro comigo, que mentiria e esconderia de mim o segredo de ele o ter procurado e que se calaria sobre o contrato. Em nenhum momento ele imaginou a cena de outro modo que não este; ele sabia que você começaria pela confissão e talvez saiba também como iremos terminar depois desse início, nós dois ou nós três... Ainda não sei. Apenas estou curiosa depois de tudo que ouvi. Pois então comece.

Ambas as máscaras silenciaram. Em seguida, a máscara masculina disse, com uma voz infantil que lentamente foi se aquecendo com o que dizia, até tornar-se mais feminina, como se o falar derretesse toda a dureza e o distanciamento do falante:

— Então talvez eu comece... Afinal, também estou aqui, mesmo que não totalmente por vontade dele, nem mesmo pela sua; estou aqui porque quero, mesmo com máscara e roupa masculinas, portanto um pouco como alguém preparado para brincar e se divertir... E talvez esteja bem assim. Comece sua obra-prima. Será muito interessante. Foi o que vocês combinaram, o homem que eu amo e o outro, o homem que me ama?... Por isso só devo obedecer às ordens dele enquanto estou aqui? E seja lá como for esta madrugada, tudo irá ocorrer conforme as ordens dele, e nós dois, você e eu, vamos nos conhecer e nos decepcionar conforme as instruções dele? Que formidável — disse a voz indiferente, calma e com uma triste apatia. — É tudo que ele inventou, tudo que vocês combinaram? Não foram capazes de inventar algo diferente, mais inteligente? Dois homens tão sábios e especiais como vocês? Ele trouxe a minha carta e a explicou? Talvez não a tenha explicado totalmente, Giacomo, meu amado. Porque quando escrevi aquelas primeiras letras e palavras que pela primeira vez em toda a minha vida se conectavam, lançadas finalmente sobre o papel, eu me assustei com o tanto que as palavras escritas dizem quando bem escolhidas e bem-ordenadas. Três palavras, você vê, e ao comando delas você se vestiu de mulher, ele saiu do palácio, se fez de carteiro, subiu essas escadas íngremes... Três palavras, algumas gotas de tinta sobre o papel e... quanta coisa aconteceu ao comando delas! Um e outro se moveram no mundo porque escrevi essas palavras! Verdade, eu também me espantei e me arrepiei. Ainda assim, penso que ele não entendeu de todo a carta. Ele a explicou?... Eu o farei, Giacomo! Eu o farei, mesmo que com menos sabedoria do que vocês dois! Você pensa que sou uma mulher que, por uma aventura e por capricho, sai de sua casa no meio da noite para procurar um homem recém-saído da prisão e cuja fama é tão ruim que em Bolzano e em outras cidades as mães e as senhoras mais velhas se persignam quando seu nome é pronunciado? Conhece-me tão pouco? O conde de Parma, com quem divido a cama, me conhece tão superficialmente? Pensa que aprendi a escrever apenas por tédio e diversão, a fim de em uma madrugada de recreação dirigir-lhe o convite para um encontro? Pensa, e terá feito contrato com tal suposição, que venho até aqui para uma aventura, conforme vocês, homens sábios, combinaram? Para uma aventura de uma noite em que, entre um número musical e outro e rodopios dos bailarinos, corro de casa até aqui, mascarada, entro no quarto de um desconhecido e, em seguida, quando a dança ainda não tiver terminado no salão, corro de volta ao palácio para me incorporar aos pares que bailam? Pensa que persigo alguma lembrança infantil quando lhe escrevo e venho até aqui, quando penso em você, quando aqueço sua lembrança com a minha alma, quando conto os dias em que ficou na prisão, e em seguida venho até aqui sorrateiramente de madrugada, para um encontro secreto, apenas porque você está de passagem pela cidade na qual vivo com meu marido, por tê-lo conhecido quando menina e termos flertado apaixonadamente?... Serão tão sábios o forte e poderoso conde de Parma e o sabe-tudo Giacomo, conhecedor dos corações femininos?... E eu, a simplória e infantil, estaria perseguindo um sonho quando enfim escrevo algumas palavras para fazê-lo saber, e ao conde e ao mundo inteiro, que preciso vê-lo? Talvez eu não seja tão sonhadora nem tão infantil, Giacomo, meu amor. Terei orientado os passos do cavalariço quando ele partiu com minha carta, para que ela acabasse nas mãos do conde?... Terei negociado esta noite se não com outros, comigo mesma e com meu destino, e esse contrato seja tão forte e firme como um caixão, ainda que não haja uma assinatura e um selo sobre ele? Talvez também eu, e não apenas o conde de Parma, saiba por que subi essas escadas. O que acha, meu amor? Por que terei escrito a carta, a enviado secretamente por aquele rapaz, o esperado, e me vestido de homem, fugido do meu palácio, encontrando-me aqui, agora, em seu quarto? Responda, já que você fez um contrato!

A outra máscara perguntou com voz sombria, obedecendo:

— Por quê, Francesca?

— Porque eu não sou uma aventura, meu amor, não sou matéria de uma obra-prima, não sou o objeto de um contrato nem sua escrita. Não sou aquela que se esgueira por uma noite com seu amante. Não sou a ingênua que espera sem esperança por um homem, persegue uma ilusão, a ilusão da felicidade. Não sou a jovem senhora que, ao lado do marido idoso, sonha com braços mais musculosos para envolvê-la, com beijos mais ardentes e que parte, sob a nevasca, atrás de sua oportunidade e compensação. Não sou a jovem senhora que se entedia, incapaz de resistir à sua fama e que se lança em seu caminho; tampouco a sensível moça do campo que não consegue esquecer o namorado de juventude. Não sou nem tola nem lasciva, Giacomo.

— Quem é você, Francesca? — perguntou ele.

As máscaras abafavam suas vozes e palavras, como se os dois conversassem de muito longe. Do silêncio dessa distância ela disse:

— Eu sou a vida, meu amor.

O homem dirigiu-se para a lareira e, tomando cuidado para que o fogo não atingisse o babado de sua saia, agachou-se e acrescentou duas achas de madeira. Nessa posição um pouco torta, com lenha nos braços, perguntou por cima dos ombros:

— O que é a vida, Francesca?

— Naturalmente não é a fuga na neve — ela respondeu com tranquilidade. — Nem febre nem pressa nem grandes palavras. Também não é esta situação em que nos vemos, você vestido de mulher e eu de homem, mascarados em um quarto de pousada, como se representássemos um papel em uma brincadeira de roda. Nada disso é a vida. Vou lhe dizer o que é a vida. Tenho pensado muito sobre isso, pois não foi apenas você que viveu na prisão, Giacomo, colocado ali por mãos enciumadas e poderosas; eu também vivi na prisão nesses anos, mesmo que não tenha dormido em um colchão de palha. A vida, meu querido, é plenitude. A vida é o encontro entre um homem e uma mulher com afinidades, que têm tanto a ver um com o outro como a chuva e o mar, um sempre voltando para o outro, ajudando o outro em sua formação, cada qual sendo a condição primeira da existência do outro. Dessa plenitude surge algo, uma harmonia, e isso é a vida, coisa rara entre os seres humanos. Você foge das pessoas por pensar que tem algo mais a fazer na vida. Eu procuro essa plenitude porque sei que não tenho mais nada a fazer no mundo. Eis por que estou aqui. Precisei de tempo até descobrir tudo isso. Agora já sei. Sei também que sem mim você não será capaz de fazer nada direito em sua vida, nem mesmo sua especialidade criativa, como você declarou; nem mesmo um aventureiro você saberá ser perfeitamente sem mim. O mundo, a diversão, a experiência e a aventura, você não poderá encontrá-los verdadeiramente sem mim, nem mesmo as mulheres você saberá encantar sem mim. Por que está aí parado, Giacomo, com esses apetrechos de lareira nas mãos, como quem foi surrado e precisa endireitar o corpo? Entendeu alguma coisa do que eu disse? Eu sou a vida para você, meu amor, a única mulher que representa a plenitude em sua vida. Sem mim você não é totalmente um homem, nem artista nem jogador de cartas nem viajante; como eu também, sem você, não sou totalmente mulher, mas apenas uma sombra em algum lugar do inferno. Agora entendeu? Porque eu entendi. Eu não teria deixado o conde de Parma, que me ama e que me mostra tudo que merece ser visto no mundo, o poder e a glória, o luxo e a razão, e não quero ser indelicada nem confiante demais, mas, acredite, com ele conheci o amor e o sofrimento sério e triste de suas feições; porque o amor tem mil rostos e o conde de Parma também veste um entre tantos. Agora ele usa uma cabeça de asno no palácio, pois nosso amor o ofendeu e ele está mortalmente triste. Ele sabe que não pode ser de outro modo, portanto tolera que neste momento eu esteja aqui com você, portanto exibe com orgulho a cabeça de asno. Entretanto isso não o ajuda em nada... o fato de saber, a fantasia, o contrato, nada o ajuda. Viveu autoritário e morrerá de vaidade. Não tenho como ajudá-lo. Mas jamais o abandonaria, pois eu também estabeleci um contrato com ele e fui educada para cumprir meus contratos. Sou da Toscana, Giacomo — concluiu a máscara, cujo corpo aprumou-se um pouco.

— Eu sei, minha querida — disse o homem com o atiçador de fogo nas mãos, e era como se a voz dele sorrisse. — Esta noite, neste quarto, alguém já me disse isso.

— É mesmo? — perguntou Francesca, prolongando a voz, um pouco cantante, como uma jovem estudante dócil e surpresa. — Eu sei, você recebeu muitos convidados nos últimos tempos. Será sempre assim em torno de você... sempre muitas pessoas, homens e mulheres o rodearão. Eu me acostumarei, querido... Não será fácil, mas me esforçarei para me acostumar.

— Quando, Francesca — perguntou o homem —, quando pretende se acostumar com isso? Nesta madrugada? Porque nesta madrugada não espero convidados.

— Nesta madrugada? — repetiu a mulher com sua voz tranquila e infantil de antes. — Não, mais tarde, na vida.

— Na vida que passaremos juntos?

— Talvez, meu amor. Não imaginou assim?

— Não sei, Francesca — respondeu Giacomo, e sentou-se na poltrona, de frente para a mulher. Recostou-se, cruzou as pernas sob a saia e os braços sobre os seios recheados. — Na verdade, isso não está no contrato.

— O contrato são só palavras — disse a mulher calmamente. — Mas no outro contrato, estabelecido por nós dois, sem nenhuma palavra, lá está. Sempre haverá muitas pessoas em torno de você, homens e mulheres, e isso decerto não será particularmente bom nem agradável. Eu suportarei — ela concluiu um pouco preocupada e soltando um breve suspiro.

— E quando acredita que poderemos começar essa vida a dois? — ele perguntou com delicadeza, calma e objetividade, como se estivesse falando com uma criança ou com uma louca a quem é perigoso contradizer.

— Mas já começamos, meu amor — respondeu vivamente a mulher. — Começamos no instante em que lhe escrevi a carta e o conde de Parma a trouxe; em seguida comecei a me vestir como homem. Agora você fala comigo como se eu fosse uma criança ou uma louca. Mas não sou nenhuma das duas, meu amor. Sou mulher, mesmo que vestida de homem e com esta máscara, sou uma mulher que sabe de algo com toda a certeza e age em prol disso. Está me ouvindo?... Seu silêncio me pergunta o que sei com tanta certeza, tão ridícula, tão louca? Apenas que temos a ver um com o outro, Giacomo. Se sempre houver muitas pessoas em torno de você, homens e mais ainda mulheres, isso me fará sofrer, eu sei. Por isso ele lhe trouxe a carta, por isso tolera agora, no palácio, com sua cabeça de asno, que eu esteja aqui. Foi o que o fez correr para lhe propor um contrato, e você também, Giacomo, rapidamente se prontificou a fazer um contrato em meu prejuízo, porque tem medo de mim como as pessoas têm medo da vida, que é plenitude e, portanto, destino. E todos o temem um pouco. Eu já não tenho medo — ela disse bem alto.

— E como será a nossa vida? — perguntou ele.

— Não será feliz nem festiva. Nem afortunada. Há pessoas que têm afinidade com a harmonia, com a plenitude. Você não está entre elas. Ficarei solitária muitas vezes, aos olhos do mundo serei uma pessoa só, você me deixará com frequência e não serei feliz no sentido que as pessoas entendem, com um relacionamento feito de beijinhos e trinados, como a maioria acredita que deva ser. Mas minha vida terá um sentido, um conteúdo, talvez um conteúdo pesado e sofrido. Sei de tudo isso, Giacomo, porque amo você. Sou tão forte como os lutadores, porque amo você. Serei tão inteligente como o papa, porque amo você. Serei especialista em escrita e aprenderei a lidar com as cartas de jogo, já estou estudando como marcar o rei e o curinga sem que os outros percebam, mandei trazer de Nápoles cera e novos pacotes de baralho, vamos preparar as cartas juntos antes de você sair para o mundo, para perto dos canalhas, e esperarei em casa enquanto você os depena, e na manhã seguinte, ou três dias depois, você regressará, espalharemos o ouro e o devolveremos ao mundo, porque não temos necessidade de riquezas, o ouro não permanece em sua mão, esse é seu temperamento. Serei a mais bela de Paris, Giacomo, você verá, seduzirei o chefe de polícia, jantarei com ele, e nada poderá lhe acontecer, zelarei por você melhor que o conde de Parma com sua carta, zelarei com cada olhar e cada respiração para que nada lhe aconteça. E se você pegar alguma doença das vadias, cuidarei de você, esfregarei seus órgãos com mercúrio e cozinharei sopas com ervas para que se restabeleça. Serei tão esperta como os espiões da Inquisição e, se algum dia você sentir saudade de casa, irei a Veneza, dormirei com o doge e pedirei clemência, para que você possa voltar e rever sua Nonna e o sr. Bragadin, ou a bela freira para quem você alugou um palácio em Murano. Aprenderei a cozinhar de modo inteligente, meu amor, até já aprendi, sei que você não pode comer alimentos muito condimentados, pois tem tendência a sangramentos nasais, sei fazer uma sopa com a qual sua dor de cabeça vai passar e irei ter com as mulheres que sabem prometer coisas e coquetear, serei uma alcoviteira e conseguirei para você de graça, por uma noite, a famosa Júlia, pela qual o rei de Norfolk pagou cem mil moedas de ouro e que foi cruel com você no último Carnaval em Veneza. Aprendi a tricotar, lavar e passar porque no caminho muitas vezes não teremos dinheiro, precisaremos ficar em pousadas piores do que a do Cervo, os cães rastreadores dos agiotas estarão em nosso encalço e cuidarei para que você, meu amado, esteja sempre de roupa limpa e passada, com camisa de babados, mesmo quando não tivermos comido nada além de peixe seco cozido no óleo. E serei tão bela, Giacomo, que por vezes, quando tivermos dinheiro e você gastá-lo com veludos, seda e joias, e me levar à Ópera em Londres, e alugar uma carruagem para mim, todos me olharão mesmo durante o espetáculo; e, com você ao meu lado, olharemos para a multidão com frieza e indiferença, porque nessas ocasiões não terei olhos para mais ninguém, e todos saberão que a mulher mais bela é sua e apenas sua. E será bom, pois você é vaidoso, incrivelmente vaidoso. Todos saberão que seu triunfo é absoluto, que a condessa de Parma abandonou o marido e seu castelo para viver com você, deixou para trás joias e possessões para deitar em sua cama, que ela foge com você pelas estradas, dormindo em galpões ruinosos e que não tem olhos para nenhum outro homem; apenas se você quiser. Porque você poderá fazer comigo tudo o que desejar, Giacomo. Poderá me vender ao nosso parente, o rei Luís, para o harém de Versalhes, ou me vender como retalho a peso, e você sempre saberá que mesmo quando homens desconhecidos se derreterem em meus braços, como o cobre em meio à brasa, serei apenas sua. Poderá proibir que eu olhe para outro homem, naturalmente poderá até zombar de mim, isso é o de menos! Poderá cortar meu cabelo, queimar uma marca em meu seio com ferro em brasa, poderá me transmitir uma doença de pele, e mesmo assim você verá que me farei bonita para você, pois encontrarei remédios, prepararei infusões, desenvolverei uma nova pele e meu cabelo crescerá, se você mais tarde assim desejar. Você precisa saber que tudo isso é possível, porque amo você. Serei a mulher mais cheia de pudor, se você quiser, meu amor, morarei sozinha em uma casa cujas janelas serão seladas, irei à missa apenas se você permitir e seus serviçais me acompanharem, ficarei em casa o dia todo, nos quartos que você determinar como minha prisão e cuidarei de mim mesma, me vestirei e esperarei por você. E apenas mulheres que você escolher me servirão, mulheres mudas e cegas, se quiser. Mas se o que você precisa é que o desejo de outros homens excite seu amor por mim, então serei coquete e pervertida. Se quiser me humilhar, Giacomo, saiba que não conseguirá encontrar uma forma de humilhação que me desagrade, porque amo você. Se sua necessidade é me torturar, poderá ordenar que me estiquem sobre um cavalete e me açoitar com chicote com pregos; eu gritarei, meu sangue jorrará, mas, enquanto isso, pensarei em outras formas de tortura que o façam sentir mais prazer. E se você precisar que eu o domine, serei cruel e insensível, conforme li em livros que o conde de Parma trouxe de Amsterdam. Conheço segredos, Giacomo, não há mulher nas casas de má fama de Veneza que conheça tantas fraquezas e torturas como eu, desejos do corpo e da alma, elixires e roupas de cama, iluminação e perfumes, carícias e autocontrole. Se me quiser vulgar, sei palavras em italiano, francês, alemão e inglês que me fazem corar se estou só e as relembro; eu as aprendi para você e as sussurrarei em seu ouvido, se quiser. Não há escravas nos haréns do Oriente, meu amor, que conheçam os carinhos que eu conheço; aprendi tudo sobre o corpo, todos os desejos, até o mais secreto, no qual as pessoas pensam apenas em seu leito de morte, quando nada mais importa e o cheiro de enxofre ronda a cama. Aprendi tudo isso porque amo você. É o bastante?

— É pouco — disse o homem.

— É pouco — repetiu a mulher. — Claro que é pouco. Eu apenas quis lhe dizer para que você soubesse... Não pense que por um instante sequer imaginei que bastasse, que fosse tudo. Esses são apenas instrumentos, meu amor, eu sei bem, tristes instrumentos. Apenas descrevi tudo isso porque quis que você soubesse que não há nada que você possa me pedir que eu não aceite ou que me recuse a cumprir. Você tem razão, é pouco, porque o amor atua em dois palcos, nos quais duas máximas se desenrolam, ambas infinitas: a cama e o mundo. E nós também viveremos no mundo. Portanto, não basta realizar todas as suas ideias e os seus desejos, ou os desejos inspirados por mim; preciso saber o que o faz feliz, preciso desvendar e descobrir como você é. Preciso saber o que você deseja tanto que não confessa nem a si próprio, nem mesmo na hora da morte, quando nada mais importa; preciso saber e dizê-lo a você, para que saiba, para que possa agir e finalmente ser feliz. Pois você é um homem infeliz, meu amor, e não suporto sua tristeza, quero nomear aquilo que você deseja... Mas também isso não basta, também isso é pouco, é trabalho grosseiro, e seria um erro, porque eu também tenho meu gênero de arte, caso não saiba, embora não tão elevado e complexo como o seu. Meu gênero artístico? Apenas amar você. Por isso serei forte e inteligente, pudica e desavergonhada, paciente e solitária, impetuosa e atenta. Porque amo você. Preciso saber por que foge dos sentimentos e da felicidade e, quando eu descobrir seu segredo, caberá a mim dar-lhe essa triste informação. Porém não com palavras, pois esse tipo de transmissão é assustador, e em nada ajuda... Bem, por mais precisas que sejam, as palavras apenas nomeiam e revelam o segredo das pessoas, mas não o resolvem; você com certeza sabe disso, sendo um escritor. Não, tenho que viver, me comportar, ser meiga, esperar, permanecer atenta, para que, sem palavras, consiga lhe apontar seu segredo, aquilo que o machuca, que você deseja, para o qual não é suficientemente corajoso, pois a covardia e a ignorância estão por trás de toda infelicidade, e isso você também deve saber, sendo um escritor. Portanto, cabe a mim descobrir por que você teme a felicidade, a qual não se colhe com as mãos, não vem do berço nem da sepultura, mas é plenitude, algo sério, quase severo, logo vida, verdade. Tenho que descobrir que coisa é essa que você deseja tanto que não ousa admitir nem a si próprio, e depois tenho que calar esse segredo, pois minhas palavras apenas o ofenderiam, sua vaidade o levaria a se revoltar e a fugir, sem segredo e amaldiçoado; por isso devo me calar, guardar o segredo em meu coração. E tenho que viver de tal modo que você entenda, sem palavras, o porquê de tudo, da solidão, do tédio, da curiosidade, das paixões maldosas, da multidão de mulheres, do baralho, das orgias, da sensação apátrida, da razão de seu gênero artístico ter se desenvolvido dessa forma, da aventura e do porquê você ter se tornado um aventureiro... E se vier a saber por mim, mas sem palavras, você verá — tudo de repente se tornará mais fácil e melhor. Porém o segredo, só você poderá expressar. Não posso fazer mais do que esperar, permanecer atenta, saber e, em seguida, muda, apenas com meu todo, minha vida e meu corpo, minha escuta, meus beijos, meu comportamento, entregar a você essa sabedoria e segredo. Necessito agir assim porque amo você. Por isso você teme a vida e a plenitude, porque não tememos nada, nem os instrumentos de tortura, nem a forca, como tememos a nós mesmos, ao segredo que não ousamos olhar de frente. Se depois tudo ficará bem, meu amor? Não sei. Sei apenas que tudo será mais simples, muito mais simples. E nos dois palcos, na cama e no mundo, seremos cúmplices que sabem tudo sobre si mesmos e os outros, e não teremos mais medo de atuar no palco, porque o amor é cumplicidade e aliança, Giacomo, não apenas fervor e promessa, lágrimas e gritos; é uma aliança muito séria e dura. E sustentarei essa aliança até a morte. O que irá acontecer? Não tenho planos, Giacomo. Não digo "Cá estou, sou sua, leve-me com você", pois são apenas palavras tolas. Mas você precisa saber que, se não me levar consigo agora, esperarei por você para sempre em segredo, até que se lembre de mim e em um belo dia, gentilmente, venha me buscar. Não tenho motivos para fazer juras e promessas, pois conheço a verdade, meu amor, e a verdade é que você é o verdadeiro homem da minha vida. Pode me deixar, como já fez antes, você fugiu covardemente não do conde de Parma, e sim da força de seus sentimentos, do reconhecimento de que eu sou a verdadeira mulher da sua vida. Você não sabia disso com palavras nem com a razão, mas sabia com o coração e o corpo, por isso fugiu. E fugiu inutilmente, pois agora aqui estamos frente a frente, aguardando o momento de tirarmos as máscaras, para nos vermos como é preciso. Ainda nos olhamos através de máscaras, meu amor, há muitas e muitas máscaras entre nós e devemos tirá-las todas, para que conheçamos o rosto verdadeiro e nu de cada um. Não se apresse, não se precipite, não mexa nela, não a tire ainda. Não é por acaso que nos reencontramos mascarados depois de tanto tempo, quando cada um de nós finalmente deixou sua prisão e nos vemos um diante do outro; não se apresse em tirar a máscara porque encontrará outra por baixo, que, mesmo feita de carne, osso e pele, mesmo assim é uma máscara, como a de seda. Ainda devemos nos desfazer de várias máscaras até que eu possa ver e reconhecer seu rosto. Sei que em algum lugar muito longínquo vive esse seu outro rosto, e é esse que quero ver um dia, porque amo você. Uma vez você me deu um espelho de presente, Giacomo, há muitos anos, você o trouxe de Veneza, e o presente, naturalmente, nem poderia ser outro: um espelho veneziano, cuja fama é mostrar nosso verdadeiro rosto. Você me trouxe um espelho com moldura de prata e um pente com cabo também de prata. Foi tudo que ganhei de você. Um grande presente, meu querido. Anos se passaram, e eu, todos os dias, seguro o espelho e o pente nas mãos, arrumo meu cabelo e olho meu rosto, como você queria e imaginou que eu faria quando me presenteou. O espelho é um objeto mágico, sabia? Veneza, essa terra de tantos tesouros, fabrica os espelhos mais belos do mundo. É preciso olhar-se por longo tempo no espelho, e com frequência, até finalmente conhecermos nosso verdadeiro rosto. O espelho não é apenas uma lâmina de prata; também é profundo como um lago nas montanhas, e quem se debruçar com grande atenção sobre um espelho veneziano repentinamente enxergará essa profundidade, e enxergará cada vez mais longe, cada vez mais profundo, e o rosto que se debruça renascerá cada vez mais longe, perderá uma máscara a cada dia, esse rosto que se olha no espelho, o espelho que seu amado trouxe de Veneza. Nunca presenteie uma mulher que você ama com um espelho, meu querido, pois ela enfim se conhecerá intimamente e ficará triste. Foi com um espelho que teve início, em algum lugar do passado e de algum modo, esse conhecimento, quando um ser humano, ao se debruçar sobre um barco para ver o mar, viu seu próprio rosto no infinito e tornou-se inquieto e começou a perguntar: "Quem é este?"... O espelho que cabe na palma da mão e que você trouxe de Veneza mostrou meu verdadeiro rosto. Certo dia percebi que esse rosto que eu imaginava conhecido não passava de uma máscara mais delicada que a de seda, e que por trás dela havia outra máscara semelhante à sua. Sou grata ao espelho por isso... Eis por que não prometo nada agora, não juro, nada exijo, não importa com que ferocidade meu coração esteja batendo neste momento. Conheci meu rosto e sei que ele se parece com o seu e que, portanto, você é o verdadeiro homem da minha vida. Isso basta?

— É pouco — disse o homem.

— É pouco? — rebateu a mulher com sua voz surpresa de passarinho. — Não, Giacomo, agora você não foi honesto. Você sabe que isso já não é pouco, pelo contrário; é alguma coisa e talvez bem mais do que isso. Se duas pessoas sabem de si e são verdadeiras uma com a outra, já não é pouca coisa. Também precisei de muito tempo para descobrir, porque antes eu não me conhecia, apenas fui crescendo em Pistoia, atrás dos grossos muros do palácio, no velho jardim, despenteada e exuberante, como um espinafre selvagem. Naquele tempo você me fazia a corte de um jeito brincalhão, juvenil e despretensioso, mas nós dois sabíamos que usávamos palavras verdadeiras qualquer que fosse o assunto de nossa conversa! Você escolhia palavras do reino animal, das estrelas e das plantas para lisonjear-me, como os apaixonados fazem quando brincam um com o outro no começo do namoro, quando ainda lhes falta coragem para dizer, por exemplo, "Meu amor", ou "Giacomo", ou "Francesca". Mais tarde, qualquer outra palavra será supérflua. Naquela época você me chamava de "flor selvagem", e também de "urtiga selvagem", de forma não muito gentil, pois eu era selvagem e picante, e você dizia que o toque de minha mão queimava sua pele e formava bolhas. Você namorava comigo assim. Relembro esse tempo e às vezes tenho vertigens e fico ruborizada, pois penso na primeira vez em que o vi, no grande salão térreo do palácio, entre os móveis com pés quebrados e em trapos. Você mostrava a carta do cardeal ao meu pai e trocava palavras gentis com ele, disse alguma mentira com grande naturalidade — eu, então, já sabia mais de você do que saberia mais tarde, quando as conversas e os jogos encobriram sua verdadeira natureza. Desde o primeiro instante eu soube tudo sobre você, e se há alguma coisa da qual me envergonho, que nego com pudor até a mim mesma, é a fase posterior do nosso namoro, quando você me designava com nomes de animais, plantas e estrelas. Você era galanteador, cruel, mentiroso e estranho para mim — dessa fase me envergonho. Você foi covarde, Giacomo, covarde com relação ao que seu coração ordenava, desde o primeiro instante em que me viu, quando ainda não havíamos trocado uma única palavra e você ainda não dizia "urtiga selvagem" e coisas desse tipo. Você foi covarde, e esse é um grande pecado — eu lhe perdoo tudo que o mundo não perdoa, seu caráter, suas fraquezas, sua propensão à crueldade e seu egoísmo sem limites, compreendo tudo e perdoo, mas esse pecado jamais poderei perdoar. Por que permitiu que o conde de Parma me comprasse como um bezerro na feira de Florença? Por que permitiu que eu fosse com ele a castelos, a cidades desconhecidas, quando você sabia que era você meu verdadeiro homem? Na minha noite de lua de mel, acordei de madrugada, estendi o braço na cama e procurei por você. Depois de conhecer Paris, na carruagem que, sob os plátanos, nos levava por ruas de pedra em direção a Versalhes, com o rei Luís sentado ao meu lado, não respondi às perguntas de nosso parente, porque pensei que era você quem estava junto de mim, e eu queria lhe mostrar algo. E sempre me perguntava: por que ele foi covarde, quando ele é o meu verdadeiro amor? Por que não teme a adaga e a prisão, o veneno e a difamação, e teme a mim, a verdadeira felicidade? Atormentava-me assim. Depois entendi. E agora já sei, Giacomo, o que devo fazer. Por isso estudei a escrita e outras coisas mais que nada têm a ver com tinta e papel. Aprendi tudo porque amo você. E agora, entenda bem, meu amor, não digo estas palavras com doçura nem com ilusão: amo você. Talvez o diga mais com raiva, gritando em seu rosto, como uma acusação e uma ordem. Está me ouvindo, Giacomo? Eu amo você. Não estou tartamudeando as palavras. Convoco você, como um juiz, entendeu? Amo você, por isso ouso julgá-lo. Amo você, por isso exijo que seja corajoso. Amo você, por isso recrio você, o arrasto comigo e, mesmo que você seja tão forte quanto uma estrela, presa em algum reflexo de diamante, ainda assim carregarei você comigo, arrancarei você da ordem das coisas do mundo, das suas leis e das suas especialidades artísticas, como você costuma dizer; porque amo você. Isto não é um pedido, Giacomo, mas uma acusação. Sim, a acusação por um delito de sangue. Não o estou chamando para brincar, não tenho vontade de fazer gracinhas e brincar de roda, não o estou olhando embevecida, me derretendo, burra e suspirosa. Olho você com raiva, indignada, como inimigos se olham. Levarei você comigo nesse amor agora ou mais tarde, não o largarei um só minuto, nem que você fuja pelas fronteiras levando sua empregadinha, aquela que me abriu o portão há pouco e que, com um faro de corça, deu um passo para trás para a parte mais escura do pórtico, pois percebeu sob a vestimenta de homem o cheiro de mulher e de inimiga, como eu também a senti ligada a você e inimiga, e que planeja algo contra mim, como todas as mulheres — é assim e será assim para sempre. Mas sou a mais forte porque amo você. Grito estas palavras em seu rosto como se batesse em você, entendeu? Ouviu? Amo você. O destino me castigou com amar você. Amo-o há cinco anos, Giacomo, desde o momento em que o vi no velho jardim em Pistoia e você disse uma grande mentira, e depois me chamou de urtiga selvagem, e lutou por mim com o peito nu à luz da lua, e em seguida fugiu, e desprezei você e o amei. Sei que tem medo, você ainda tem medo. Não feche os olhos por trás da máscara. Agora finalmente vejo você mesmo por trás da máscara, apenas seus olhos, que antes brilhavam, incriminadores, como quando se analisa o predador; eles agora estão mais embaçados, como se cobertos por véu e neblina, são quase os olhos de um homem. Não feche os olhos como quem vira o rosto, pois precisa saber que não o largarei. Não me importa o contrato entre você e o conde de Parma e as artimanhas esquisitas; ainda assim, você é o homem ligado a mim e eu sou a mulher ligada a você, como o assassino à sua vítima, como o pecador ao pecado, como o artista à sua arte, como cada um à sua tarefa em vida, da qual gostaria de fugir. Não tenha medo, Giacomo! Quase me ocorreu dizer: não tenha medo, não dói muito! Preciso doar a você a coragem, que também é virtude, preciso ensiná-lo a ser corajoso consigo mesmo, conosco, com a nossa história, que em parte é delito e atentado, como todas as verdadeiras questões do mundo. Não tema, pois eu amo você. É suficiente?

— Muito — disse o homem.

— Muito... — disse a mulher, e deu um pequeno suspiro. Calou-se, as mãos na máscara, olhando o fogo da lareira.

O fogo crepitava, monótono, e eles o escutavam. Agora, com movimentos cuidadosos, como se com medo de tropeçar na própria espada, ela ajoelhou-se diante do homem, levantou seus braços longos e finos, com leveza e cuidado segurou o rosto coberto do homem e sussurrou:

— Perdoe-me, Giacomo, se meu amor por você é excessivo. Eu sei, é um grande pecado, me perdoe. Poucas pessoas toleram o amor pleno, que sempre implica total comprometimento e responsabilidade. É meu único erro com você: perdoe-me. Nunca mais lhe pedirei nada. Farei tudo para que sofra o menos possível. Você teme despertar ao meu lado, o tédio, teme que ele, com sua palma úmida, algum dia agarre sua garganta? Não tenha medo, meu amor, pois será um tédio consistente e bem-humorado, como quando alguém se espreguiça e boceja. Esse tédio terá algum sentido: o de que amo você. Você não sabe como é isso, nem pode saber, quando alguém ama alguém. Vou lhe explicar o amor, pois você não conhece nada a respeito. Acaso teme seus desejos e a curiosidade, as novas mulheres que lhe irão sorrir convidativamente em cada hospedaria, de cada janela, nas feiras livres, de cada carruagem, e acha que não poderá correr atrás delas porque está preso a mim por um sentimento? Não tenha tanta certeza de que desejará correr atrás delas, se eu amo você. Mas se algum dia for procurá-las, por curiosidade ou tédio, estarei em algum lugar à sua espera. E um dia você também se cansará do mundo, tendo experimentado e degustado tudo, e acordará nauseado, com uma coisa ruim fazendo doer o seu corpo todo, os ossos como se estivessem sendo triturados, e então olhará em torno e se lembrará de que estou à sua espera em algum lugar. Onde o esperarei, meu amor? Onde você quiser. Em uma casa no campo, para a qual irei quando o conde de Parma morrer; em uma grande cidade, na qual você me deixará sozinha, talvez aqui em Bolzano, na minha casa, à qual regressarei para esperá-lo quando esta noite terminar... Mas é preciso que saiba que esperarei por você para sempre. Em qualquer lugar que eu arrume minha cama, um travesseiro sempre estará à sua espera. E todo prato de comida que eu cozinhar ou que o lacaio puser diante de mim, também é seu. Quando o céu estiver azul, com um sol brilhante, saiba que olharei para o alto e pensarei: "Giacomo deve estar apreciando este céu". Quando chover, pensarei: "Agora ele deve estar à janela, em Paris ou Londres, mal-humorado e agitado, seria preciso aquecer o quarto para que seus pés não fiquem frios". Quando eu vir uma mulher bonita, pensarei: "Talvez eu lhe conseguisse um encontro, para que ele ficasse bem-humorado e menos infeliz". Quando eu partir um pão ao meio, a outra metade será sempre sua. Eu sei, tudo isso é excessivo, meu amor, por isso peço que me perdoe. Quero viver muito tempo para poder esperá-lo até que volte para casa.

— Para qual casa, Francesca? — perguntou a máscara. — Eu não tenho casa nem mobília.

— Para a minha casa, Giacomo. Onde eu dormir, lá será a sua casa.

As palmas de suas mãos em concha, com cuidado, como se tocassem um objeto de vidro, acariciaram a máscara do homem:

— Veja — disse a mulher, e agora havia algo em sua voz, uma espécie de entonação descendente, um brilho que fez a máscara começar a viver e a sorrir —, estou ajoelhada diante de você, mascarada, vestida como homem, no papel do namorado que implora e seduz sua dama. E você está sentado diante de mim com roupa de mulher, mascarado, porque no jogo do destino trocamos de papéis esta noite, assumimos estas fantasias e seus papéis: eu sou o cavalheiro enamorado, você é a dama que se defende. Não acha isso mais do que obra do acaso? À tarde, eu não sabia que usaria roupas masculinas esta noite, assim como você, certamente, ainda não sabia, à tarde, que o conde de Parma o procuraria para entregar-lhe minha carta, que o convidaria para a festa desta noite e que você se vestiria de mulher... O que você pensa? Chamaria isso tudo apenas de acaso? Eu não entendo a ordem das coisas nas relações humanas, Giacomo, mas desconfio, começo a suspeitar, de que em tudo que importa e que é imutável não existe acaso e que lá no fundo, bem no fundo, tanto para os homens quanto para as mulheres, sensações e desejos misturam-se, assim como fantasias e papéis, e que há momentos em que a vida brinca conosco e transforma tudo aquilo que julgávamos definitivo e permanente. Por isso não me admiro de estar aqui ajoelhada diante de você, e não o contrário, como o conde de Parma ordenou em seu contrato, e que eu esteja me esforçando em consolá-lo e não você a mim. Porque, veja você, em essência está acontecendo tudo que o contrato propôs para esta madrugada, só não com a representação ordenada pelo conde de Parma. Sou eu que imploro, meu querido, para que aceite o meu amor, tento consolá-lo pois amo você e não suporto sua tristeza; sou eu o cavalheiro e o conquistador, não você; vim até aqui porque precisava vê-lo e agora você se cala. Cala-se com ênfase e com mínimas palavras, como se deve, de acordo com seu papel, cujas últimas intenções sempre capto, como determina o contrato. Você ainda se retrai, Giacomo, ainda brinca bem demais no seu papel. Não tem medo de que o nosso tempo se acabe, que esta madrugada passe e você não seja capaz de dizer nada de interessante e animador a quem o contratou? Você não me quer, meu amor? Assim em silêncio, em seu papel, você me assusta. Poucas frases e muitas frases, depois de eu ter oferecido a você tudo que uma mulher pode oferecer a um homem que ela ama. Olhe o fogo, Giacomo, agora ele lança uma chama como se quisesse nos dizer algo. Talvez que é preciso morrer em uma paixão, que é preciso renascer em um novo sentimento que conduza à plenitude e à vida. Tudo que havia arde em chamas e se dissolve em nosso amor; se quiser, você me leva consigo ou você vem comigo — dá na mesma, Giacomo, quem leva quem —, mas é preciso recomeçar tudo, pois essa é a grande magia do amor. Tenho que pari-lo de novo, serei sua mãe e filha ao mesmo tempo, você se purificará no amor e eu me purificarei em seus braços, como se nenhum homem tivesse me tocado. Ainda se mantém calado? Você não me quer? Sou incapaz de confortá--lo?... Ah, isso seria assustador, Giacomo. Em vão lhe ofereci maravilhas e tranquilidade, pureza e renovação. Não consigo conduzi-lo a esses sentimentos, desprendê-lo de seu gênero de arte, não consigo transformá-lo em outro, não posso ver seu rosto de verdade, o último, sem nenhuma máscara, como escrevi e desejo? Será que, então, você é o mais forte, meu amor? Será que a força do meu amor se quebra diante da sua arte e do seu caráter?... Prometo-lhe a paz e a totalidade da vida e você diz que é muito e que é pouco. Por que não diz, pelo menos uma vez, que é o suficiente? Não consigo oferecer algo que o arranque de seu papel, não consigo dizer nada que o faça gritar: "Sim, isso é suficiente!"? Veja, estou ajoelhada aqui, tenho vinte anos e você sabe muito bem que sou bonita. Eu também sei. Não a mais bonita, porque isso não existe em lugar nenhum, mas sou bonita, meu corpo é perfeito, meu rosto expressa algo, e nessa expressão há curiosidade e calma, devoção e compreensão, tristeza e seriedade, tudo se mistura em harmonia, por isso meu rosto é bonito. Beleza é isso. Tudo mais não passa de pele, carne e ossos, sem consistência. Você ainda acredita nas mulheres, Giacomo, que passeiam orgulhosas, exibindo sua beleza sem saber que no caldeirão do amor a beleza derrete e que depois de um mês ou de um ano, depois do casamento, ninguém olha mais para ela — rosto, pernas, braços, o belo peito, tudo isso se dissolve e se aniquila na chama do amor, e o que resta é a mulher, que talvez ainda saiba acalmar e tecer, dar e ajudar, mesmo mais tarde, quando já não se vê a beleza de seu rosto e de seu corpo... Minha beleza é assim. Sinto-me tranquila, Giacomo, tão tranquila quanto um lingote de ouro, o qual sempre será ouro e metal, quer sob forma de anel nas mãos de alguém, quer enterrado em um buraco bem fundo. Sinto-me tranquila porque sou bonita, o Criador me presenteou, ao mesmo tempo que também me castigou um pouquinho; sou bonita, portanto tenho um compromisso aqui na terra, devo agradar a você. Mas não unicamente a você, Giacomo. Não posso seguir neste mundo sendo bela impunemente; aonde quer que eu vá, desperto paixões, e, como um pesquisador de águas profundas, também percebo essa ebulição. Sofro bastante por ser bonita. Ofereço-lhe esta beleza e harmonia com a qual o Criador me presenteou e me castigou, e você continua indeciso, dizendo apenas que é pouco e que é muito. Não está com medo, Giacomo? Você me conheceu adolescente, me chamava de urtiga selvagem, depois deixou que o conde de Parma me comprasse, em seguida fugiu, porque teve medo de mim, e ainda tem, da verdadeira mulher da sua vida, da plenitude. Não tem medo de que, apesar do destino, que eu também sendo apenas uma mulher posso me cansar dessa espera, desse contrato, dessa discussão e das promessas; não tem medo de que eu na verdade já esteja cansada e tenha vindo até aqui apenas para me certificar disso tudo e para lhe dizer o que sinto e penso? Porque esta paixão e estas promessas que emanam do meu coração para você são assustadoras e, em essência, um impulso flutuante. Você não teme, Giacomo, que eu também tenha os meus segredos? Não teme que eu talvez desperte em você sentimentos não tão pacíficos ou ternos, que talvez, se eu me empenhar muito, posso entretê-lo com histórias que, ao ouvi-las, você gritará por fim: " É o bastante!"? Porque veja, Giacomo, eu sou a verdadeira e não quero outra coisa senão resgatar a você e a mim com o sacrifício do amor e depois viver com você em qualquer inferno, de acordo com as leis humanas. Mas se você firmou um contrato diferente com o conde de Parma, de acordo com a sua especialidade artística e consigo próprio, serei eu também sincera e direi a você que essa chama que arde em mim desde que o conheço é inextinguível. Vou lhe contar: por não conseguir me conformar com sua fuga e covardia, deixei que outros homens me beijassem antes de me entregar ao conde de Parma. Eu poderia lhe contar até onde uma paixão frustrada pode levar uma mulher de quinze anos que se viu magoada; eu poderia lhe contar como foi que, após sua fuga, me joguei sobre o jardineiro que você conheceu em Pistoia. Não teme que eu lhe conte como foi aquela noite, Giacomo? Porque eu me lembro muito bem de cada detalhe, como você também deve se lembrar do jardineiro pelo qual me mandou flores; era um homem alto de ombros largos, silencioso e violento. Quer ouvir sobre aquela noite, a noite seguinte ao duelo e à sua fuga? Quer que eu descreva os detalhes? E todo o resto, quando os meses se passavam, os anos, e você não dava notícias, e esta chama começou a arder, pior que o fogo e a fumaça do inferno, pior que a chama que consome o corpo do infeliz condenado à fogueira pela Santa Inquisição? Quer que eu lhe conte a história da casa de Florença, que eu fale do palacete que fica ao lado do rio Arno, perto da ponte da Santíssima Trindade, onde você poderia encontrar meu robe, meu chinelo, o espelho e o pente venezianos que ganhei de você? Quer que eu fale da casa que visitei tantas vezes, porque talvez eu também tivesse meu cassino e palacete secretos durante esses anos, não apenas você, em Murano, Giacomo? Quer que lhe conte tudo? Quer provas escritas? Quer que eu lhe fale sobre como é ser uma mulher que gostaria de oferecer ao homem que ama tudo que um corpo e uma alma jovens podem dar, como é ser traída em seu amor e então começar a arder no mundo como uma tocha de carne, cabelo, sangue e paixão? Tocha que arde com uma luz secreta nas sombras da vida, cresta e chamusca tudo que toca, e que nem o poder, a força e os cuidados do conde de Parma jamais conseguem apagar? Quer que eu lhe diga como é uma mulher sentir-se incapaz de encontrar no abraço de dez, vinte, cem homens a ternura que nunca quis receber de outro senão daquele único que ela ama mas que fugiu? Quer nomes, Giacomo? Um boletim? Quer saber dos nobres, jardineiros, cavalariços, comediantes, jogadores e músicos, seus nomes e endereços, de todos que foram mais gentis e humanos comigo do que você? Quer saber como é uma mulher viver no mundo como uma possessa, como quem foi tocada e marcada pelo destino e não tem mais paz no coração porque ama alguém que a feriu? Porque posso lhe contar sobre isso também.

— Não é verdade — disse o homem com a voz rouca.

— Não é verdade? — exclamou a mulher com uma entonação doce e espantada e com voz de criança. — E se eu provar, Giacomo? Se você receber os nomes e os endereços de pessoas que podem confirmar, então acreditará em mim? Porque posso lhe conseguir essa lista. É o bastante?

— É o bastante — disse ele.

Então ele se levantou com movimentos rápidos, colocou a mão nos seios e arrancou de dentro do decote a adaga.

A mulher não se mexeu. Ajoelhada, em atitude humilde, com a máscara rígida, virou o rosto para o homem e disse baixinho:

— Ah, a adaga! Sua eterna resposta, meu amor! A única que você consegue dar às ofensas da vida! Guarde a adaga, meu querido, ela é uma resposta monossilábica, não explica nada, é uma resposta simplória e irrelevante. E por que mesmo você responderia a mim com a adaga, se é covarde e não tem a coragem de me amar, se o que tenho a lhe oferecer não é uma verdadeira alegria nem uma verdadeira infelicidade, se tudo isso não passa de uma encenação de teatro itinerante, da atuação de um grande ator itinerante, um mágico contratado? A adaga não está no contrato, meu querido. Repito, guarde-a, não mexa com esses dedos trêmulos na máscara, fique quieto. E por que você arrancaria a máscara? O que diria a mim esse rosto que a máscara encobre? Escrevi que precisava ver você e agora já vi. Não era um rosto que eu queria ver, Giacomo, mas um homem, aquele que era o verdadeiro para mim e que foi covarde, que me vendeu e fugiu. Eu queria ver mais uma vez aquele homem. Porque por mais que eu soubesse que tipo de pessoa você é, por mais que tenha ardido em mim o fogo do inferno durante cinco anos, por mais que tentasse apagar essa chama e a minha humilhação com os beijos de outros homens — mas você sabe que sempre o amei, não é? —, por mais que carregasse comigo por toda parte essa humilhação, como uma espada sangrenta, e chamasse todos que cruzavam meu caminho para a briga, por mais que eu tivesse vingado cem vezes a minha humilhação, bem lá no fundo, secretamente, ainda mantinha a esperança de um dia ter forças para arrancar de seu rosto a última máscara e encontrar você, você, como escrevi, e perdoá-lo. Por isso aprendi a escrever com o castrado. Por isso escrevi e lhe mandei a carta. Por isso esperei por você e, quando percebi que não viria, pois estava negociando contratos com o conde de Parma, eu mesma vim, disfarçada, com roupa de homem e máscara, para vê-lo mais uma vez. Então eu lhe disse tudo, e você sabe que é tudo verdade, que você é meu verdadeiro amor e eu o seu, e que lhe ofereci o que me é possível dar. Primeiro você respondeu que era pouco e depois que era muito. E, no fim, você também disse: "É o bastante". Era essa a palavra que eu queria ouvir. Agora, preste bastante atenção, meu amor: tudo o que eu disse é verdade. Agora que vi você, não quero vê-lo de outro modo: tenho que regressar a minha casa e meus convidados. Vá para o mundo, viva, minta, roube ouro e corpos, arranque todas as saias que lhe aparecerem pelo caminho, role em todas as camas às quais seus passos o conduzirem, realize sua arte, fiel a si próprio. Mas todo o tempo você saberá, acordado ou em sonhos, na inconsciência do beijo, nos braços de outras mulheres, eternamente você saberá que eu fui a verdadeira mulher da sua vida, a plenitude, a própria vida, e que no entanto você me magoou e me vendeu. Saberá que poderia ter ganho tudo que um homem deseja, mas que você, esperto e medroso, preferiu obedecer a um contrato e que não poderá ganhar mais nada da vida. Saberá que meu corpo, que é parte do seu, poderá pertencer a todos que o pedirem, menos a você. Saberá que vivo em algum lugar, que outros homens me beijam e que você jamais me beijará. Também tenho uma natureza fiel, Giacomo, a meu modo. Eu queria viver com você de maneira pura, como provavelmente se vivia no Paraíso, quando não havia pecado no mundo. Eu queria livrá-lo de seu destino. E não há sofrimento, miséria, doença ou humilhação que eu não partilhasse com você. Você sabe muito bem que seria assim, que isso é tão verdade quanto a Sagrada Escritura. No entanto, mesmo sabendo, você silenciou, fiel ao que combinou com o conde de Parma. Pois então saiba também que, agora que vi você, eu o condenei à infelicidade eterna; não haverá um único momento, mesmo quando estiver sentindo a doçura da vida em seus lábios, em que não pense em mim. Agora que também você já me viu e sabe tudo sobre mim — talvez não tudo, pois nosso tempo é curto e, não esqueça, preciso comportar-me com o devido pudor e discrição de meu gênero e do nome que carrego —, agora que já sabe umas tantas coisas sobre mim, que o restante fique por conta de sua imaginação todos os dias, todas as horas, quando você encontrar um tempo livre entre duas tarefas, entre duas negociações, entre duas de suas artes. Porque a partir de agora, você pensará em mim eternamente, Giacomo; estou tranquila, tenho certeza de que de agora em diante pensará em mim. Por isso vim vê-lo, para lhe prometer tudo que uma mulher pode prometer a um homem, e por isso lhe digo que nem mesmo um artista especializado em perversões saberá imaginar uma situação que não corresponda à minha realidade no futuro, a qualquer hora, talvez justamente quando você esteja pensando em mim. Por isso vim até aqui à meia-noite, com traje masculino e mascarada, com uma espada na cintura. Agora já posso voltar ao meu palácio e à minha vida, a qual será apenas uma meia vida sem você; eu me convenci de que não poderá ser de outra forma. Então viva a sua vida, viaje e realize obras-primas, meu amigo.

Quem sabe, afinal, sua vida torne-se uma obra-prima, uma obra de arte fria a irradiar maldade... Talvez esta seja a lei de suprema importância para você. A mim você era mais importante, meu amor, e agora já sei que esta dor viverá para sempre em meu coração após esta noite, porque não apenas vi você como eu desejava, mas você também me viu, e ao meu outro rosto, que para o mundo está coberto por uma máscara, e que você não esquecerá jamais. A vingança também é bela, Giacomo. Por enquanto você não compreende essa palavra, mas daqui a alguns minutos, quando eu não estiver mais no quarto, quando eu tiver desaparecido para sempre de sua vida, você de repente a compreenderá, e toda a sua vida será preenchida com o significado dela. Eu não sou ninguém, Giacomo, não sou artista nem homem poderoso, sou apenas uma mulher, Francesca, da Toscana, sem méritos para ocupar um lugar significativo em sua arte. Mas já ocupo algum lugar em sua vida, pensei nisso durante a madrugada. Eu o vacinei comigo mesma e com o conhecimento de que fui a verdadeira mulher de sua vida, e você saberá que jogou fora e ultrajou a verdadeira, a que ama você e o amará eternamente, em qualquer situação a que se entregue, obedecendo a seu juramento de vingança. Eu quis fazer outro tipo de juramento com você, Giacomo, quis jurar pela vida, porém você recusou. Bem, assim também é possível... Mas você viverá de um modo totalmente diferente daquele que viveu até agora, meu amor, como alguém alimentado com um delicioso veneno você sentirá sempre algumas dores. Eu também tenho armas, e mais delicadas que uma adaga. É verdade, a adaga... Guarde-a, meu amor. Não consegui ser mais forte na vida e no amor, mas na vingança sou mais forte, portanto guarde a adaga. Ou, se quiser, me dê como uma lembrança desta madrugada... Eu a guardarei em Florença, em minha casa, ao lado do espelho e do pente. Quer fazer uma troca? Olhe, eu lhe darei esta fina espada com cabo de ouro, aqui em minha cintura, a entregarei a você, como faziam antigamente os inimigos que se reconciliavam após uma luta feroz, trocando corações e armas. Dê-me a adaga. Obrigada. E aceite esta arma esguia, leve-a consigo para o mundo. Vê só? Trocamos armas, Giacomo, já que não foi possível trocarmos corações. Agora cada um deve voltar ao seu lugar no mundo e viver como é preciso, porque seu coração não soube e não quis ser mais forte que seu caráter e sua arte. Obrigada pela adaga, meu amor — disse a mulher e levantou-se. — Obrigada por esta madrugada. De agora em diante viverei mais tranquila do que nos últimos cinco anos. Terei notícias suas?... Não sei. Espero por você?... Eu já disse: esperarei para sempre, porque o que há entre nós não passa com o tempo. Não é apenas o amor que é eterno, Giacomo, a vingança também, como todo sentimento verdadeiro.

Ela desamarrou e estendeu a ele a espada, prendendo em seu cinto, a uma argola dourada, a adaga que o homem lhe entregara sem dizer uma única palavra.

— Amanhece — disse a mulher com voz neutra e cristalina. — Preciso ir. Não me acompanhe, Giacomo. Se encontrei sozinha o caminho que me conduzia até você, encontrarei também o outro, aquele que me reconduzirá à minha casa e à minha vida. Que silêncio... O vento parou. E o fogo, você vê, se extinguiu, como se quisesse nos transmitir um aviso na linguagem do mundo e dos fenômenos naturais: que toda paixão transforma-se em cinza. Mas não quero acreditar nisso. Porque, você sabe, esta madrugada foi, afinal, um encontro, encontro no qual conhecemos um ao outro, se não de todo, como o conde de Parma imaginou, no sentido bíblico da palavra. Agora há um carimbo no contrato, Giacomo, que confirma que você está ciente. É a vingança. Um selo forte, tão forte quanto o amor, a vida e a morte. Você pode dizer ao conde de Parma que manteve a palavra, conforme o contrato; que você não é um trapaceiro, meu amor, que não fraquejou, que mereceu o pagamento. E que, ao final da madrugada, tudo ocorreu conforme o combinado, que conheci você e voltei ao homem que me ama e me espera, para ajudá-lo a tornar sua despedida da vida mais amena. Viaje bem e com passos leves mundo afora, Giacomo. Sua arte continua ilesa, e aquilo a que você se propôs se confirmou; não inteiramente como vocês dois, homens sábios, combinaram, porém o resultado é o que importa; e o resultado é que o conheci, descobri que não tenho poder absoluto sobre o seu coração e por isso para mim não há alternativa senão me conformar com meu destino: suportar o fato de que meu único poder sobre você é a vingança. Essa confissão e essa promessa são o que você levará consigo em seu caminho, que será longo e, certamente, variado e interessante. Mas, como despedida, também lhe peço algo: eu lhe escrevi uma carta, acontecimento raro em minha vida. Se alguma vez sentir que finalmente entendeu minha carta e tiver vontade de me responder, não seja preguiçoso nem covarde, e responda como se deve, com pena e tinta, como um escritor experimentado. Promete?

O homem manteve-se calado.

— Você não responde? Tem tanto medo assim da resposta, Giacomo?

— Você sabe muito bem — disse o homem bem devagar e com voz rouca — que se algum dia eu responder a você, a resposta não será com pena e tinta.

A mulher deu de ombros e disse calmamente, com um leve sorriso:

— Sim, eu sei. O que posso fazer?... Viverei esperando por sua resposta à minha carta, meu amor.

E seguiu em direção à porta. No meio do trajeto parou e, gentilmente, com voz pedinte e amigável acrescentou:

— É o fim do jogo e da apresentação, Giacomo. Regressemos à nossa vida, tiremos as máscaras e as fantasias. Tudo ocorreu como você queria. Certamente, de acordo com alguma outra lei. Mas é preciso que saiba que tudo aconteceu também do modo que eu queria: vi você, eu o consolei e o magoei.

Virou-se, ficou na ponta dos pés para se ver melhor no espelho, pôs o chapéu de três pontas sobre a peruca com movimentos ligeiros. E disse com ternura, em tom de confidência:

— Espero não tê-lo magoado demais.

Não esperou a resposta. Deixou o quarto com passos rápidos e determinados, não olhou para trás e fechou a porta silenciosamente.

A resposta

O quarto esfriou, as velas arderam até o toco e soltavam uma fumaça amarga. O homem deixou cair a saia, tirou o sutiã, arrancou a máscara e jogou longe a peruca. Entrou na alcova atrás da cortina, postou-se diante da bacia de prata, jogou água gelada da jarra nas mãos e começou a se lavar meticulosamente.

Lavou o rosto para tirar a pintura e o pó de arroz, o vermelho da boca, o emplastro do queixo, o preto dos olhos. Jogava a água rapidamente, pois a sensação de gelado na pele fazia arder seu rosto como se fossem golpes. Passou os dez dedos pelo cabelo como um arado, com a toalha áspera esfregou o rosto até ficar vermelho; à luz das velas novas que acendeu inclinou-se para ver-se melhor no espelho, observou com olhar profissional e preocupado se não havia restado nenhum vestígio de pintura ou pomada. O rosto tinha um aspecto amassado, estava pálido e com barba, sob os olhos havia profundas sombras escuras, como se ele tivesse acabado de voltar de uma orgia que durara a noite toda. Em seguida jogou tudo fora, máscara, fantasia, e com movimentos ágeis e experientes começou a se vestir.

Sinos soavam em algum lugar. Pôs sua roupa de viagem, camisa grossa, a meia, jogou sobre os ombros a capa forrada e olhou em volta do quarto. As comidas e bebidas estavam intocadas sobre a mesa posta com toalha adamascada e muita prata, apenas a neve derretera nas travessas e os pedaços de manteiga flutuavam nela sem rumo, como flores orientais em um pequeno lago. Pegou o frango com as mãos, rasgou ao meio e comeu-o sofregamente, emitindo ruídos. Depois jogou longe os ossos, limpou as mãos gordurosas na toalha de mesa, levantou a jarra de cristal que continha o vinho brilhante como ouro e, com um movimento único e goles lentos, bebeu todo o conteúdo, a cabeça atirada para trás. Olhando-se no espelho enquanto bebia, via seu pomo de adão saltando para cima e para baixo. Limpou a boca com o dorso da mão, jogou a garrafa no chão, e ao cair ela provocou uma ressonância cristalina e quebrou-se em estilhaços. Com a voz rouca por causa do vinho, gritou:

— Balbi!

O amigo, como quem espera pela senha, entrou imediatamente. Pronto para a viagem, parou na soleira da porta com seu grosso casaco de feltro marrom, sapato de solado grosso, trazendo embaixo do braço uma garrafa de bebida que segurava com a mesma delicadeza e preocupação de uma mãe com seu bebê. Atrás dele vinha Teresa, que, sem nada perguntar nem olhar para ninguém, atravessou o quarto na ponta dos pés, ajoelhou-se diante dos vidros quebrados e, com gestos atentos e miúdos, começou a recolher os estilhaços em seu avental.

— Tudo pronto? — perguntou Giacomo ao amigo.

— Já estão preparando os cavalos — respondeu Balbi.

— Já empacotou suas coisas? — perguntou à moça.

— Não, meu senhor — ela respondeu com voz meiga e servil, como convinha a uma resposta negativa. — Não vou com o senhor.

Parada diante da lareira, com os cacos de vidro recolhidos no avental, a cabeça levemente inclinada, com seus olhos azuis bem abertos encarava, tranquila, o homem.

— Por que não vem comigo? — ele perguntou com a cabeça jogada para trás, vaidoso e simulando indiferença. — Cuidarei de seu futuro.

— Porque o senhor não me ama — respondeu a moça com voz de colegial, pronunciando cada sílaba melodiosamente, como se falasse em sonho ou recitasse uma lição.

— Eu amo outra pessoa? — ele perguntou.

— Sim.

— Quem? — ele perguntou, curioso, como se provocasse uma criança que sabe um segredo e agora o revela.

— Aquela mulher que acabou de sair daqui com roupas de homem.

— Tem certeza? — perguntou, surpreso.

— Certeza absoluta.

— Como você sabe?

— Eu sinto. O senhor não ama mais ninguém. Nem vai amar nunca ninguém como a ela. Por isso não vou com o senhor. Deixe-me sair, meu senhor.

Mas não se mexeu. Balbi permanecia na porta, as mãos gordas cruzadas sobre a barriga, e pacientemente, com expressão de curiosidade no rosto, observava a cena e rodava os polegares. O homem deu alguns passos até a empregada e com a palma da mão alisou a testa e o cabelo da moça com ternura, um pouco distraído.

— Espere — ele disse. — Não vá ainda. Talvez seja a voz dos anjos que fala através de você.

Desamarrou a capa, sentou-se na poltrona, puxou a moça para que ela sentasse em seu joelho e fixou o olhar com seriedade nos olhos azuis vazios e atentos dela.

— Sente-se à mesa, Balbi — disse em seguida. — Você vai encontrar pena, papel e mata-borrão. Escreva conforme eu disser.

O amigo sentou-se com dificuldade, sem dizer uma palavra, acendeu uma vela, verificou a pena à luz da chama e ficou olhando para o teto enquanto esperava.

— Escreva — disse ele — *"Estimado conde"*. Cuidado com a letra, escreva bem bonito. Ditarei devagar para que tenha tempo de desenhar cada letra. Está pronto? Vamos começar.

"Deixo a cidade nas primeiras horas do dia. Abro mão do pagamento combinado e o que lhe peço em troca, como recompensa a meus serviços, é um simples favor. Vossa Excelência já assumiu uma vez o papel de mensageiro. Pois lhe peço que assuma mais uma vez, como despedida, o papel de portador desta mensagem e diga à condessa de Parma que rogo a Deus e a todos os poderes do céu e do inferno que nos protejam, a ela e a mim, agora e no futuro, de nos encontramos outra vez. Peça a ela, Excelência, em nome de Deus, e se teme por sua vida, que me evite ao longo da vida e que cuide para que nossos rostos não se vejam nunca mais, com ou sem máscara. É tudo que lhe peço, pois na ordem das coisas do mundo viverei mais tempo que Vossa Excelência, e digo isso com todo o respeito, sem nenhuma intenção de ofensa. Viverei mais em virtude de minha natureza e da ordem intrínseca das coisas, e quando o nobre cadáver de Vossa Excelência já terá virado pó no túmulo de seus ancestrais, Francesca e eu ainda estaremos vivos, e já não haverá quem cuide dela, da mulher que nós dois amamos, cada um a seu modo, de acordo com nossos destinos e o contrato que firmamos. Por isso lhe peço que diga a ela, a quem não pretendo me dirigir nem com palavras, papel e escrita até o fim de minha vida, que me evite como se evita a raiva canina e as enchentes; que me evite como ao pecado e à calúnia, para que salve aquilo que lhe é mais precioso que a vida — que me evite para salvar sua alma. Apenas Vossa Excelência poderá dizer isso

a ela. Minha carruagem já está sendo preparada, em uma hora deixarei a cidade e até a noite terei deixado o país. A condessa de Parma contará a Vossa Excelência, em momentos de ternura ou apenas de sinceridade e confiança, que cumpri o combinado em nosso contrato; não exatamente como nós dois imaginamos, muito menos como faço de hábito e imaginei fazer, porém é o resultado que importa no final das contas. E o resultado é que mantive minha palavra e a condessa de Parma voltou para casa aos primeiros sinais da aurora, sensibilizada e curada, superou seus sentimentos por mim, a peste e a febre amarela, e agora continuará vivendo ao lado de Vossa Excelência, sem mim, como se deve, com a lembrança de minha pessoa, cruel e perigosa, extinguindo-se em seu coração. O que havia entre nós de paixão e emoção derreteu-se na apresentação e agora sou eu quem carrego adiante tudo aquilo que nesse romance era febre e ofensa, e a condessa de Parma poderá dedicar a vida a Vossa Excelência com mais tranquilidade, dourando os últimos dias de vida de seu sábio marido."

Escreveu?... Espere. Que tal assim: "*... os últimos meses...*". É mais educado e humano. Lembre-se sempre, Balbi, e você também, minha criança, que as grandes batalhas da vida, mesmo nas situações mais críticas, devem ser combatidas com as armas da cortesia; apenas assim somos seres dignos de pertencer à humanidade. Onde paramos? "*... os últimos meses de vida de seu sábio marido. Porque se não morro pelo caminho, nas mãos de assassinos de aluguel ou em algum acidente — para mim, a própria vida é um acidente, como disse Vossa Excelência, e desejo manter meu lugar nesse acidente com unhas e dentes —, viverei mais tempo, e todos os dias de minha existência serão um perigo para a alma de Francesca. Esta é minha mensagem para ela. Qualquer outra coisa que eu possa significar fala por si mesma: eu me afastarei da cidade, conforme combinamos, e a condessa de Parma voltou de sua aventura para casa branca como a neve re-*

cém-caída e as nuvens da primavera; é verdade que, conforme as novas pesquisas científicas, a cor branca reúne em si todas as outras cores, do vermelho cor de sangue ao negro do luto; foi assim que aprendi nos livros de estudiosos do assunto e faço esse registro. Nossa aventura foi branca como a neve, Excelência, no entanto ela encerrou em si todas as cores que expressam e significam alguma coisa para as pessoas que vivem no mundo. Vossa Excelência desejava paz e cura, que Francesca se libertasse do feitiço do amor para que continuasse vivendo ao lado de seu nobre marido sem lembranças e desejos. Aconteceu assim e posso seguir meu caminho. Não digo que parto com o coração leve nem que vou orgulhoso e dando de ombros, esfregando as mãos de satisfação, como quem fez bem seu trabalho, embolsou o pagamento e já espera ansioso cruzar a fronteira para aceitar novas tarefas, novos gêneros de arte, novos contratos. Examinei meu coração e tudo que posso dizer é que o laço que queríamos cortar com palavras e adaga está mais forte do que no dia anterior e do que jamais esteve, este laço que me prende à condessa de Parma. Parece que aquilo que os deuses amarram, os seres humanos não conseguem desfazer nem com aptidão, gentileza ou violência. Por isso a condessa de Parma deve cuidar de sua alma, evitando que jamais nos reencontremos nesta vida. De acordo com ela, o fogo se apaga e toda paixão um dia vira cinzas; agora permita que eu lhe diga, como despedida, que existe um tipo de fogo e de paixão que não é mantido por um momento mágico nem por sentimentos e curiosidade nem por egoísmo ou ambição; há um tipo de brasa feiticeira na vida da gente que não se apaga nem com o hábito nem o tédio, nem com a realização da fantasia nem com a curiosidade do galanteio; o mundo não consegue apagá-lo, nem nós conseguimos. Esse fogo foi roubado do céu por mãos humanas e os deuses os invejam eternamente. Esse fogo arderá em meu coração e nem pretendo extingui-lo; qualquer coisa que a vida venha a me dar, e mesmo mantendo-me fiel ao meu temperamento e à minha arte, sempre saberei que esse fogo não desaparecerá e que ele é o sustento de minha vida. Não pude dizê-lo à condessa de Parma porque não quis trapacear e fiz questão de manter-me fiel à minha arte e às regras de nosso contrato. Eu não disse a ela 'Apenas você, para sempre', coisa que os apaixonados normalmente dizem um ao outro; mantive minha palavra e apenas Vossa Excelência poderá um dia dizer a ela que um exibicionista também pode ser heroico às vezes, se obedece às premissas e regras da exibição e não diz as palavras que ardem em seus lábios e em seu coração e cujo significado, na verdade, é 'Apenas você, para sempre'. Eu não disse as palavras que sempre expressaram desejo e confissão, e essas palavras caladas farão eco para sempre em nossas almas. Por isso escrevo em meu informe de despedida, conforme combinamos, com exatidão e fidelidade. A apresentação foi bem-sucedida, Excelência, e chegou ao fim. O que não teve fim, e jamais terá, e em que Vossa Excelência investiu tanto esforço, poder, minuciosas providências e sábias explicações, sem conseguir dissolver e aniquilar, é apenas isto: o conhecimento — uma vez aceso e alimentado pelo destino dos deuses no coração humano, sua chama e brasa não podem jamais ser apagadas por mãos humanas e habilidades terrenas. E o que eu não pude dizer por não ter querido trapacear é que no amor há um tipo de sacrifício e de tarefa maior e mais verdadeiro do que as declarações e arroubos, mais do que um 'Apenas-você-para-sempre' — escreva as palavras destacadas assim, está bem? Há um tipo de amor que não quer tomar nada, e sim conservar, que não quer machucar, e sim salvar, e talvez apenas ele seja verdadeiro. Para minha sincera surpresa, essa é a sensação que preserva a lembrança da condessa de Parma em meu coração. Pois nada é mais fácil do que tomar do mundo aquele a quem amamos. Nada mais fácil, como os exemplos demonstram, do que lágrimas e juramentos, a realização da aventura, uma grande pi-

rueta, a dança de roda de um fauno e uma ninfa, com música de flautas e instrumentos de caniços. Posso dizer, sem me gabar, que conheço soluções desse tipo, utilizei-as algumas vezes na vida e ainda as utilizarei se as ninfas e os deuses piedosos assim o desejarem. Nada mais fácil para mim — é isto apenas que Vossa Excelência poderá dizer algum dia à condessa de Parma e sobre o que precisei me calar, se não quisesse que as palavras resultassem em realidade e ação! — do que obedecer aos meus impulsos e não achar 'muito' ou 'pouco' tudo aquilo que a mulher apaixonada, em seu transe por ter sido ferida, me oferece e não me incomodar nem com suas ameaças de vingança, e apenas agir — minha vida sempre se pautou pela ação, entre o desejo e o movimento jamais houve distância, graças aos Céus;" — aqui coloque ponto e vírgula — "e digo isso com a alma leve, sem falsa modéstia. Mas eu sei algo que a criança doente de amor, a condessa de Parma, ainda não sabe: sei quem eu sou, qual é a minha tarefa no mundo, qual é o meu destino e papel, e sei também que a chama que me faz viver e me estimula é uma faísca mortal para aqueles que se deixam queimar sem cuidado. Nada teria sido mais fácil do que aceitar um presente, pagar com meu corpo pelo corpo, com minha alma pela alma e tomar Aquela Mulher" — escreva com iniciais maiúsculas — "que para mim é a verdadeira. Além disso, sei também algo que a condessa de Parma ainda não pode saber: que o Verdadeiro Amor vive apenas enquanto a secreta dissimulação do desejo e do anseio estão encobertos por véus insuspeitos. Por isso não a desfiz de seus véus e não banhei seu rosto enigmático com a luz da verdade. Agora volto para a realidade, a qual tem múltiplas facetas e cujo gosto e cheiro conheço tão profundamente que às vezes minha boca amarga, e da qual não espero mais milagres e grandes mudanças. Que a paz esteja conosco, Excelência! Somos seres humanos e essa categoria tão alta nos obriga: devemos conhecer bem nosso coração e nosso destino. Não é tarefa fácil.

Dois remédios divinos podem nos ser de ajuda para suportarmos o veneno da realidade e assim não venhamos a morrer antes do tempo: a razão e o desapego. Nós dois, homens conhecedores deste segredo, e ainda da Realidade e também do que é Verdadeiro, somos capazes de entender. Mas um coração jovem, impetuoso e magoado não tem como entendê-lo, por isso toleramos mudos suas acusações e retaliações, que prosseguirão em nossa vida. Agora, entretanto, em minha despedida, peço-lhe mais uma vez, antes de desaparecer na neblina que cobre os caminhos da montanha, e nas cidades, e no tempo e no desconhecido, antes que eu desapareça em meu destino, que é a realidade — evite cruzar meu caminho se pretende salvar sua alma. Porque a bondade, a experiência, a rotina e a compaixão são apenas instrumentos com os quais podemos disciplinar nosso coração de vez em quando; no fundo das intenções que dirigem nossos passos, vive um imperativo mais poderoso cuja força encantadora não se provoca sem consequências. Que tenha meses felizes, Excelência! Espero não termos desapontado um ao outro. E se alguma vez, mais tarde, quando emoções mais suaves e o milagroso bálsamo do esquecimento tiverem consolado o coração que ambos amamos tanto e meu nome for mencionado em alguma conversa, peço-lhe, por favor, que diga a ela que levarei comigo para sempre a espada que ela me deu em troca de minha adaga, e que a usarei com habilidade para não envergonhá-la. Diga-lhe isso para que saiba. Pode ser que eu precise remexer em alguns corações com a espada, mas que ela fique sossegada: minha mão permanecerá fria e certeira nessas ocasiões. Pois esta mão, que ela deprecia tão profundamente, tremeu uma única vez: quando viu-se paralisada pela bondade, compreensão e compaixão, e não se moveu na direção dela para alcançá-la, a Verdadeira Mulher de sua vida. E quando estiver em seu leito de morte, procurando pelas últimas palavras a serem ditas, fale aquilo que será ao mesmo tempo sua despedida e a minha mensagem silenciada: 'Apenas você, para sempre'."

Pronunciou as últimas palavras no ouvido da moça e na pena de Balbi ao mesmo tempo, com calma e bem baixinho.

Depois levantou-se, ergueu-a nos braços e, distraído, pôs a jovem de volta no chão como se ela fosse um objeto. Olhou em volta, pegou a espada sobre a mesa e enfiou-a no cinto.

— Passe a limpo! — disse a Balbi.

Foi até a janela, abriu as venezianas e, com a voz potente de um lobo, gritou a ordem com dureza em direção ao pátio cinza e úmido:

— Os cavalos!

Jogou a ponta da capa sobre os ombros e saiu rapidamente do quarto. Seus passos vazios ecoaram no vão da escada. O pátio despertava, cavalos relinchavam, garrafas tilintavam, as rodas da carruagem chacoalhavam. A jovem, ainda com os cacos de vidro no avental, saiu devagar do quarto e em seguida correu pela escada, atrás do homem que se afastava, como se de repente tivesse entendido algo ou se lembrado de alguma coisa. Apenas o amigo permaneceu no quarto. Escrevia compenetrado, franzindo as sobrancelhas, fazia bico com a boca, e declamou alto: "A-pe-nas--vo-cê, pa-ra-sem-pre!". Depois jogou fora a pena de ganso, recostou-se na poltrona, observou, encantado, sua obra e, de braços cruzados sobre o peito, balançando a barriga, começou a gargalhar a plenos pulmões.

1ª EDIÇÃO [2017] 1 reimpressão

ESTA OBRA FOI COMPOSTA EM ELECTRA PELO ACQUA ESTÚDIO E
IMPRESSA PELA BARTIRA EM OFSETE SOBRE PAPEL PÓLEN SOFT DA
SUZANO S.A. PARA A EDITORA SCHWARCZ EM AGOSTO DE 2021

A marca FSC® é a garantia de que a madeira utilizada na fabricação do papel deste livro provém de florestas que foram gerenciadas de maneira ambientalmente correta, socialmente justa e economicamente viável, além de outras fontes de origem controlada.